KB272737

過香積寺

향적사를 찾아가다

향적사 어딘지 알지 못하여
구름 봉우리 속으로 몇 리나 들어간다
고목 우거져 사람 다니는 길 없건만
깊은 산 속 어딘가의 종소리
샘물 소리 가파른 바위에서 흐느끼고
햇살은 푸른 소나무를 차갑게 비치고 있네
해질녘 고요한 연못 굽이에 앉아
편안히 참선하며 잡념을 걸어 낸다네

不知香積寺 數里入雲峰
古木無人徑 深山何處鍾
泉聲咽危石 日色冷青松
薄暮空潭曲 安禪制毒龍

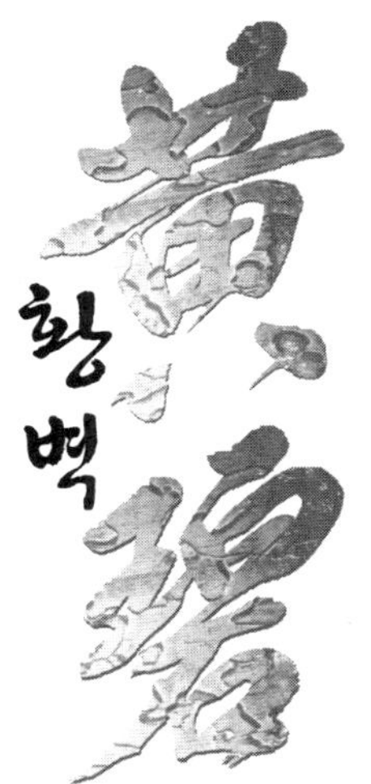

황벽
黃檗

황력 4
허담자 新무협 판타지 소설

초판 1쇄 찍은 날 § 2005년 5월 10일
초판 1쇄 펴낸 날 § 2005년 5월 20일

지은이 § 허담자
펴낸이 § 서경석

편집장 § 문혜영
편집책임 § 김율
편집 § 장상수 · 이재권 · 유경화

펴낸곳 § 도서출판 청어람
등록번호 § 제1081-1-89호
등록일자 § 1999. 5. 31
어람번호 § 제2-0595호

주소 § 경기도 부천시 원미구 심곡1동 350-1 남성B/D 3F (우) 420-011
전화 § 032-656-4452 팩스 § 032-656-4453
http://www.chungeoram.com
E-mail § eoram99@chollian.net

ⓒ 허담자, 2005

ISBN 89-5831-535-0 04810
ISBN 89-5831-454-0 (세트)

허담자 新무협 판타지 소설

Fantastic Oriental Heroes

4

사천대전(四川大戰)

萬碧

황벽

도서출판
청어람

목차

제36장
보이지 않는 손

일성이 칠성에게 물었다.

"이번 일의 성과를 말해 보아라."

칠성이 공손한 목소리로, 그러나 또렷한 울림을 가지고 입을 열었다.

"먼저 남궁인과 진패천이 죽음으로써 이차무림대전을 이끌어냈습니다. 초반 정세는 정의맹의 호남 공격으로 정의맹이 유리한 입장에 서게 되었습니다. 패천맹은 감숙으로 몰려 하남, 호남, 사천의 세 방면으로부터 정의맹을 맞아야 하는 어려움에 처하게 되었습니다."

"호북은?"

"천사평을 패천맹에서 점령하였으나 정의맹의 계략에 의한 것임을 알고 감숙으로 주력을 물렸습니다. 결국 그 자리에 정의맹이 들어서게 되겠지요."

“일단 시작은 제대로 된 것 같구나. 한데.”

“……?”

“상련의 일은 어찌 된 것이냐?”

“그게… 그 황벽이라는 자가 문제가 된 것 같습니다.”

“황벽이라… 문제가 되는가?”

“일단 상련에서 북두회의 통제력은 사공저가 죽음으로써 완전히 상실되었습니다.”

“흠, 상련을 잃는다는 것은 중요한 칼을 잃는다는 것과 마찬가지인데…….”

“상련에 대한 통제력이라는 것이 오랜 세월이 지나야 만들어지는 것인데 일단 현재의 상황으로는 무림의 일이 정리되고 그 이후에나 다시 손을 써야 할 듯합니다.”

“그래, 오행마로도 안 되는 일은 어쩔 수 없는 일이지. 당분간 무림의 일에만 전력을 기울이도록 해라.”

“알겠습니다. 한데 오행마는?”

“그들이 떠난다면 잡을 수는 없겠지. 손실이 커.”

“이미 충분한 세력을 끌어들였습니다. 너무 걱정하지 마시지요.”

“그래. 그럼 이제 사천으로 몰아야 하나?”

“네. 이미 호남의 천독림과 장강수로채의 본거지를 없앴으므로 패천맹 내에서 삼성의 통제력은 살아날 것입니다. 거기다 흑막의 막주인 중앙종이 실족함으로써 삼성의 권력은 다시 공고해졌다고 할 수 있습니다. 이제 걸림돌은 패천사룡과 철마 정도로 보면 될 것 같습니다.”

“그래, 정의맹은?”

“이제부터 손을 대려 합니다. 시작은 사천이고 일단 남궁세가를 포함한 신오제 문파의 세력을 약화시키는 일에 주력하려 합니다. 이번 호남 공격에서도 남궁세가의 무인이 적지 않게 상했다는 전갈입니다."

"음, 사천이라……. 당문과 아미가 목표인가?"

"최종적으로는 그렇습니다. 일단은 공동을 걷어내야겠지요."

"그래, 그건 네가 사성, 오성과 협의해서 처리하도록 하고. 그 황벽 말이다… 관심을 가질 필요가 있겠어. 너무 급격하게 크고 있어."

"알겠습니다. 주시하겠습니다."

"그러도록 해라. 그리고 위협이 된다 싶으면 손을 써야지."

"알겠습니다, 할아버님."

일성과 칠성의 관계이면서 또한 조손인 두 사람의 대화는 그날 자정까지 계속되었다.

*　　　　*　　　　*

황벽 일행은 성내촌을 떠난 후 천천히 정의맹 석산총단을 향해 나아가고 있었다. 죽음 속으로 달려가던 길이 이제는 편안한 여행길로 변해 있었다.

"호정단에 머문다고?"

막여가 황벽을 보면서 물었다. 막여는 아직 상처가 다 낫지는 않았지만 말을 타고 이동할 만했다. 팔이 없어진 한쪽 소매가 바람에 날리었다.

"예, 사부. 일단은요."

황벽이 바람에 날리는 막여의 소매를 쓸쓸한 눈으로 바라보며 말했다. 부상을 당한 후 회복하는 과정에서 막여는 십 년은 늙어진 것 같았다.

“참, 진회가 살아 있다고?”

“네. 엽강에게 무공을 가르치셨다는군요. 그때 사부님과 겨룬 직후 부대주에게 암격을 당한 모양입니다. 엽강이 바다에서 구했는데 이후 무공을 상실하고 엽강에게 뇌문의 무공을 전수했다고 합니다.”

“허 참, 무서운 친구였는데…… 혈사대는 전멸하고?”

“네. 마침 제가 돌아왔을 때 진 어른의 생존을 눈치챈 전 부대주가 진 어른과 엽강을 공격하고 있었습니다.”

“모두 베었나?”

“네, 온 사람들은 모두 베었습니다.”

“흠, 그리되었군. 이거 이제 너희 두 녀석의 사부인 우리들은 무림에서 물러나 여생이나 즐겨야겠다.”

“노룡촌으로 가시게요?”

“아직은 너와 설연만 두고 갈 수는 없지.”

“하지만 사부…….”

“괜찮다. 다행히 칼을 쓰는 팔은 남아 있으니 아직 손에서 칼을 놓으라는 말은 아닌 것 같구나.”.

두 사람은 지난 일들을 이야기하면서 일행의 뒤에서 따라가고 있었다.

그때 앞서 가던 설산이 돌아왔다.

“태상호법, 이 앞에 작은 마을이 있는데 거기 객잔에서 쉬어가시지요?”

“……?”

황벽은 무슨 일이냐는 듯이 설산을 바라보았다. 아직 저녁까지는 한

참이나 시간이 남아 있어서 숙소를 정하기에는 이른 시간이었다.

"문주님이 와 계십니다."

"하오문주께서?"

"네."

"알았네. 그리하도록 하세. 일행에게 일러 오늘은 그 객잔에서 묵어 가는 것으로 하지."

"알겠습니다."

설산이 앞서 가는 일행에게 달려가는 사이 막여가 입을 열었다.

"태상호법은 뭐냐?"

"아… 네, 그게 우연히……."

황벽이 상련의 일과 하오문, 낭인대의 협력에 대하여 막여에게 설명하자 막여가 고개를 끄덕였다.

"그런 일이 있었구나. 아무튼 잘되었다. 하오문의 정보력이라… 지금 같은 난세에는 꼭 필요한 것이지. 하오문주가 기다린다고?"

"네. 오늘은 그곳에서 묵어가야 할 듯합니다."

"그러자꾸나."

두 사람은 말의 속도를 높여 앞서 가고 있는 일행에게 다가갔다. 저 멀리 산허리를 돌아나가는 길에 작은 마을이 눈에 들어왔다.

"어서 오세요, 태상호법."

조자아는 객잔 앞길에까지 나와 있었다. 좌우호법이 조자아를 수행하고 있었다.

"오랜만에 뵙습니다, 문주."

황벽이 반갑게 조자아에게 인사를 건넸다. 황벽은 이번 설연의 일로 하오문에 대한 생각이 많이 바뀌어져 있었다.

그냥 불쌍하고 약한 사람들의 집단이라는 것이 평소 황벽이 하오문에 대해 가지고 있던 생각이었다. 선뜻 자신의 이름을 태상호법에 올리는 것을 허락한 것도 그 때문이었다.

하지만 이번 일을 겪으며 하오문의 정보력이 결코 만만한 것이 아님을 느끼게 되었던 것이다.

조자아는 황벽 일행을 작은 객점으로 안내했다.

객점 안으로 들어선 일행은 밖에서 보기와는 다르게 깨끗하고 아늑하게 정돈되어 있는 객점을 보고 놀랐다. 또한 객점 안에는 손님들이 하나도 없었다. 조자아가 손을 쓴 것이리라. 사람들은 객점 안에 마련된 탁자에 편하게 자리를 잡고 앉았다.

"사부님, 이분이 하오문의 문주님이신 조자아 여협이십니다. 그리고 이분들은 좌우호법이신 주술과 최광이라는 분이십니다. 조 문주님, 이분이 바로 저의 사부님이십니다. 그리고 이쪽은 빙화 설연이라고… 아시죠?"

"알고말고요. 무림인치고 빙화 설연을 모르는 사람이 있나요? 인사드립니다, 두 분. 하오문주 조자아라고 합니다."

"막여라 하오."

"설연입니다. 이번 도움에 감사드려요."

"호호호, 도움이라니요. 오히려 저희가 태상호법께 입고 있는 은혜에 비하면 아무것도 아니지요. 두 분 정말 잘 어울리시네요."

조자아의 말에 설연의 얼굴이 붉어졌다.

조자아의 말은 사실이었다. 이즈음 무림은 황벽이라는 이름을 서서히 인식해 가고 있었다. 며칠 사이 잔마 진양과 흑막주 중앙종을 베었다는 소식은 과거 오행마를 격퇴한 소식과 더불어 전 무림에 퍼져 나가고 있었던 것이다.

말하기 좋아하는 사람은 급기야 황벽이 이미 신오제와 패천사룡을 넘어섰다고 떠들고 있었고, 혹자는 사성과 견주기도 하였다.

황벽의 명성이 커져 갈수록 하오문의 위세도 커져 갔다. 황벽이 하오문의 태상호법이라는 사실이 항상 소문의 뒤에 따라다녔기 때문이다.

"요즘 태상호법의 이름이 무림에 진동하고 있어요."

"조 문주의 작품이겠지요?"

황벽이 조자아를 보며 입을 열었다.

"호호호, 어디 무림에서 실력없이 이름이 나는 경우가 있나요? 저희는 단지 조금 소문을 빨리 돌렸을 뿐이지요."

조금 빨리 돌린 것이 아니었다. 소문은 이미 중원 전역에 퍼져 있었던 것이다.

"사람들이 황 대협을 무엇이라 부르는지 아세요?"

"……?"

"황 대협의 앞에는 이제 광검이라는 호칭이 붙지요. 한 번 검을 뽑으면 빛보다 빠르며 번개보다 강하다 하여……."

광검(光劍) 황벽. 이것이 하오문에서 전국에 퍼뜨린 황벽의 호칭이었다.

"광검 황벽……. 괜찮은데?"

엽강이 황벽을 돌아보며 말했다.

"뇌전창 엽강 대협의 이름도 황 대협에 못지않지요."

조자아의 말처럼 뇌전창 엽강의 이름은 항상 황벽의 이름과 같이 거론되었다.

그들이 함께한 상련행과 이번 천사평행은 이미 강호의 호사가라면 모르는 사람이 없을 정도로 유명한 사건이 되어 있었다.

자신도 모르는 사이에 황벽은 어느새 무림의 한 축으로 이름을 올리고 있었던 것이다.

"그나저나 조 문주, 이곳까지는 어쩐 일로?"

"네, 태상호법. 저번에 말씀하신 산서의 문제로 상의드릴 일이 있어서요."

"산서? 북두회요?"

"그렇습니다, 태상호법."

"뭐 좀 밝혀진 것이라도?"

*　　　*　　　*

하석은 낭인대에서 십 년을 보낸 노련한 사람이었다.

이형과 조자아의 합의에 의해 낭인대가 하오문의 지부들과 가까운 곳에 자리를 잡은 후 황벽에 의해 요청된 산서 서부 지역에 대한 염탐은 낭인대와 하오문도 한 명씩이 한 조가 되어 행해졌다.

그전에 낭인대만으로 구성된 정찰조들은 살기가 너무 강해 마을에는 들 엄두를 못 냈었는데 하오문과 함께 다니게 된 이후에는 사람들을 상대하는 것은 대부분 하오문의 문도들이 하였으므로 마을에서 숙식을 하면서 주변에 대한 정보를 토박이들로부터 제법 얻을 수 있었다.

또한 숙박이 자유로워지면서 제법 오랫동안 정찰을 할 수 있었다.

수색은 산서 서부 산악 지대에 집중되고 있었다. 이유는 상련의 정보 조직이 북두회의 꼬리를 마지막으로 잡은 곳이 산서 서부 산악 지대였기 때문이다.

산서 서부 작은 마을에서 장사를 하는 유용이라는 상련 조직원이 세대의 마차를 본 후 그것을 상련에 보고하였고, 또한 중조산에서부터 북두회를 따른 상련의 조직도 산서 서부 산악 지대까지 그 뒤를 밟았던 것이다.

이 소식은 허승에 의해 황벽에게 전해졌었고 황벽은 천사평으로 떠나기 전 산서 서부 지역 일대에 대한 조사를 낭인대와 하오문에 맡겼던 것이었다.

그동안 조사는 꾸준히 이루어지고 있었다. 하지만 쉽게 성과를 낼 수는 없었다. 산서 서부 산악 지대의 광활한 넓이를 수색하는 것은 어려운 일이었기 때문이었다.

대대적인 인원을 투입할 수도 없었다. 집중적으로 조사할 경우 적이 눈치챌 가능성이 높았기 때문이다. 그래서 장기적인 염탐이 낭인대와 하오문에 의해서 계속되고 있었던 것이다.

하석과 한 조를 이룬 하오문도 종일은 본업이 약초꾼이었다. 이들은 이달 들어 다섯 번째로 나선 정찰조였다.

그들은 산서 서부에서도 제법 깊숙이 자리한 백우산을 조사하고 있었다.

하석과 종일이 백우산 앞에 있는 마을에서 출발한 것이 이틀 전이었다. 그들은 백우산의 서쪽을 조사해 나가고 있었다.

틈틈이 캔 약초들이 종일의 배낭에 이미 가득 차 있었다. 오늘까지 아무런 발견을 하지 못한다면 이번 정찰도 실패로 돌아갈 것이었다.

“하 형, 아무래도 이번 길도 허탕인 것 같소.”

“휴, 그렇구려. 이미 두 달을 조사했는데도 아무런 흔적이 나타나지 않다니… 혹, 위에서 잘못 짚은 것은 아닐까요?”

“그럴지도. 일반인도 아니고 나와 같은 약초꾼들의 눈에도 띄지 않는다는 것은 아무래도…….”

약초꾼들은 일반적으로 자신이 활동하는 지역의 산길이나 지형은 지도를 보지 않아도 머리 속에 그 정보가 다 들어 있는 법이었다.

종일이 주로 약초를 캐러 다닌 곳이 이 백우산이었다. 백우산이 비록 그 끝이 보이지 않을 정도로 넓은 지역을 차지하고 있었지만 자신과 같은 약초꾼들에게도 발견되지 않는다는 것은 이 지역에 찾고자 하는 것이 없다는 것이나 마찬가지였다.

“이번에 돌아가면 상부에 이 조사에 대한 재고를 요청해 보아야 할 것 같습니다.”

“아무래도 그래야겠지요.”

두 사람은 나란히 산등성이에 앉아 물주머니에서 물을 꺼내 마시며 이야기를 나누고 있었다.

종일의 고개가 갸우뚱거린 것은 바로 그때였다.

“어? 정말 이상한걸?”

종일의 말에 하석이 종일을 돌아보았다.

“무엇이 이상하다는 말이오?”

“저기 저 바위 말입니다.”

종일이 멀리 바라다 보이는 산골짜기의 한 바위를 가리켰다. 산에서 바위야 흔한 것이었고 종일이 가리킨 바위 또한 이상할 것이 없었다.

“저 바위가 어째서요?”

하석이 눈을 가늘게 뜨고 종일이 가리킨 곳의 바위를 바라보았다.

그들과 바위의 거리는 거의 백여 장에 가까워 자세히 보이지는 않았다. 바위 앞으로는 산사람들이 지나다니는 작은 길이 나 있었고 길은 아마도 산 아래 마을까지 이어져 있을 것이었다.

"아니, 그게… 자세히 보면 그 옆에 있는 바위들과 차이가 있지 않습니까?"

"아니, 뭐가요?"

"이끼가 없어요, 이끼가. 그 옆의 바위들에는 이끼가 있는데…….."

"어? 그러고 보니 정말 그러네?"

바위의 크기는 반경 삼 장은 되어 보였다. 바위 주위로는 수림이 울창하게 자라 바위가 잘 보이지 않을 정도로 숲이 깊었다.

바위는 직각으로 서 있는 절벽 아래에 위치해 있었는데. 절벽이 너무 험해 평소 산사람들도 그 절벽을 넘지는 않는 곳이었다.

절벽에는 오래된 이끼가 여기저기 나 있었지만 종일이 가리킨 바위에는 이끼가 없었던 것이다.

"정말 이상하군요. 무심코 볼 때는 몰랐는데……. 가까이 가볼까요?"

"그럽시다."

두 사람은 자리를 털고 일어나 빠르게 바위 쪽으로 걸음을 옮기기 시작했다.

바위는 두 사람이 바라보던 것보다는 상당히 멀리 떨어져 있었다.

"역시 이끼가 없군요."

바위에 다다른 종일이 하석을 보고 입을 열었다.

하지만 하석은 종일의 말에 대답을 할 수가 없었다. 그의 등에 소름이 돋아나고 있었던 것이다.

하석과 종일이 바위 앞에 도착하는 순간 하석은 전장에서나 느낄 수 있는 살기를 온몸으로 느꼈다.

종일은 하석이 대답을 않자 하석을 돌아보았다. 그리고 하석의 이마에 송골송골 맺혀 있는 땀을 보았다.

하석의 눈이 종일을 향해 무엇인가를 꾸준히 이야기하고 있었다. 순간 종일도 하석이 느끼는 것이 무엇인지를 깨달았다.

"뭐, 이런 곳에는 좋은 약초가 나지 않지. 이보게, 하가. 우리 이제 그만 저쪽으로 가보세."

종일이 목소리를 높여 하석을 향해 말했다. 그리고는 발걸음을 돌려 자신들이 온 산등성이 쪽으로 걸어가기 시작하였다.

하석이 종일의 뒤에 바싹 따라붙었다. 그리고 작은 목소리로 재빨리 입을 열었다.

"종일 형, 만약 내가 신호를 하면 뒤를 돌아보지 말고 뛰어 이곳을 벗어나시오. 종일 형은 산길에 익숙하니 이곳을 벗어날 수 있을 것이오. 아니, 벗어나지는 못하더라도 총단에 전서를 날릴 만한 시간을 벌 수는 있을 것이오."

"하 형은?"

"두 사람 다 갈 수는 없소."

종일이 고개를 끄덕였다. 한 사람은 돌아가야 했다. 그들은 과연 백우산에서 사람의 흔적을 발견한 것이다.

"잠깐 서라!"

그때, 숲 속에서 검은 복면을 한 인영 둘이 나타났다. 하석이 느낀 살기의 주인공들이리라.

"어? 무슨 일이오? 당신들 누구요?"

종일이 짐짓 놀란 눈으로 그들을 바라보았다.

"너희들은 누구냐?"

복면인 중 한 명이 종일을 보면서 입을 열었다.

"보면 모르시오? 약초 캐는 사람 아니오. 그러는 당신들은 누구기에 사람 앞을 가로막소? 머리에 복면까지 쓰고."

종일의 말에 복면인이 한쪽에 서 있는 다른 복면인을 바라보았다. 눈빛을 받은 복면인이 고개를 좌우로 흔들었다.

"운이 없구나. 이곳에서 죽어야겠다."

"당신들은 누구요?"

"너희들이 이틀 전부터 백우산을 훑고 다니는 것은 이미 알고 있었다. 저곳을 발견하지만 않았어도 목숨은 부지했을 텐데……."

복면인이 말끝을 흐렸다.

하석은 선공을 생각하고 있었다. 길을 뚫자면 선공이 유리하리라. 순간 하석과 종일의 눈이 마주쳤다.

그리고 하석의 신형이 날아올랐다. 하석이 지팡이처럼 짚고 다니던 나무가 아래위로 갈라지면서 시퍼런 검날이 튀어나왔다.

"지금!"

하석이 앞에 선 복면인을 베어가면서 종일에게 소리쳤다. 복면인이 하석의 검을 무시하지 못하고 손에 든 검으로 맞아갔다.

그사이 복면인의 옆으로 길이 뚫렸다. 종일이 순식간에 그 틈으로 몸을 날렸다.

종일의 신형이 바람처럼 산비탈을 타고 내려갔다.

순간 한쪽에 서 있던 또 다른 복면인이 종일을 향해 몸을 날리려 하
였다.

"어딜!"

순간 하석의 검이 지금까지의 상대를 버리고 종일을 쫓으려는 복면
인의 앞을 가로막았다. 덕분에 종일을 쫓으려던 복면인은 발을 멈추었
으나, 그 대가로 하석은 처음 상대한 복면인의 검에 허벅지를 내주어야
했다.

"귀찮게 하는군. 신호를 올려라."

이미 멀어지는 종일을 바라보며 하석의 검에 길이 막힌 복면인이 입
을 열었다.

그러자 하석의 다리를 벤 복면인이 품속에서 작은 활을 꺼내 들었
다. 그리고는 역시 팔뚝 길이만한 화살을 재어 하늘로 날려 올렸다.

삐이이이─

화살이 하늘로 날아오르면서 휘파람 소리를 내었다.

"이봐, 그냥 순순히 칼을 놓아라. 어차피 신호가 오른 이상 자네의
동료도 곧 잡히게 되어 있어. 이 산에서 벗어나기란 불가능하다는 이
야기지."

하지만 하석은 한 다리에 피를 흘리면서도 검을 놓지 않았다.

"귀찮군."

복면인이 칼을 빼어 들었다. 그리고 하석을 향해 휘둘렀다. 검이 하
석의 미간을 향해 날아들었다. 하석이 있는 힘껏 검을 들어 막으려는
순간, 다시 뒤에서 자신의 허리를 노리는 검이 날아들었다.

남아 있던 다른 복면인이었다. 하석은 더 이상 피할 수 없음을 느꼈
다. 자신의 허리로 차가운 무엇인가가 파고들고 있다는 것을 느끼는

순간 하석은 정신을 잃었다.

낭인대원 하석의 마지막이었다.

종일은 급하게 경사진 산비탈을 미끄러지듯 타고 내려가고 있었다.
이미 주위에 검은 인영들이 울창한 나무 사이로 보였다가 사라지곤 하
였다.

'젠장! 이대로는 힘들겠어!'

종일은 저들이 자신을 몰고 있다는 것을 알았다. 아마도 생포하려는
것 같았다. 만약 목숨을 노렸다면 벌써 자신의 목을 베었으리라.

하지만 적들은 천천히 자신의 주위만을 감싼 채 일정한 거리를 두고
따라오고 있었다.

'시간을 벌어야 해. 일각이면 전서를 날릴 수 있을 텐데.'

종일은 배낭에 든 전서를 날릴 기회를 살피고 있었다. 하지만 적은
한시도 그에게서 떨어지지 않고 있었다.

종일의 머리 속에 아침에 지나온 절벽이 생각났다. 높이가 삼십여
장에 이르는 큰 절벽이었는데 그 아래로 계곡이 이어져 있었다.

종일은 절벽 쪽으로 방향을 틀었다. 그리고 있는 힘껏 달리기 시작
하였다. 적은 절대 그의 꼬리를 놓지 않았다.

갑자기 종일의 신형이 뚝 멈추었다.

그의 눈앞에 수십 장의 절벽이 펼쳐진 것이었다.

절벽 아래 계곡으로 시퍼런 격류가 몸부림을 치며 흐르고 있었다.

"이제 운동은 그만 하지."

어느새 숲 속에서 자신을 따르던 복면인들이 종일의 앞에 나타났다.
그들은 한결같이 검은 옷에 검은 두건을 쓰고 있었으며, 가슴에는 '북

두(北斗)’라는 글자를 새기고 있었다.

“자자, 이제 그만 하고 가자. 물어볼 말이 많아. 넌 네가 속한 곳에 할 만큼 한 거야. 이 정도 도주를 했다면.”

복면인이 마치 달래듯이 종일을 보고 말했다.

“그리고 이제 갈 곳도 없잖아.”

종일은 복면인이 말하는 동안 숨을 고르고 있었다. 그리고 복면인의 말이 끝났을 때에는 급한 숨은 돌린 후였다.

“갈 데가 없기는.”

종일의 말에 복면인이 의아한 눈빛을 발했다.

그 순간 종일의 몸이 허공에 띄워졌다. 그리고는 절벽 아래로 떨어져 내리기 시작하였다.

“뭐야?”

순간 복면인들이 종일이 서 있던 곳으로 달려들었다. 그리고 그들이 절벽 아래를 내려다보았을 때 종일의 몸이 격류 속으로 떨어져 내리고 있었다.

살기 어려울 것이다. 삼십여 장 높이의 절벽에서 뛰어내리고 사는 인간은 흔치 않다. 비록 물속으로 빠져들었다 하더라도 물속에는 또 몇천 년을 이어온 바위들이 있을 것이다.

복면인의 눈가에 불만의 기색이 드러났다.

“미친놈.”

하지만 복면인은 즉시 할 일이 있다는 것을 깨달았다. 죽었다면 시체라도 확인해야 한다.

“내려가 수색해라. 시체라도 찾아야 한다.”

복면인의 말에 나머지 복면인들이 절벽을 먼 쪽으로 돌아 계곡 아래로 내려가기 시작하였다.

반 시진이 지났을 때 종일은 격류를 타고 꽤 많이 흘러내려 와 있었다. 그는 죽지 않았다. 마지막 도박이 성공한 것이었다. 절벽 아래의 급류는 큰 소를 이루고 있었고 종일은 정확히 그 소로 떨어져 내린 것이다.

종일은 거친 숨을 몰아쉬면서 계곡 옆에 드리워진 소나무 가지를 잡고 땅으로 올라섰다. 비록 목숨은 건졌으나 온몸은 도주하며 입은 상처로 여기저기 찢어져 있었다. 격류에 씻기어진 몸에선 다시 새로운 피가 배어 나오고 있었다.

종일은 바랑을 벗고 전서구를 꺼냈다. 작은 함에 들어 있던 전서구는 무사했다.

재빨리 기름종이를 꺼낸 종일이 간단하게 이곳의 위치를 표시한 전서를 하늘로 날려 보냈다. 전서구는 종일의 머리 위를 한 바퀴 돌더니 남쪽으로 날아가기 시작하였다.

'자, 이제 정말 시작인가.'

자신이 속한 곳에 할 일은 이제 끝났다. 이제는 자신의 일을 해야 할 차례, 종일에게는 이제 이곳을 빠져나가는 일만 남아 있었다. 전서를 날렸으니 최소한의 일은 마친 셈이었다.

종일은 배낭에서 밀랍에 싸인 작은 환약을 꺼내 어금니 사이에 끼워 물었다. 만약의 경우를 위한 독약이었다.

저들의 손에 잡힌다면 심한 고문을 받을 것이다. 종일 스스로 목숨을 끊을지언정 저들의 손에 잡힐 생각은 없었다.

'자, 이제 정말 가보자.'

종일이 다시 일어서 산을 타기 시작하였다. 철들 때부터 타던 산길이었다. 일반인이 보기에 도저히 길이 없을 것 같은 산속에서도 산사람들은 귀신같이 산길을 찾아낸다.

종일은 이제 자신이 알고 있는 산에 대한 모든 경험을 쏟아 부어야 한다는 것을 알고 있었다.

종일이 다시 복면인들의 시야에 잡힌 것은 반나절 뒤였다. 해가 서산으로 지고 있었다.

'밤만 된다면……'

종일은 밤을 기다리고 있었다. 밤만 된다면 도망자에게는 어둠이라는 우군이 생긴다. 종일에게 다시 한 번의 기회가 주어지는 것이다.

하지만 언제나 하늘은 사람의 기대를 배반한다.

"그만하면 되었다."

갑자기 종일의 앞에 사람들이 떨어져 내렸다. 그리고는 순식간에 십여 명의 복면인이 종일을 포위하였다.

"정말 귀찮게 하는구나."

절벽 위에서 만났던 복면인이었다.

"자, 이제는 뛰어내릴 절벽도, 몸을 숨길 격류도 없다. 그만 가자."

종일도 더 이상 벗어날 길이 없다는 것을 알고 있었다. 그리고 이만하면 충분하였다. 그는 자신이 가지고 있는 모든 것을 사용하였고, 그랬다면 후회할 일은 없는 것이다.

"그렇군, 이젠 더 이상 할 게 없군."

종일의 입가에 웃음이 떠올랐다.

"그래그래, 잘 생각했어. 이제 그만 하자고."

포기한 듯한 종일의 태도에 복면인이 말을 거들었다.

"그래, 그만 하지. 하지만!"

"……?"

"내가 그만두도록 하지!"

그리고 종일은 어금니를 악물었다. 쓴 기운이 식도를 따라 위장으로 내려갔다. 종일의 얼굴이 검게 변하면서 입가로 피가 흘러내리기 시작하였다.

그리고 종일의 몸이 힘없이 땅 위에 쓰러져 내렸다.

"이런 지독한 놈!"

복면인의 입에서 거친 욕설이 터져 나왔다. 종일은 스스로 목숨을 끊은 것이다.

"이거, 문책이 있겠는데……. 휴, 어쩔 수 없지. 돌아가자."

복면인이 돌아서자 나머지 사람들도 복면인을 따라 걸음을 옮겼다. 그들 뒤로 숲에서 평생을 산 종일이 깊은 산속에 잠들어 있었다.

*　　　　*　　　　*

조자아가 전서를 받은 것은 오 일 전 황벽이 성내촌에 머물 때였다. 조자아는 상련의 허승에게 전서의 내용을 전하고 황벽을 직접 찾아온 것이었다.

"그럼 두 사람이 희생되었다는 것이군요."

황벽의 우울한 목소리가 조자아의 귀에 들렸다.

"네……."

조자아가 조용히 고개를 끄덕였다.

“사람이 희생되리라고는 생각지 않았는데…….”

“무림의 일이란 사람의 희생을 요구하지요.”

“문주께는 정말 죄송합니다. 제 부탁으로 일어난 일이니…….”

“그리 말씀하시면 서운하지요, 태상호법. 하오문도 무림의 문파이고 이번 일은 태상호법 한 분만의 일이 아닙니다. 북두라는 그 조직 생각할수록 무섭군요.”

“……?”

“그러한 오지에 세력을 키우는 것도 그렇고……. 허승 총순찰의 이야기로는 과거 산서에서 발견된 마차의 행선지가 최종적으로 확인되었다고 하더군요.”

“……?”

“한 대는 아시다시피 사공저의 것이었고, 두 대는 각각 석산과 감숙으로 들었다고 합니다.”

“정의맹과 패천맹?”

“그렇습니다.”

“그렇다는 것은?”

“아마도 그들은 전 무림에 자신들의 세력을 가지고 있다고 보아야겠지요. 거기다 각 맹에 있는 그들의 사람이 상련의 사공저 정도의 수뇌라면…….”

“정말 위험하군요.”

조자아가 고개를 끄덕였다.

황벽의 말대로 그것은 정말 위험한 사실이었다. 상련에서 사공저가 가졌던 권력을 생각할 때 패천맹과 정의맹 양쪽에 그만한 세력이 있다는 것은 무림이 곧 그들의 통제 하에 들어갈 수도 있다는 말과 같았다.

"그렇다고 지금 저들의 정체를 모르는 상황에서 패천맹이나 정의맹에 이 일을 이야기하기도 어렵습니다. 자칫 저들이 숨을 수도 있고, 오히려 역공을 한다면 양 맹에서 공적으로 몰릴 수도 있으니까요."

"결국 확실한 증거가 필요하다는 이야기이군요."

"그렇지요."

"휴… 이렇게 되면 역시 믿을 것은 하오문과 상련의 정보밖에는 없군요. 문주께 정말 큰 부담을 드리는 것 같아 죄송합니다."

"태상호법, 그런 말씀 마시라니까요. 무림의 일입니다. 태상호법의 일이 아니고요. 하오문도 무림의 문파. 자유로울 수 없는 일입니다. 오히려 따지자면 태상호법께서야말로 자유로울 수 있는 일이지요."

옆에서 두 사람의 이야기를 듣고 있던 설연과 막여 등이 고개를 끄덕였다.

이 일은 오히려 황벽이 벗어나고자 하면 벗어날 수도 있는 일이었다. 이 길로 말 머리를 노룡촌으로 돌리면 되는 것이었다.

하지만 사람들은 또 황벽이 벗어날 수 없는 일이라는 것을 잘 알고 있었다. 그는 이미 무림에 나왔고 사람들과 인연을 맺었다.

설연… 막여… 허승… 상련… 낭인대… 하오문…….

모두 무림과 연결된 사람들이요, 단체들이었다. 그리고 그들과 연결된 황벽은 무림에서 벗어날 수가 없을 것이다.

"자, 그럼 이제부터는 그 북두회인지 뭔지 하는 조직의 실체를 파악하는 일에 주력해야 하는군?"

막여였다. 막여도 황벽과 조자아의 이야기를 통해 북두회라는 비밀 세력이 결코 가벼운 문제가 아니라는 것을 느끼고 있었다.

"그렇습니다, 사부."

"거기다 정의맹의 주작단을 움직일 수도 없고?"

"네. 피아가 구분이 안 되니… 결국 하오문과 상련에 일을 맡기는 수밖에요. 조 문주님."

황벽이 조자아를 바라보았다.

"말씀하시지요, 태상호법."

"일단 그 백우산에는 더 이상 사람을 투입하지 마세요. 너무 위험합니다. 대신 허승과 상의해서 그 일대의 마을에 전 정보력을 투입하세요. 그리고 나고 드는 사람들을 철저히 추적해서 정체를 밝혀가다 보면 아마도 꼬리가 잡힐 겁니다."

"알겠습니다, 태상호법."

"그리고……."

황벽이 주위를 돌아보면서 사람들에게 입을 열었다.

"이번 일은 이곳에 있는 분들만 아시는 걸로 해둡시다. 일단은……."

황벽의 말에 사람들도 모두 고개를 끄덕였다. 하지만 그들의 표정은 어두웠다. 가뜩이나 무림대전으로 어지러운 무림에 다시 커다란 암운이 드리워진 것이다.

거기다가 그들은 보이지 않는 적이었다.

＊　　　　＊　　　　＊

"첩자가 들었었다고?"

"네, 할아버님."

"그래, 어떻게 되었느냐?"

“모두 죽었습니다. 한 명은 순찰조의 칼에, 한 명은 자결로······.”

일성과 칠성이 대화를 나누고 있었다.

“그렇다면 이곳이 노출된 것인가?”

“둘을 죽였으니··· 아직은······. 하지만 결국 그들을 보낸 곳에서 돌아오지 않는 사람들을 조사하다 보면 결국 백우산이 주목받게 될 것입니다.”

“흠, 그렇다고 이만한 곳을 다시 구할 수도 없고······. 누구더냐?”

“정확치는 않지만 하오문이 아닐까 합니다.”

“하오문?”

“네. 죽은 자의 직업이 정말 약초꾼이었습니다. 그런 자를 첩자로 쓴다는 것은 역시······.”

“그렇군, 하오문밖에 없겠군. 청부일까?”

“아마도 상련에서 선을 대지 않았을까 합니다.”

“상련에서······?”

“네. 저번 중조산의 일전 이후 저들이 우리의 뒤를 밟았을 수 있다는 것이 제 생각입니다만.”

“그래, 그럴 수도 있겠군. 많은 사람들이 움직였으니······.”

“그리고 그때 맞섰던 황벽이 하오문의 태상호법이 되었다고 합니다. 거기다 낭인대까지 하오문과 합작을 하는 것으로 판단됩니다.”

“하오문과 낭인대, 거기다 황벽까지······. 변수구나.”

“그렇습니다. 하지만 저들의 목적에는 다소 여지가 있습니다. 단지 자신들의 생존을 위해서라면 별걱정이 없을 것 같습니다.”

“그래, 그렇겠지. 그들도 지난 무림대전을 독자적으로 버티어냈으니 이번에도 살기 위해 합쳤을 수도 있겠지. 그나저나 황벽이라······. 하오문과 낭인대라면 좋은 날개를 얻었구나."

"그가 우리의 일에 깊이 관여해 들지 않기를 바랄 뿐입니다. 만약 그리된다면 그를 제거하기 위해 회의 전력이 상당 부분 훼손될 것입니다."

"현재 그의 행동은?"

"아마도 설연과 함께 정의맹으로 갈 것 같습니다. 둘의 관계가 심상치 않은 것 같습니다."

"그래? 그러면 이성과 사성이 손을 쓸 수도 있겠구나?"

"하지만 조심은 해야겠지요."

"그래, 그래야지. 괜히 타초경사의 우를 범할 필요는 없겠지. 이성과 사성에게 연락을 넣어 그를 주시하라 해라. 그리고 기회가 된다면 그들을 사천으로 보내는 것도 방법이겠지."

"그렇군요. 패천맹에서는 이제현이 들어갈 것이니… 차도살인의 계가 쓰일 만하겠습니다."

"그래, 그 정도로 하자. 그리고 당분간 이곳을 출입하는 회 사람들에게 각별히 보안에 주의하라 이르고."

"알겠습니다."

무림의 보이지 않는 손, 북두회의 일성과 칠성의 대화였다.

그들은 이곳 산서의 깊은 석실에서 무림의 일을 자신들의 손 위에서 논의하고 있었던 것이다.

제37장
귀환(歸還)

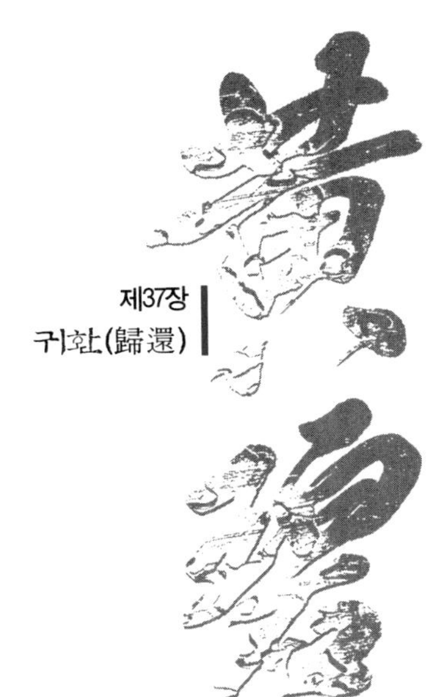

밝은 달빛이 내리고 있는 객잔의 후원, 황벽과 설연
이 작은 정원석 위에 앉아 있었다.

"황 가가."

"응?"

"별이 참 많지요?"

설연의 말에 황벽이 하늘을 바라보았다. 하늘에는 마치 백사장의 모
래알처럼 수많은 별들이 흩뜨려져 있었다.

"정말 많은걸… 마치 무인도 같아."

설연도 고개를 끄덕였다.

"그거 아세요?"

"……?"

"저는 무인도를 떠난 이후 별들을 보지 못했어요. 옛날의 나로 돌아

가고 말았었나 봐요. 한데 오늘 별을 보게 되네요."

설연은 무인도를 떠난 이후 그곳에서 보았던 별들을 잊고 지냈다. 그것은 그녀가 무인도를 떠나 다시 무림이라는 곳에 발을 들임으로써 감내해야 할 당연한 결과였다.

무림은 그녀에게 밤하늘의 별을 감상할 마음의 여유를 허락치 않았던 것이다.

"고마워요."

설연이 황벽을 바라보았다.

"……?"

"찾아와 줘서… 그리고 다시 별을 볼 수 있게 해주어서……."

설연의 눈이 별보다 더욱 반짝였다.

"나도 고마워, 설매. 기다려 줘서……."

두 사람의 눈이 마주치고 서서히 입술이 포개어졌다. 설연의 눈이 조용히 감겨졌다.

"이거 정말 괜찮은데……."

불 꺼진 객잔의 이층, 설연과 황벽을 바라보고 있는 일단의 인물들이 있었다. 엽강과 오삼, 그리고 이형, 설국이었다.

"아, 좀 비켜봐요. 안 보이잖아."

엽강이 오삼을 옆으로 밀어붙였다.

"아참, 거기서 그냥 보면 되지, 키도 커다란 게 앞으로 갈려고 그래."

"두 사람 다 조용히 좀 하세요. 들리겠어요."

설국이 두 사람을 보며 눈을 흘겼다. 두 사람은 설국의 날카로운 눈초리에 입을 다물었다. 하지만 여전히 앞으로 나가려는 몸짓으로 서로를 밀고 있었다.

이형은 비록 두 사람처럼 적극적으로 앞으로 나서지는 못했지만 옆으로 고개를 돌려 설연과 황벽을 쳐다보는 것은 잊지 않고 있었다.

"내가 알아봤지, 처음부터 내가 알아봤어."

"아, 뭐를 알아봐?"

엽강의 말에 오삼이 되물었다.

"아, 그때 내가 그 죽어버린 남궁인과 일합을 겨룰 때 말이오. 그때 설 낭자의 눈에서 둘이 보통 사이가 아니라는 것을 이미 알아봤다니까요."

"야야, 나는 이미 무인도에서부터 둘이 보통 사이가 아니라는 것을 알아봤다."

"어, 그랬수? 역시 나이가 드니 눈치가 빨라."

엽강의 말에 오삼이 엽강을 노려보았다. 하지만 엽강은 지지 않고 한마디를 더했다.

"그 나이 되도록 뭐 했나 몰라. 장가도 못 가고."

오삼의 얼굴이 시뻘겋게 달아올랐다.

"설 소저, 거 화산에 늙어가는 노처녀 없소? 여기 오삼 형 좀 소개시켜 주시오. 힘은 세서 일은 잘할 테니까."

엽강의 말에 설국이 소리없이 웃었다.

이들과는 다른 곳에서 두 사람을 보고 있는 사람들이 또 있었다. 막여와 조자아였다.

"좋은 때이군요."

"좋은 때지."

조자아의 말을 막여가 받았다.

"잘되었어. 그간 마음 고생이 많은 듯했는데 다행히 설 문주가 이해를 해주니."

"황 대협 같은 사람을 거절할 백부가 있겠어요?"

"휴, 어디 세상일이 사람의 됨됨이로 평가되어지나. 다 이런 저런 것들이 관여되기 마련이지."

조자아가 고개를 끄덕였다. 하오문의 경우만 보아도 하오문에 얼마나 많은 인재가 있던가? 그럼에도 불구하고 하오문은 언제나 무림의 가장 낮은 곳으로 대우를 받았다.

하다못해 정보가 생명인 전쟁을 치르면서도 패천맹과 정의맹은 하오문을 자신들의 세력으로 껴안는 것을 꺼렸던 것이다.

필요할 때 돈을 주고 정보를 살지언정…….

"그래도 황 대협 같은 사람은 찾기 어렵지요. 무공이 어느 정도일까요?"

조자아가 궁금하다는 듯이 막여에게 물었다.

"글쎄, 내가 가르치기는 했는데… 뭐, 가르친 것도 없지. 사실 책 하나 던져 준 것이 고작이니……. 어쨌든 저 녀석 정말 컸어. 기대보다 더."

"덕분에 우리 하오문도 어깨에 힘을 주고 있지요, 요즘은."

"그거 잘되었군 그래. 나도 하오문에 한자리 마련해 줄 수 있겠나?"

"막 어르신이라면 제가 삼고초려도 마다하지 않겠습니다."

"하하하! 농이네, 농이야. 난 이번 일이 지나면 벽이 저놈과 함께 노룡촌으로 갈 거야. 거기 죽지 못해 사는 노인 한 명 있다니 말벗이나 하며 지낼라네.”

막여가 웃음을 터뜨리며 조자아를 바라보았다.

“호호, 한번 제가 들르도록 하지요.”

“조 문주가 온다면야 대환영이지 그래. 가끔 들르게나.”

“그나저나 정의맹에서 저들을 어떻게 받아들일지요?”

조자아가 막여를 보며 입을 열었다.

“……?”

“상련의 일을 주도한 사람, 하오문의 태상호법. 정의맹의 반응이 걱정되는군요.”

“설 장문인도 있고, 능소개나 고봉정도 약간의 안면이 있으니 큰 문제는 없을 것이야. 더군다나 일개 호정단원으로 있겠다는 거니.”

“그게 더 문제이지요. 그들은 아마 황 대협을 충분히 이용하지 못하는 것에 불만을 가질 수도 있지요. 거기에 호정단의 세력이 지나치게 강해지는 것도 탐탁하지 않게 생각할 수도 있고요.”

“하긴 호정단원들이 다 보통은 아니지.”

그들의 말처럼 이제 새롭게 구성될 호정단은 비록 사람 수는 얼마 안 되지만 여느 단 못지않는 전력을 갖추게 될 것이었다.

맹 내의 세력 다툼을 잘 알고 있는 막여로서는 걱정되는 부분이 없지 않았다.

“그저 이번 전쟁이 끝날 때까지만 아무 일이 없기를 바랄 수밖에…….”

막여가 뒷말을 흐렸다.

많은 사람들이 자신들을 주시하고 있는지도 모른 채 설연과 황벽은 서로 간의 이야기로 꽃을 피우고 있었다.

"어머, 그럼 그 허승이라는 분이 결혼을 했다는 거예요?"

"그렇지. 그 녀석이 우리 셋 중에서 가장 먼저 결혼을 한 것이지. 하지만 그 제수씨와 엽강의 사이가 별로 좋지가 않아."

"아니, 왜요? 다투기라도 하셨어요?"

"엽강이 신혼방의 문에 커다란 작살 구멍을 내어놓았거든."

"뭐라고요? 세상에, 엽 대협이 혼날 짓을 했군요."

"아무래도 그렇다고 봐야지. 그래서 나는 결심했어."

"뭐를요?"

"우리 신혼방은 문을 철문으로 만들어야지."

황벽의 말에 설연의 볼이 발갛게 물들었다. 둘은 오랜만에 무인도에서와 같은 기분 좋은 밤을 맞이하고 있었다.

*　　　　*　　　　*

일행은 다음날 일찍 객잔을 떠났다. 하오문주 조자아는 상련이 있는 낙양으로 길을 잡았다. 황벽의 말대로 이제 상련의 정보 조직과 함께 산서 백우산 일대를 철저히 감시하기 위한 협의를 허승과 하기 위해서였다.

조자아를 떠나 보낸 황벽 일행은 석산을 향해 천천히 움직이기 시작하였다. 석산까지는 말을 달리면 이틀이면 닿을 길이었으나 그들은 서두르지 않고 천천히 나아가고 있었다.

그것은 그들이 특별히 서두를 이유가 없었던 것도 이유였지만, 아직 막여의 상처와 일부 호정단원들의 상처가 완쾌되지 않아 굳이 무리하게 움직일 필요가 없었기 때문이다.

그래서 그들이 정의맹 석산총단에 닿은 것은 그로부터 나흘이 지난 한낮이었다.

정의맹 석산총단이 술렁이고 있었다. 호정단이 귀환하는 것이었다. 오십여 명의 인원이 천사평으로 떠난 지 한 달여가 지난 시간이었다.

그동안 무림에 호정단의 천사평행은 널리 알려져 있었다. 호정단의 희생을 바탕으로 정의맹은 호남을 차지할 수 있었던 것이라는 소문도 함께였다.

일부 사람들은 호정단을 천사평으로 밀어 넣은 정의맹 수뇌부를 비판하는 사람도 많았지만 사람들은 어두운 면보다는 밝은 면을 보기를 원하기 마련이었다.

죽은 사람은 잊혀지고, 호남을 얻은 성과와 살아 돌아온 이들에 대한 환호가 정의맹을 감싸고 있었다.

"나가서 맞아야겠지요?"

장의현이 제갈의현을 보며 물었다.

"나가서 맞아야겠지요."

제갈의현이 대답했다. 그는 무엇인가를 계속 생각하고 있는 듯이 장의현을 바라보지 않고 대답했다. 장의현의 얼굴이 찌푸려졌다.

"군사, 아까부터 무엇을 그리 생각하고 있는 게요?"

장의현의 물음에 제갈의현이 고개를 들어 장의현을 바라보았다. 그리고 그는 지금 이곳이 맹주전이라는 것을 깨달았다. 맹주전에는 두 사람만 있는 것이 아니었다. 이미 각파의 수뇌부들이 맹주전을 채우고 있었다.

제갈의현이 보인 행동은 군사가 맹주를 대하는 예가 아니었다. 제갈의현이 황급히 허리를 숙였다.

“죄송합니다, 맹주. 제가 잠시 다른 생각에 빠져 무례를 범했습니다.”

제갈의현의 사죄에 그제야 장의현의 안색이 펴졌다.

“괜찮습니다, 군사. 군사의 정의맹을 위한 노고는 만인이 다 알고 있는 일입니다. 단지 너무 많이 심력을 쓰시다 건강을 해치시지나 않을까 걱정이 되는군요.”

“걱정해 주시니 감사합니다, 맹주.”

제갈의현이 다시 깊이 허리를 숙였다.

“자자, 그건 그렇고 호정단이 돌아오는데 역시 맹 밖으로 나가서 맞아야 하지 않겠습니까?”

“아무래도 그래야 하겠지요.”

“자, 그럼 이제 그들이 올 시간이 다 되어가니 모두들 밖으로 나갑시다.”

장의현이 일어서서 앞서 맹주전을 나서자 나머지 사람들이 뒤를 따랐다. 제갈의현은 그런 그들을 따라 밖으로 나가면서 또다시 생각에 잠겼다.

‘호정단과 광검 황벽에 뇌전창 엽강이라… 쉽지 않군, 쉽지 않아.’

제갈의현이 고개를 흔들며 조금 멀어진 일행의 후미로 빠르게 따라붙었다.

“어라? 저건 뭐여?”

엽강의 입에서 튀어나온 말이었다. 사람들이 엽강의 시선을 따라 고 개를 돌렸을 때, 정의맹 석산총단 앞에 늘어선 수많은 사람들이 눈에 들어왔다.

"아무래도 마중을 나온 듯합니다."

팽정이 입을 열었다.

"이것 참, 이러면 부담스러워서 어디 들어가겠나."

엽강이 괜히 멋쩍은지 일행의 선두에서 후미로 말을 몰아가 제일 뒤 에 따라붙었다.

"허 참, 그 사람 저런 면이 있네."

막여가 엽강이 뒤로 숨자 뜻밖이라는 듯 얼굴에 웃음을 띠었다.

"촌놈이라 그래요."

오삼이 말을 받았다.

"사제, 나도 떨리는데 나도 촌놈이라 그럴까요?"

"나참, 사형. 말꼬리 잡기는… 그냥 그렇다는 거요. 그래도 친구라 고."

오삼의 말에 모두들 웃으며 앞으로 나아갔다.

정문 바로 앞에는 장의현을 위시한 정의맹 수뇌부들 이십여 명이 서 있었다. 그리고 그 오른쪽에는 이번 호정단의 천사평행에 참가한 호정 단원들이 속한 중소문파의 사람들이 서 있었고, 그 주위를 빙 둘러서 수많은 정의맹도들이 호정단을 기다리고 있었다.

"와아아아!"

멀리 호정단이 눈에 들어오자 정의맹 맹도들의 입에서 함성이 터져 나왔다. 호정단이 가까이 다가올수록 함성은 커져 갔다.

그것은 사지로 보내져 혈로를 뚫고 나온, 살아남은 자들에 대한 환호성이었다.

사람들의 함성 속으로 호정단이 들어섰고, 설연을 선두로 한 호정단원들이 정의맹의 수뇌부가 서 있는 정문 앞으로 다가갔다.

"정말 수고가 많았소, 호정단주."

장의현이 앞으로 나서며 설연을 맞았다. 설연이 천천히 말에서 내리자 그의 뒤를 따르던 호정단원도 모두 말 위에서 내려섰다.

"염려 덕분에 일을 무사히 마쳤습니다."

설연이 정중히 고개를 숙여 수뇌부에게 인사를 했다. 설장벽의 흐뭇한 시선이 설연의 눈에 들어왔다.

설연은 수뇌부에 인사를 한 후 진주언가의 가주 언불이와 공동파의 문주 여의기 두 사람 앞에 가서 다시 깊이 허리를 숙였다.

"두 파의 어른들께 사죄드립니다. 언남성 대협과 손진 대협을 비수평원에 묻고 왔습니다. 죄송합니다."

설연의 비통함이 말속에서 전해졌다.

"들어 알고 있었소. 단주… 그게 어찌 단주의 잘못이오. 너무 그리 자신을 자책하지 마시오. 앞으로도 우리 두 파는 단주의 일에 적극 협조하리다."

여의기가 설연의 사죄에 좋은 낯으로 화답했다.

"그리 말씀해 주시니 감사합니다."

다시 한 번 고개를 숙여 두 사람에게 인사를 한 후 설연이 우측에 서 있는 호정단원들의 출신 문파 사람들에게 다가갔다. 그리고 다시 크게 허리를 숙였다.

"여러 문파의 자제들을 살피지 못하고 비수에 묻었습니다. 설연이 살아남은 사람들을 대신해 사죄드립니다.”

그러자 사람들 중 한 명이 앞으로 나섰다.

“설 단주, 너무 자책하지 마십시오. 어차피 칼을 드는 순간 죽음을 달고 다니는 무인입니다. 그래도 전장에서 죽었으니 가치없는 죽음은 아닐 것입니다. 그러니 설 단주님도 너무 죽은 사람들에 대해 애통해 하지 마시기 바랍니다.”

하남에 뿌리를 둔 전통있는 철가(鐵家)의 문주 철장명이었다.

“철 문주님의 말씀을 들으니 많은 힘이 되는군요. 감사합니다.”

설연이 다시 허리를 숙이고는 수뇌부들의 앞으로 다가갔다. 사람들은 설연이 죽은 자들의 문파 존장에게 사죄를 하는 장면을 엄숙하게 바라보고 있었다.

그리고 설연의 사람 됨됨이와 이를 받아들이는 문파 수장들의 아량에 작은 감동이 장내를 감쌌다.

“맹주님, 그리고 여러 어르신들, 소개해 드릴 분들이 있습니다.”

“……?”

설연의 말에 맹주 이하 모든 사람들이 설연을 바라보았다.

“황벽 대협이십니다. 그리고 오삼 대협, 이형 대협, 그리고 저기 뒤에 계시는 분이 엽강 대협이십니다. 엽 대협! 앞으로 나오시지요. 이번에 큰 도움을 받았습니다.”

순간 사람들 사이에서 웅성거리는 소리가 들리기 시작하였다.

“저 사람이 광검이군. 아, 저 사람은 뇌전창이고.”

“아, 광검……!”

사람들은 말로만 전해 듣던 광검 황벽을 실제로 보자 서로 좀 더 자세히 보려는 듯 옆 사람과 자리 싸움을 했다.

"어서 오시오. 환영합니다. 이번 정의맹의 행사에 도움을 주신 점 감사드리오."

장의현이 앞으로 나서며 황벽 등에게 포권을 취해 보였다.

"감사는……. 조그만 도움을 크게 받아주시니 송구합니다."

황벽이 제법 예의를 갖추어 포권을 취했다.

"막 노사, 몸은 괜찮으신지……."

장의현이 다시 막여의 팔이 없는 소매를 보며 막여에게 다가갔다.

"괜찮습니다, 맹주."

"맹에서 너무 무리한 것을 요구했나 봅니다."

"아닙니다. 누군가는 해야 할 일이었지요."

막여가 웃는 낯으로 답을 하였다.

"맹주님, 모두 먼 길에 피곤할 터인데 이제 그만 숙소에 가서 오늘은 푹 쉬게 하는 것이 좋을 듯합니다. 자세한 이야기는 내일 맹주전에서 듣는 걸로 하지요."

제갈의현이 나서서 길어지는 환영 인사를 잘랐다.

"그럽시다. 내가 피곤한 사람들을 너무 붙들어두었군요. 자, 설 단주, 오늘은 이만 숙소에 가서 쉬시고 내일 다시 뵙는 것으로 합시다."

"네, 맹주님. 그럼 그리하지요. 내일 뵙겠습니다."

설연이 장의현에게 인사를 하고는 정문 안으로 들어 호정단의 숙소가 있는 총단 서쪽으로 길을 잡았다. 그 뒤를 황벽 등과 호정단원들이 따랐다.

"그가 왔군."

능소개가 입을 열었다.

"그래, 과연 그가 왔군. 잘된 일이지."

고봉정이 자조 섞인 말투로 대답했다.

"자네 괜찮나?"

"괜찮네. 사매를 천사평에 홀로 보낼 때 난 이미 자격을 잃은 거였어. 광검은 사매를 위해 사지로 들지 않았나. 자격이 있다면 그에게 있는 거겠지."

"그게 어디 자네가 원해서 그리된 것인가? 맹의 명이니 어쩔 수 없었던 것이지."

"괜찮네, 위로하지 않아도 돼. 두 사람 정말 잘 어울리지 않나. 사매의 얼굴에 다시 웃음이 돌아온 것도 같고."

"광검이라……. 노룡촌에서 배를 탈 때 어찌 저 사람이 저리될 줄 알았겠는가?"

"다 인연인 게지. 운명이야. 자, 우린 가서 술이나 한잔하세."

"아니? 자네, 사매는 안 볼 생각인가?"

"나중에… 내일이나 해서 같이 가보세. 오늘은……."

"알았네, 알았어. 내 좋은 곳으로 안내하지. 가세."

능소개와 고봉정이 어깨를 나란히 하고 걸음을 옮겼다.

호정단의 숙소는 일행이 떠날 때와 많이 바뀌어져 있었다. 맹을 떠나기 전과 돌아올 때, 호정단의 맹 내 위치 변화가 숙소에서도 나타나고 있었던 것이다.

예전에는 허름한 창고 같던 숙소가 이제는 제법 안락한 모습을 보이고 있었다. 한곳에서 십여 명씩 생활하던 예전과는 달리 이제는 이인 일실의 깔끔한 침실이 준비되어 있었다.

숙소에 도착한 호정단원들은 잠시 한자리에 모였다가 각자의 방을 정하고는 자신의 문파 사람들을 만나러 나갔다. 팽정 역시 하북팽가의 사람들을 만나러 외출하였다.

숙소에는 설연과 황벽, 그리고 엽강, 막여, 오삼, 이형 등 대부분 상 련에서 황벽을 따라온 사람들만 남아 있었다.

황벽은 막여와 같은 방을 사용하기로 하였다. 황벽과 막여가 자신들 의 방으로 들어오자 방 안에서 갓 깎은 소나무 향기가 났다. 아마도 그 들이 돌아오기 전 급하게 수리를 하였으리라.

"어허, 냄새가 아주 좋은걸."

막여가 숨을 크게 들이쉬면서 향긋한 소나무 냄새를 들이마셨다. 황 벽도 한곳에 짐을 내려놓고는 침상에 걸터앉았다.

"그래, 무공은 어찌 되었느냐? 절대오검은 완성을 했느냐?"

"네, 사부."

"그래, 역시 사람이 무엇인가를 이루려면 고통이 따르는 법이지."

황벽도 고개를 끄덕였다. 만약 그가 설연과의 이별을 겪지 않았다면 어쩌면 건곤신공의 깨달음은 없었을 것이다. 설연과의 아픔 속에서 그 는 정신적인 성숙을 이루어내었고, 그것은 곧 건곤신공의 깨달음으로 이어졌던 것이다.

"무림에 나와본 소감은 어떠냐?"

막여가 황벽을 바라보았다.

"예전에 사부께서 처음 무공을 전수해 주실 때의 생각이 요즘 많이 납니다."

"……?"

"그러셨죠, 가급적이면 무공을 익혀도 무림의 일에 관여하지 말라고. 그리고 또 이미 무공을 익히는 순간 강호에 발을 담근 것이나 마찬가지라고……."

"내가 그랬었나?"

"네, 사부가 그러셨었지요. 요즘 사부님의 그 말씀이 맞다는 것을 느끼고 있습니다. 처음에는 그냥 허승을 도와주고 설매와 사부를 찾아보겠다고 나선 길이었는데, 어느새 제 손에는 피가 가득 묻어 있더군요."

황벽의 말에서는 쓸쓸함이 배어 나왔다.

"그래, 그렇겠지. 일단 칼을 한번 들어 누군가와 겨룬다는 것은 또 그 누군가와 연결된 사람들과 칼을 겨눈다는 것을 의미한다. 그러니 네가 열을 베었다면 넌 이미 백 명의 적을 두게 되는 것이지. 그게 무림이다."

"……?"

"아니, 무림이라고 한 나의 말은 잘못되었다. 이제사 생각해 보니 그게 사람의 삶이다. 하나의 원한은 열 명의 적을 만들고, 하나의 은혜는 다시 열 명의 사람을 얻는다. 그게 세상 사는 이치이지. 무림도 세상의 한 부분이니 다를 바가 없을 뿐이다. 단지 손에 칼이 들릴 뿐이다."

"하지만 사부, 이번 이차무림대전 같은 경우 충분히 조사를 하지도 않은 상태에서 일이 벌어진 것 아닙니까? 비록 남궁인과 진패천의 사인이 당문과 천독림의 독에 의한 것일지라도 양 맹에서 철저히 조사를 해 흉수를 가려내어 처벌하면 그뿐이었을 텐데… 그들은 처음부터 상대방이 절대 들어줄 수 없는 무리한 요구를 한 것 아닙니까? 그 결과가 이러한 피의 바람이고."

황벽의 말에는 일리가 있었다. 비록 당문과 천독림의 독이 사용되었지만 그 흉수는 아직 밝혀지지 않고 있었던 것이다.

그러한 상태에서 양 맹은 서로의 수뇌부를 내어놓으라 요구한 것이었다. 그것은 도저히 받아들이기 힘든 조건이었다.

결과는 이차무림대전…….

아직은 시작에 불과했다. 앞으로 얼마나 더 많은 피를 흘려야 할지 아무도 알지 못했다. 한번 구르기 시작한 피의 수레바퀴는 좀체 멈추지 않는 법이었다.

"벽아, 너는 그 두 사람의 죽음이 이 전쟁의 원인이라고 생각하느냐?"

"……?"

"물론 그 두 사람의 죽음이 불을 붙인 것은 맞다. 하지만 이미 양 맹의 사람들에게는 전쟁을 기다리는 마음이 있었던 것이다. 이 전쟁은 결코 막을 수 없는 것이었다."

"어째서……?"

"사람이 사는 것도 다 마찬가지다. 양 맹에 신오제와 패천사룡이라는 신진고수가 출현했다. 대단한 무공들을 가지고 있었지. 사성에 비견될 만큼. 그래서 양 맹의 세력 판도에 변화가 생기기 시작하였다. 그동안 주도 세력이었던 사람들이 뒤로 밀리며… 신오제와 패천사룡이 그 자리를 채워갔다. 같은 맹의 사람은 서로 싸울 수 없다. 새로운 세력은 더욱 크기를 원했을 테고, 기존 세력은 그들의 세력을 유지할 수 있는 어떤 변화가 필요했다. 그들은 결국 동기는 다르지만 모두 전쟁이라는 글씨를 머리 속에 그리고 있었을 것이다."

황벽이 고개를 끄덕였다. 신구의 부딪침이 외부로 터져 나온 것이다. 전쟁은 그들에게 막아야 할 것이 아닌 기다리는 것이었던 것이다.

"자고로 무림에 십 년 이상 평화가 지속된 예가 드물었다. 그만큼 무림인들이란 것이 힘이 쌓이면 쓰고 싶어한다는 것이지. 이번에도 그렇고. 그저 피를 덜 흘리며 이번 일이 지나가기를 바랄 뿐이다."

황벽이 고개를 끄덕이면서 입을 열었다.

"무인도의 무명노인도 이런 말씀을 하셨습니다. 세상에 큰 힘이 나타나면 그만큼의 대가를 요구하는 것이 하늘이라고. 그래서 마음에 걸립니다. 제가 익힌 무공이."

"휴, 맞는 말이기는 하다만 너무 마음 쓰지는 마라. 이렇게 생각할 수도 있지 않느냐? 이미 누가 큰 힘을 가지고 있고 그것의 사용을 네가 막으라는 뜻으로."

"사부, 꿈보다 해몽이 좋습니다."

"사람이란 긍정적으로 생각하고 살아야 일이 잘되는 법이란다. 늙은 이의 말은 틀리는 게 거의 없으니 새겨들어라."

"예, 사부. 알겠습니다."

"자, 그럼 이제 좀 쉬자. 너 오늘은 안 나가느냐?"

"네?"

"아, 설연 낭자를 만나러 안 가냐구."

순간 황벽의 얼굴이 숙여졌다. 하지만 잠시 후 황벽은 막여가 잠이 들자 조용히 방문을 열고 밖으로 나갔다. 물론 막여가 정말로 잠들었는지는 아무도 모를 일이었다.

다음날 날이 밝자 외출을 했던 호정단원들이 모두 돌아왔다. 팽정도 예의 그 활달한 모습으로 숙소의 문을 열어젖히며 안으로 들어섰다. 문파의 식구들을 만나고 온 사람들의 얼굴에는 생기가 넘쳐나고 있었다.

설연은 아침부터 맹주전에서 열리는 원로원 회의에 참석차 자리를 비웠다.

호정단원들은 모두 기대에 찬 얼굴로 설연을 기다리고 있었다. 그들은 설연이 가지고 올 하나의 소식을 어린아이가 곶감 기다리듯 기다리고 있었다.

그것은 정의맹 심처에 자리한 무고에의 출입 허가였다. 대부분 중소 문파의 자제들인 살아남은 일곱 명의 호정단원들은 맹의 무고에 드는 것을 평생의 숙원으로 생각하고 있었던 것이다. 그리고 그들은 그 이유로 천사평행을 선택한 것이었다.

설연은 점심 식사가 시작되기 전에 돌아왔다. 모두의 시선이 설연에게 향해졌다. 설연은 그들의 얼굴을 보며 웃는 낯으로 인사를 했다.

"모두 잘들 쉬셨나요?"

"네, 단주!"

호정단원들의 우렁찬 대답이 들려왔다.

"아마 여러분은 이걸 기다리고 있으셨겠지요?"

설연의 손에는 오십여 개의 패가 들려 있었다. 그리고 그것은 바로 무고를 출입할 수 있는 신분을 증명하는 패였다.

"얏호!"

"와!"

호정단원들의 입에서 함성이 터져 나왔다.

설연이 웃으며 일행이 앉아 있는 둥근 탁자에 앉았다.

"여기 무고 출입패가 있으니 이제부터는 무고에 들어 자신의 무공을 연마하세요."

"감사합니다, 단주."

“아니요, 제게 감사할 일은 아닙니다. 모두 여러분이 목숨을 건 대가
이지요. 그래서 출입패도 죽은 사람들 몫까지 받아왔지요.”

설연이 웃으며 한 명 한 명에게 무고 출입패를 주었다. 출입패는 황
벽이나 엽강에게도 주어졌다.

“우리에게도?”

“이제 두 분도 호정단원이잖아요.”

좋아하는 사람은 또 있었다. 이형이었다. 그에게도 무고의 무공은
큰 도움이 될 것이었다. 오랜 낭인 생활로 익힌 무공을 가다듬을 좋은
기회를 제공받은 것이다.

“거 무지하게들 좋아하네.”

엽강이 손에 들린 출입패를 던졌다 받았다 하면서 입을 열었다.

“자네들에게도 좋은 기회야.”

막여가 입을 열었다.

“네?”

엽강이 반문을 했다. 황벽과 엽강의 무공은 이미 무고에 있는 무공
들의 수준을 뛰어넘은 지 오래였다. 무슨 소용이 있느냐는 반문이었
다. 막여가 고개를 가로저으면서 입을 열었다.

“무공은 끝이 없는 것이다. 옛부터 사람들이 무공을 무도(武道)라고
까지 부른 것은 무공의 길이 끝이 없음을 가리키는 말에 다름 아니다.”

사람들이 조용히 막여의 말을 경청했다.

“물론 자네와 황벽, 그리고 설 단주 등의 무공은 이미 그 무고에 비
치된 무공을 뛰어넘은 지 오래일 것이다. 하나 아무리 나이 어린 아이
에게도 배울 것이 있듯이, 무에 있어서는 아무리 낮은 수준의 무공에서
라도 배울 것이 있다.”

사람들은 막여의 말에 고개를 끄덕였다.

"무고에는 천하 각파의 무공이 비치되어 있다. 물론 각 문파의 비전은 아닐 것이나 그래도 각파에서 제법 아끼는 비급이 상당수 있는 것으로 알고 있다. 그러니 어찌 배울 것이 없겠느냐. 황벽이나 자네도 한 번 들러보는 것도 좋을 것이야."

"알겠습니다, 사부. 단원들과 함께 들러보도록 하지요."

"그래, 그러도록 해라."

설연은 막여의 말을 듣고 있다가 그의 말이 끝나자 빙그레 웃으며 입을 열었다.

"우리 호정단원들은 운이 좋은 것 같아요."

"그게 무슨 말입니까, 단주?"

"무고에 드는 것도 행운이라 할 수 있지만 여기 이렇게 막 어르신과 같은 좋은 무공 선생님이 계시니 얼마나 행운입니까?"

설연의 말에 모두들 고개를 끄덕였다. 막여는 정말 뛰어난 무공 선생이었다.

일반적으로 무공이 고강하다는 것과 무공을 잘 가르친다는 것은 전혀 다른 성질의 것이었다. 무공이 천하제일에 이른 사람이라도 그의 제자를 꼭 천하제일로 키울 수 있는 것은 아니었다.

사람은 보통 자신의 경험을 바탕으로 다른 사람을 가르치게 된다. 초절정에 이른 고수들은 어려서부터 천재 소리를 들으며 키워지는 경우가 대부분이었다. 그런 만큼 그들의 무공에 대한 이해는 천부적인 것이었다.

하지만 그래서 그들은 제자를 가르치기 어려웠다. 자신이 쉽게 이해한 것을 이해하지 못하는 제자를 이해할 수가 없는 것이었다.

상승무공으로 갈수록 무리의 깨달음이 중요한 무공 수련에서 배우는 사람의 상태를 살피지 못하는, 가르치는 사람의 강요는 종종 배우는 사람을 망치곤 하는 것이었다.

무림에서 호부에 견자가 나는 경우는 대부분 이런 이유였다.

그런 면에서 막여는 여러 무공에 대한 지식의 폭이 넓을 뿐 아니라 자신 스스로도 점소이를 하다 무공에 입문한 만큼, 익히는 사람의 단계별로 정확한 가르침을 줄 수 있는 것이었다.

과거 황벽도 배 위에서 처음 막여에게 무공을 배울 때 막여가 땅을 짚듯 설명해 준 무리가 지금의 무공을 이루는 데 중요한 자산이 되었던 것이다.

"허허허, 설 낭자가 내 얼굴에 금칠을 하는걸."

"아닙니다, 막 어르신. 정말로 진심에서 드리는 말씀입니다. 그러니 이번 맹에 머무는 동안 단원들의 수련을 보아주시기 바랍니다."

"부탁드립니다, 어르신!"

설연의 말에 호정단원들이 일제히 고개를 숙이며 막여에게 청을 했다.

"하하하, 이거 단주가 나에게 일거리를 주는구먼. 모두들 이렇게 부탁을 하니 거절할 수도 없고. 좋으이, 그럼 무고에 들어 무공을 익히다가 의문나는 점이 있으면 나에게 가져오게. 내 아는 대로 가르쳐 주도록 하지."

"감사합니다, 어르신!"

다시 모든 단원들이 고개를 숙여 막여에게 감사를 표했다.

"어어~ 자네, 이거 사제들이 너무 많아지는 거 아니야?"

엽강이 황벽을 돌아보았다.

"이 사람, 이분들은 이미 다 소속 문파가 있으신 분들이야. 사부께 무공을 전수받는 것이 아니고 익히고 있는 무공을 점검받는 것이네. 말이 되는 소리를 해야지."

"어, 그런가? 난 또 자네가 떼거지로 사제들을 얻어 나를 핍박하면 어쩌나 그 걱정을 하였는데, 그런 걱정을 할 필요는 없겠군."

엽강의 말에 모두들 큰 소리로 웃었다.

웃음이 잦아들자 다시 설연이 말을 이었다.

"그럼 내일부터 무고에 들어 무공들을 익히도록 하시고요, 황 가가와 엽 대협, 그리고 이형 대협과 오삼 대협의 호정단 입단은 승인되었습니다. 앞으로 잘 부탁드립니다."

"단주, 한 가지 약속을 해주시오."

엽강이 설연에게 갑자기 말을 건넸다.

"무슨 일이신데요, 엽 대협?"

"커험, 거 두 분이 사귀는 것은 좋으나 단원을 대하는 데 사감이 개입해 차별하는 경우는 없어야 합니다. 커험!"

엽강의 말에 사람들이 다시 한 번 웃음을 터뜨렸고, 설연의 얼굴은 발갛게 물들었다.

"하여간 이 친구는……."

황벽이 혀를 차며 엽강을 바라보았다.

"그리고……."

잠시 얼굴을 붉히고 있던 설연이 입을 열었다.

"단원을 추가로 모집하려 합니다."

"단원을요?"

팽정이 설연을 바라보았다.

“네. 이번에 추가되신 분들도 있지만, 인원이 부족한 것 같아서요.”

“그럼 몇 명이나?”

“이번에도 그리 많이 뽑지는 않을 생각이에요. 저번의 숫자 정도로. 총인원은 지금 인원과 합쳐서 오십으로 하려 합니다. 해서 무고의 출입패도 현재의 인원보다는 앞으로의 인원을 예상해서 오십여 개를 받아왔습니다. 죽은 자의 몫은 결국 그 소속 문파에 돌아갈 거예요.”

설연의 말에 모두들 고개를 끄덕였다.

“새로 뽑히는 사람들에게도 무고의 문이 개방될 것이에요. 해서 이번에 전사한 사람들이 속한 문파 사람들에게 우선권을 주려 합니다.”

“맞는 말이야, 맞는 말이야. 희생에는 보답이 따라야지.”

막여가 설연의 말을 받았다. 잠시 침묵이 일행 사이에 흘렀다. 죽은 사람은 잊혀지고 산 사람은 이렇게 그들이 흘린 피의 대가를 받고 있었던 것이다.

“자자, 이제 모두 점심 식사를 하러 가지. 식사 후에는 본격적으로 무고에 들어 무공을 익히도록 하고.”

침울해진 분위기를 깨려는 듯한 막여의 말에 모두들 자리에서 일어났다.

그리고는 식당을 향해 걸음을 옮겼다.

다시 한 번 정의맹이 들끓기 시작하였다. 호정단원 추가 모집에 대한 방이 붙은 것이다.

이번 단원 모집은 과거와 다르게 맹에 큰 반항을 불러일으켰다. 호정단에 대한 인식이 그만큼 바뀌어져 있는 것이었다.

이제 호정단은 정의맹도들에게 선망의 대상이었다. 일단 호정단원에 뽑히면 맹의 무고에 들 수 있는 자격이 주어졌다. 거기다가 호정단에는 천하제일을 다투는 황벽과 엽강이라는 초고수가 있었다.

또한 은근히 들리는 소문에 의하면 호정단원들이 모두 막여라는 노인에게 무공를 교정받는데, 한번 가르침을 받으면 가르침을 받은 사람의 무공이 일취월장한다는 것이었다.

하지만 사람들은 다시 한 가지 소식에 실망해야 했다. 그것은 새로 뽑는 호정단원은 천사평에서 숨을 거둔 문파의 사람에게 우선권이 있다는 것이었다.

사람들은 한편으로는 당연한 일이라고 생각하면서도 한편으로는 아쉬운 한숨을 내쉬었다.

우선권을 가진 문파 중 지원자가 없는 문파는 겨우 다섯에 불과하였다.

하지만 그 다섯을 바라고 지원한 숫자는 백여 명이 넘었다.

설연과 막여는 백여 명의 지원자 중 다섯을 뽑기 위해 지원자에 대한 시험을 실시할 수밖에 없었다.

새로운 단원을 뽑기 위한 시험일은 지원을 마감한 뒤 닷새 후로 정해졌다.

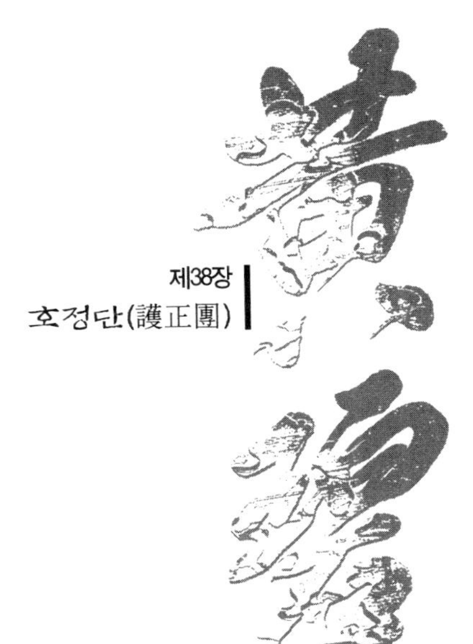

제38장
호정단(護正團)

저녁 식사를 마치고 막 방으로 들어오려던 황벽
은 자신의 앞에 서 있는 두 사람을 발견할 수 있었다. 두 사람을 발견
한 황벽은 잠시 걸음을 멈추었다.

그리고 어떤 결심을 한 듯 다시 걸음을 옮겨 두 사람 앞으로 걸어갔
다.

"오랜만이오, 황 형. 아니, 황 대협."

능소개와 고봉정이었다.

"오랜만에 뵙습니다, 두 분. 한데 설매는 아직……."

"아아, 설연 단주를 보러 온 것이 아닙니다, 오늘은. 오늘은 황 대협
과 술이나 한잔하려고 왔습니다만."

"술이요? 저와?"

"네, 그렇습니다. 왜… 어렵습니까?"

“아닙니다. 저도 뭐 별로 할 일은……. 좋습니다, 가시죠.”

“하하하! 그래서 나는 오제도에서 한동안 식욕을 잃었었다니까요.”
능소개의 웃음소리가 주루에 울려 퍼졌다.
“설마요?”
“아 글쎄, 사실이라니까요. 고 형, 자네가 이야기해 보게. 맞지 않
나?”
“맞습니다, 황 대협. 이 능 형이 황 대협과 헤어진 후 황 대협의 요
리에 입이 익어서 며칠간 오제도에서 벽곡단이든지 다른 음식을 영 입
에 대지 못했지요.”
“하하하! 그러나 정말 이 먹는다는 것 말입니다. 역시 배가 고프니
음식에도 차별이 없어지더이다. 한 닷새 굶으니 황 대협의 음식 생각
이 사라지더군요.”
“그러셨군요. 그럼 언제 한번 낮에 오시지요. 제가 요리를 대접해
드리지요.”
“아아, 아닙니다, 아니에요. 그러다 또 이 입이 버릇이 잘못 들까 걱
정됩니다.”
“하하하!”
세 사람은 통쾌하게 웃었다.
“한데 황 대협.”
“네, 능 대협.”
“그 황 대협의 무공 말입니다. 어떻게 그렇게 갑자기 늘어날 수가
있는 것이지요?”
“다 사부님 덕분이죠.”

"에이, 아무리 막 어르신이 잘 가르치신다고 해도 뭔가 이유가 있을 텐데. 이거 남의 비전을 물어볼 수도 없고."

"그냥 좋은 사부님을 만난 것으로 알아주시면 좋겠습니다. 사실이기도 하고요."

"알았습니다, 알았어요. 내 더 이상 묻지 않으리다."

능소개와 황벽은 주거니 받거니 하며 술잔을 기울였다. 고봉정은 그 옆에서 별말없이 두 사람과 동일한 속도로 술잔을 기울이고 있었다.

"참, 당 형과 임 소저는?"

황벽이 당정과 임혜련에 대해 물었다.

"아, 두 사람이오? 둘 모두 사천에 있습니다. 그 두 사람이 당문과 아미 출신이지 않습니까? 당문과 아미는 사천의 두 거두이지요. 지금 사천총단, 즉 봉황단을 맡고 있습니다."

"그렇군요. 그래서 이곳에서 두 분의 모습이 보이지 않았군요."

황벽이 고개를 끄덕였다.

"그나저나 황 대협, 이번에 호정단에 드셨다구요?"

"네, 그리되었습니다."

"아니, 황 대협 정도라면 하나의 단을 맡아도 모자랄 판에 일개 단원으로?"

"하하하, 사람이 쌈질 잘하는 거하고 단체를 이끄는 거하고 같습니까? 남을 이끌 만한 그릇이 못 됩니다."

"쌈질이요? 하하하! 황 대협이나 되니 그런 소릴 하지, 황 대협의 무공을 보고 누가 쌈질이라 하겠습니까?"

"칼 빼 들고 사람 죽이는 것에는 쌈질이라는 말도 과하지요."

황벽의 말이 우울하게 들려왔다.

“하긴 그렇기는 합니다. 무공이니 무도니 해도 결국 사람을 해하는 것이라…….”

세 사람은 그러고도 오랫동안 주루에서 함께 술을 마셨다.

그들이 주루를 나섰을 때에는 이미 달이 중천에 떠올라 밤길을 비추고 있었다.

“황 대협, 사실 황 대협이 저희 정의맹에 드신 것은 정의맹 입장으로는 정말 복입니다. 하지만 황 대협이 무림에 발을 담근 것은 개인적으로는 그리 축하해 드리지 못하겠군요. 무림이라는 동네가 영… 황 대협께서 사시던 바다와는 너무 다릅니다.”

“이미 뼈저리게 느끼고 있습니다. 기껏해야 고기나 잡던 손으로 사람을 베었으니까요.”

“휴, 그렇지요. 한데 왜 황 대협께서는 굳이 무림의 일에 관여를?”

“그게 상련에 있는 친구 때문에 어쩌다 보니……. 그저 사부와 설매를 찾아보려는 것이었는데 그만.”

능소개의 질문에 대답을 하면서 황벽은 고봉정을 바라보았다. 고봉정도 황벽을 바라보았다.

“그리고 이제는 발을 빼기에는 너무 깊이 무림에 들어서 있더군요. 그리고 가장 중요한 것은 이제 제게 반드시 지켜야 할 사람이 생겼다는 것입니다.”

황벽의 말에 대한 대답은 고봉정에게서 나왔다.

“사매를 잘 부탁합니다, 황 대협.”

“그리 말씀해 주시니 감사합니다, 고 형.”

황벽이 진정으로 고봉정에게 고마움이 담긴 말을 건넸다.

“만약 사매에게 일이 생기면 내 가만히 있지 않을 것이오.”

고봉정이 황벽을 바라보며 웃는 낯으로 말하자, 황벽이 고개를 끄덕였다.

그리고 단호한 한마디가 그의 입에서 새어 나왔다.

"내 숨이 붙어 있는 한 아무도 설매에게 해를 입히지 못할 겁니다."

고봉정이 고개를 끄덕이며 황벽을 바라보았다.

그의 눈에는 신뢰의 빛이 들어 있었다.

세 사람은 비틀거리면서 어두운 밤길을 달빛을 길잡이 삼아 걸으며 정의맹 총단으로 향했다.

*　　　*　　　*

자신의 인생을 결정지을 수 있는 어떤 관문을 앞에 둔 사람은 보통 잠을 이룰 수 없는 법이다. 여기 어젯밤 잠을 설친 이들 백여 명이 모여 있었다.

아침 햇살이 아직 마르지 않은 공기 중의 작은 물입자들에 반사되어 마당으로 내리 꽂혔다. 그 빛이 꽂힌 곳에 하나의 장대가 꽂혀 있고 그 위에 하나의 깃발이 펄럭이고 있었다.

호정단(護正團).

이곳은 호정단 숙소 안에 마련되어 있는 수련장이었다. 오늘은 새로운 호정단원을 뽑기 위한 시험이 있는 날이었다.

수련장에서 숙소로 들어가는 곳에 큰 탁자가 하나 놓여 있었고, 그곳에는 막여와 설연이 앉아 있었다.

이번 시험은 두 사람이 심사를 맡고 있었다.

설연은 호정단주로서, 막여는 풍부한 경험을 가지고 있는 호정단의 어른으로서 심사를 담당하고 있는 것이었다.

"어? 많이 왔군. 역시 호정단이 이제 제법 알려진 모양이야?"

엽강과 황벽, 그리고 팽정은 숙소 입구의 한쪽 옆에 서서 입단 시험을 치르려는 사람들을 바라보고 있었다.

"이제 호정단이 정의맹 단체 중 들어오고 싶은 단체 일위랍니다."

"호, 그래? 그럼 뛰어난 인재가 제법 있으려나?"

"글쎄요, 이번에도 역시 명문세가에서는 지원자가 없더군요."

"뭐, 그 사람들 있으면 골치 아닌가? 사사건건 자존심에. 함께하기 어려운 사람들은 없는 게 나아. 아참, 자네는 빼고."

엽강이 팽정을 바라보며 웃었다. 팽정은 호정단원 중 유일한 명문대파 출신이었다. 그는 명문 하북팽가 출신이면서도 다른 중소문파 출신의 단원들과 잘 어울리는 호탕한 성격을 가지고 있어 호정단원 대부분이 그를 좋아했던 것이다.

엽강도 과거 신오제에 대한 좋지 않은 기억으로 명문대파의 자제들에 대한 선입견이 있었으나 팽정을 만나고는 생각이 많이 바뀌어져 있었다.

"시작하나 보네."

앞에 선 황벽의 음성이 들려왔다.

"이름과 소속을 말하라."

막여의 입에서 앞에 선 사람에 대한 물음이 나왔다.

"안휘 개정문의 손학이라 합니다."

"개정문?"

비록 중소문파라도 막여가 모르는 문파는 거의 없었다. 한데 안휘의 개정문은 막여가 들어본 적이 없는 문파였다.

"네, 안휘에서는 그래도 제법……."

"특기는?"

"…검."

"보여라."

막여의 직설적인 질문에 손학이라 불리운 사내가 잠깐 당황하였다. 막여가 이렇듯 시험을 치르는 사람에게 공격적으로 대화를 이끌어가는 것은 나름대로 이유가 있었다.

호정단은 강한 사람을 원하고 있었다. 정신이 강한 사람은 어떠한 상황에서도 자신을 잃지 않는 법이었다. 막여의 공격적인 물음에도 긴장하지 않는, 그런 사람이 필요했다. 호정단에는.

그런 면에서 이 첫번째 지원자는 실격이었다. 그는 몇 차례 막여와 설연 앞에서 칼을 휘둘러 보이기는 했지만, 칼끝에는 이미 힘이 없었다.

그는 아마도 오늘 밤 돌아가서 자신의 자신없었던 행동에 울분을 토할 것이다.

시험은 계속 이어졌고 제이, 제삼의 손학이 이어졌다. 사람들은 대부분 막여의 형형한 눈빛과 공격적인 말투를 접하고는 평소 자신이 가지고 있던 것의 칠 할도 나타내지 못하고 있었다.

하지만 막여는 자신의 태도를 바꾸지 않았다. 호정단은 전투에 나갈 것이고, 전장에서 주눅이 드는 사람은 베어지게 마련이었다. 그는 전장에서도 자신의 실력을 십 할, 아니, 오히려 자신의 능력을 뛰어넘는 실력을 보여주는 사람이 필요했다.

누군가가 얼마나 많이 아느냐가 아닌 얼마나 할 수 있느냐를 평가하고 있는 것이었다.

"이름과 소속은."

"요동장가(遼東張家)의 장손후요."

요동장가는 옛 촉한의 장비의 후손이라 칭하는 요동 지방의 제법 이름있는 문파였다.

"특기는?"

"도를 좀 하오."

'이놈 봐라?'

막여는 앞에 선 장손후를 눈여겨보았다. 장손후의 행동이나 말투는 전혀 주눅이 들어 보이지 않았다.

"보여봐라."

막여의 말에 장손후가 등에 멘 도집에서 도를 꺼내 들었다. 날이 손바닥만큼이나 넓은 도였다. 일반 사람이라면 두 손으로 들기에도 버거울 것 같은 도를 장손후는 마치 젓가락 들듯이 들고 섰다.

장손후가 천천히 도를 머리 위로 들어 올렸다. 넓은 도신에 햇빛이 반사되어 사방으로 흩어졌다. 그 자세에서 장손후의 한 발이 앞으로 내디뎌졌다. 그리고는 도가 아래로 내리그어졌다.

쿵!

굉음이 들리고 도가 땅으로 박혀들었다.

장손후가 천천히 도를 회수해 어깨 뒤로 돌려 도집에 넣고는 다시 설연과 막여 앞에 섰다.

"야, 제법인데?"

엽강이 입을 열었다.

"예부터 요동의 장가는 우리 팽가와 더불어 동북 지역의 이대도문으로 이름이 있었습니다. 다만 그들이 중원에 거의 모습을 드러내지 않아 그 실력에 비해 잘 알려지지 않았을 뿐이지요. 저 사람은 그중에서도 장가의 도법을 완성한 사람인 듯합니다."

팽정의 말에 엽강이 고개를 끄덕이며 장손후가 만들어놓은 흔적을 바라보았다.

장손후가 내리그었던 땅은 마치 벼락을 맞은 듯이 한 자 깊이, 반 장 길이로 패어져 있었다. 아마도 장손후는 비무장이라 자신의 공력을 다 보인 것은 아니었으리라.

"왜 호정단에 지원했나? 그 실력에."

다시 막여가 장손후를 향해 물었다.

"싸움을 많이 할 수 있다기에……."

장손후의 말에 막여가 고개를 끄덕였다. 막여는 도에 애정이 많은 사람이었다. 해서 그는 도를 사용하는 사람들을 좋아했다.

그런 막여의 눈에 장손후는 좋은 재목이었다.

그가 보기에 장손후의 도는 완성된 것이 아니었다. 그래서 그는 장손후가 왜 실전을 원하는지 알 수 있었다.

혼자서 수련할 수 있는 한계는 지났으리라. 자신의 도를 완성시키기 위해서 장손후에게는 실전이 필요한 것이었다.

막여가 장손후라는 이름 아래 붓을 들어 검은 먹물을 찍었다.

“이름과 소속은?”

다시 심사는 이어졌다.

“이름은 진봉, 소속은 없수.”

“나이는?”

이건 예외적인 질문이었다. 하지만 사람들은 막여의 이 예외적인 질문에 고개를 끄덕였다. 앞에 선 진봉이라는 사람은 나이가 막여에 버금가 보였던 것이다.

“마흔다섯.”

아무도 믿지 않았다. 최소한 쉰은 훨씬 넘었으리라. 정상적이라면 육십은 넘어 보이고.

‘재미있군.’

막여의 얼굴에 미소가 드리워졌다.

“특기는?”

“경공과 추적. 그리고… 손재주가 제법 있소.”

쉽게 말해서 도둑놈이었다.

“보여주시오.”

막여도 나이가 나이인만큼 반존대를 썼다.

“여기서?”

막여가 고개를 끄덕였다.

“이거 쑥스러워서…….”

진봉이라 불리운 사내가 고개를 들어 이리저리 연무장을 두리번거리더니 한쪽에 서 있는 대기자들을 바라보았다.

그리고는 갑자기 경공을 발휘했다. 그의 신형이 대기자들 사이로 사라졌다 싶은 순간 다시 자신이 섰던 자리로 돌아왔다.

막여와 설연, 그리고 황벽 등이 모두 고개를 끄덕였다. 보기 힘든 경공이었다. 경공 하나만 놓고 보자면 아마 정의맹 내에서 손가락 안에 꼽힐 것이었다.

이때 대기자들 사이에서 한 사람의 음성이 들렸다.

"내 약통, 약통이 없어졌다! 도, 도둑이야!"

순간 사람들이 웅성거리며 소리를 지른 사람을 바라보았다. 그는 서생 차림의 사십대 남자였는데 무엇을 잃어버렸는지 얼굴이 붉게 물들어 있었다.

한참 소란을 피우던 그 사내는 한 명의 손이 내밀어지자 소동을 멈추었다.

진봉이었다.

"물건 간수를 잘해야지."

진봉의 손에는 작은 약상자가 들려 있었다.

"이이, 도둑놈……!"

"아아, 너무 그리 화내지 말라고, 잠시 빌린 것뿐이니까. 자자, 이제 돌려주니 너무 흥분하지 말고. 흥분하면 건강에 안 좋다고 하더군 그래, 의원나리."

말을 마친 진봉이 다시 시험대의 자리에 와 섰다.

잠시 일었던 시험장의 소동이 가라앉았다.

"빠르군. 한데 어떻게 약상자를 가진 사람을 알아봤소?"

"제가 한냄새 맡죠."

"호정단에 지원한 이유는?"

"아~ 요즘 대우가 좋아졌다고 해서, 맹에서……."

"알았소."

진봉이 고개를 까딱여 보이고는 자리로 돌아갔다.

진봉의 이름 아래 다시 막여가 검은 먹으로 표시를 했다.

“이름과 소속은.”

“우세남. 광희원 출신이오.”

광희원은 무림의 이름난 의가였다.

그들의 의술은 무림뿐 아니라 일반인들에게도 이름이 높았다. 특히 정사양도를 구분하지 않고 환자면 누구에게나 의술을 펼쳐 무림대전 중에도 광희원 인근에서는 패천맹이나 정의맹에서 칼부림을 피하였다.

“특기는?”

“뭐, 익힌 게 의술이니 의술이지요.”

“무공은?”

“그저 내 한 몸 건사는 합니다.”

“보여보시오.”

“아, 호정단에는 의원 필요 없소? 의술만 있으면 되지 무공까지 보여야 하오?”

“보여보시오. 전장에서는 옆에 있는 사람의 목숨까지 지킬 수 없을 때가 많소.”

“에이, 귀찮어.”

우세남이 얼굴을 찌푸리며 품속에 손을 넣더니 휙 하고 손을 뿌리쳤다.

“앗! 따거!”

대기자들 사이에서 다시 한 사람의 외침이 들려왔다.

“뭐, 뭐야, 이거?”

진봉이었다. 그의 손에는 작은 침이 하나 깊숙이 박혀 있었다.

"손버릇 나쁜 것도 병이라 내 잠시 침을 놓았으니 앞으로는 손버릇 좀 고치시게."

우세남이었다. 그는 좀 전 진봉이 자신의 약상자를 도둑질한 것에 대한 보답을 한 것이었다. 태연하게 진봉의 손에서 침을 빼어 든 우세남이 다시 막여 앞에 섰다.

막여가 고개를 끄덕였다.

"지원 동기는?"

"호정단이 거칠다고 하더군요. 전장에도 많이 나가고. 요즘 내가 외상 치료를 연마 중이라."

한마디로 의원 수업의 일종이라는 것이었다. 전장만큼 의술을 익히기 좋은 장소도 없을 것이었다.

"됐소."

막여의 말에 우세남이 대기자들이 있는 곳으로 돌아갔다. 진봉이 그를 노려보고 있었다.

막여는 우세남의 이름 아래 다시 점을 찍었다.

"이름과 소속."

"안사고, 남해검문 출신이오."

나이는 이십대 중반, 허리에는 검을 차고 있었다.

장강에 장강수로채가 있다면 대양에는 남해검문이 있었다. 비록 그들의 이름에 검문이라는 글자가 들어가기는 했지만 그들은 검보다는 수공에 익숙했다.

"특기는?"

“수공이오.”

“보이기 힘들겠군?”

“검으로 대신하리다.”

말이 거칠었다. 황벽과 엽강이 고개를 끄덕였다. 바다 사람은 바다 사람을 알아보는 법이다. 그 말이나 행동에서.

안사고가 조용히 검을 빼어 들더니 한바탕 검무를 추기 시작하였다.

홀로 하는 검무는 자칫 보는 사람으로 하여금 지루함을 느끼게 할 수 있었다. 하지만 안사고의 검무는 보는 사람을 빨아들이고 있었다.

그의 검은 마치 물길을 빠져나가는 고기마냥 간결하고 군더더기가 없었다. 사람들은 그의 검무에서 시원한 청량감을 느꼈던 것이다.

“좋군.”

“흠, 정말 좋군. 물을 아는 것 같은데?”

황벽의 말에 엽강도 고개를 끄덕였다.

그들은 안사고가 마음에 들었다. 두 사람은 마치 고향의 친구를 만나는 듯한 표정으로 얼굴에 웃음을 띠고 있었다. 팽정은 두 사람을 이해할 수 없다는 듯이 바라보고 있었다.

도대체 두 사람이 안사고의 무엇을 보고 저리 미소를 띠는지 알 수가 없었던 것이다.

바다 사람은 바다 사람들만의 내음을 공유한다는 것을 하북에서 자란 팽정은 알 수 없었다.

“지원 동기는?”

“정의맹에 오니 특별히 갈 데가 없더군요.”

막여는 고개를 끄덕였다. 남해검문은 정파의 계열이었지만 중원과 워낙 멀리 떨어져 있어 정의맹과의 교류가 거의 없었다. 따라서 정의맹에 온 안사고가 특별히 머물 만한 곳을 찾기 어려웠으리라. 비록 그가 자신의 실력을 보이기 전이었기 때문이지만.

"되었네."

안사고가 머리를 숙여 보이고는 자리로 돌아갔다.

"이름과 소속은?"

"당인. 사천당문 소속입니다."

사람들이 술렁였다. 당문 출신이 나선 것이다.

"여기가 호정단원을 뽑는 곳이란 것은 아나?"

"잘 알고 있습니다. 호정단에 들기 위해 온 것입니다."

"알았네."

막여는 당인의 눈빛에 거짓이 없음을 본 것이다.

이십대 초반의 나이에 검은 무복이 잘 어울렸다. 당문의 사람답지 않게 호쾌한 모습을 가지고 있었다.

일반적으로 당문의 사람들은 독과 암기를 주로 다루기 때문에 비록 선천적으로 밝게 태어났다 하더라도 독과 암기를 익히는 동안에 점차 성격이 변하기 마련이었다.

그것은 어느 정도 경지에 이를 때까지 계속되는데, 일단 한 경지를 오르게 되면 다시 독과 암기의 기운으로부터 자신을 자유롭게 할 수 있으므로 원래의 성격을 되찾아가게 되는 것이었다.

하지만 그것은 극히 어려운 일이었다. 당금의 당문에서도 문주인 당선명을 제외한 몇 명의 원로만이 그 같은 경지에 이른 것으로 알려져 있었다.

과거 신오제 중 한 명인 당정이 그렇듯 편협한 행동을 한 것도 당문의 이러한 무공의 특성이 작용한 탓이었다.

"동기는?"

"수행 중입니다."

막여가 고개를 끄덕였다. 장손후와 마찬가지이리라.

'정말 장강의 뒷물결이 무섭구나. 보이지 않는 곳에서 이리 커가는 아이들이 많으니……. 역시 무림은 끊임없이 발전하는구나. 비록 전쟁 중이라 할지라도.'

막여는 장손후나 당정, 그리고 안사고 같은 젊은이들에게서 무림의 미래를 보고 있는 것이었다.

그 뒤로도 몇 명의 시험이 계속되었다.

시험은 해가 질 무렵에서야 모두 끝이 났다. 발표는 내일 호정단 숙소 정문에 붙을 것이다. 지원자들이 모두 들어가고 설연과 막여도 철수했다.

호정단원을 뽑는 하루가 지난 것이다.

무소속 진봉.

광희원 우세남.

남해검문 안사고.

요동장가 장손후.

사천당문 당인.

다음날 호정단의 숙소 정문에 붙은 입단자의 명단이었다.

다섯은 그날부로 짐을 챙겨 호정단에 들었다.

호정단원은 다시 천사평으로 떠날 때와 마찬가지인 오십 명으로 확충되었다. 조금은 썰렁했던 호정단 숙소는 다시 활기를 찾기 시작하였다.

　호정단원들의 일과는 단순했다. 오전에는 무고에 들어 자신에게 맞는 무공을 찾아 비급을 보았다. 그리고 오후에는 연무장에서 수련을 하였다.

　수련 중에는 항상 막여나 설연 등이 연무장을 지켜 무리(武理)를 물어오면 답을 해주고, 단원 간의 비무가 있으면 비무를 감독해 분란이 일어나는 것을 막았다.

　황벽의 일상도 크게 다르지 않았다. 황벽은 아침에 일어나면 건곤신공으로 몸과 마음을 다스리는 일을 꾸준히 해오고 있었다. 작금에 황벽의 몸은 하단전과 중단전, 그리고 상단전의 구분이 완전히 없어진 상태에 들어서고 있었다.

　진기는 그의 몸과 하나가 되어 있었고, 천지간의 진기와 끊임없이 교류하고 있었다.

　그는 자신이 그동안 느끼지 못했던 자연의 작은 아름다움을 하나하나 깨달아가고 있었다. 그것은 무공으로서가 아닌 깨달음으로서의 성장이었다.

　오전에는 다른 호정단원들과 같이 맹의 무고에 들었다. 무고는 들어가서는 자유롭게 비급을 볼 수 있으나 가지고 나올 수는 없었다.

　따라서 지필묵의 지참도 허용되지 않았다. 무고 밖으로의 비급의 유출은 철저히 감시되고 있었던 것이다.

　막여의 말처럼 무고는 황벽에게도 많은 도움을 주고 있었다. 그는 그곳에서 천하에 산재한 많은 무공들을 접하게 되었다. 그리고 그만큼 무림에 대한 지식도 많아졌다.

또한 검에 집중했던 무공도 장이나 권, 지, 그리고 여러 무기들을 사용하는 무공들을 알게 됨으로써 한결 무공에 대한 이해도 깊어지게 되었다.

공자의 깊게보다는 넓게라는 말을 실감하는 황벽이었다. 편협에서 벗어나라는 의미였으리라.

오후에는 가끔 수련장에 나가기는 했지만 다른 단원들처럼 검을 들고 수련하지는 않았다. 그는 잠깐씩 권이나 장에 대해 생각하거나 몸의 움직임에 대해 곰곰이 생각하다 돌아오곤 하였다.

그런 황벽을 보며 막여는 황벽이 이제 드디어 무학의 일대종사의 길에 접어들었다는 것을 알 수 있었다.

그동안 절대오검이라는 절공에 의존해 있던 황벽이 이제 그 절대오검에서 벗어나 자신만의 무학을 정립해 나가려는 것이었다.

물론 절대오검은 막여가 보기에도 최강의 무공이었다. 절대오검을 꺾을 만한 무공은 존재하기 어려웠다.

하지만 그것이 황벽의 무공은 아니었다. 누군가가 창조한 것을 황벽이 익혔을 뿐이었다.

그것은 강자의 조건은 되었으나, 종사의 조건은 아니었다. 하다못해 육합권이라 하더라도, 그것이 오늘날 강호에서 비록 가장 기초적인 무공으로 인식되고 있다 하더라도 그것을 창조한 사람은 오히려 종사로서의 조건이 충족되는 것이 무림이었다.

황벽은 이제 자신만의 검을 만들 수 있는 토양을 쌓아가고 있었다. 막여는 한 걸음 한 걸음 미지의 세계를 향해 나아가는 제자를 보면서 잔잔한 마음의 기쁨을 느끼고 있었다.

오늘도 막여와 설연은 호정단원들의 무공 수련을 지켜보고 있었다.

황벽은 그들과 떨어진 곳에서 조용히 뒷짐을 지고 걸음을 이리저리 움직이고 있었다.

"어르신, 황 가가는 요즘 도대체 무엇을 하고 있는 것이죠?"

설연이 막여를 보며 물었다.

황벽에게도 같은 질문을 하였었지만 황벽은 빙그레 웃기만 할 뿐 특별한 대답을 하지 않았다.

"공부를 하고 있어."

그것이 황벽의 대답 전부였다. 설연이 짐짓 화가 난 얼굴을 하여도 황벽의 대답은 마찬가지였다.

"그는 지금 공부를 하고 있소, 단주."

막여의 대답도 같았다.

"어쩜 그리 사제의 대답이 같으세요. 그러니까 무슨 공부를 하느냐 이거예요, 어르신."

"무슨 공부는 무슨 공부. 무공 공부를 하고 있지요, 단주."

설연이 어이없다는 듯이 막여를 쳐다보았다.

"제 말은요……."

"하하하! 알았소, 알았어. 단주, 내가 설명해 주리다."

막여가 웃으면서 설연을 바라보았다.

"사실 이것을 어떻게 설명해야 할지 몰라 벽이도 말을 못해주었을 거요. 황벽의 지금 무공도 사실 더 이상 강해질 수 없을 지경이지. 그런데 무공 공부라니 이상할 만도 하지요."

막여의 말에 설연이 고개를 끄덕였다.

설연이 궁금한 것이 바로 그것이었다. 설연은 황벽의 절대오검이 천하제일이라는 것에 확신을 가지고 있는 사람이었다. 그런데 황벽이 무공 공부를 한다니 이해가 가지 않았던 것이다.

설연 자신도 절대오검을 알고 있지 않은가?

"세상에서 가장 돈을 많이 번 상인도 그 사람이 부모로부터 재산을 물려받은 것이 아니라면 아마도 작은 가게로부터 시작했을 것이오. 그 사람은 그 가게를 조금씩 키워가면서 거래의 방법을 터득했을 것이고, 나중에는 아주 큰 금액의 거래를 성사시킬 수 있는 기술을 익혔겠지요."

막여의 말에 설연이 고개를 끄덕였다.

"벽이의 경우 처음부터 절대신공을 얻어 무공을 수련한 아이요. 작은 장사를 하는 방법을 모르지. 그것은 어찌 보면 필요없는 단계일 수도 있어요. 강하면 그만이지 하면 그만인 것이지. 하지만 지금 황벽은 그 작은 가게를 운영하는 방법을 배우고 있는 것이지. 왜냐?"

설연이 막여의 얼굴을 똑바로 쳐다보았다.

"드디어 황벽은 순수한 무학의 세계에 빠져들고 있기 때문이오."

"그럼 황 가가의 무공이 더욱 발전할 수 있다는 이야긴가요?"

설연의 말에 막여가 고개를 좌우로 흔들었다.

"저 아이가 더 강해지면 얼마나 더 강해지겠소. 단주, 강한 것은 지금으로도 충분합니다."

"하면?"

"그냥 이렇게 이해합시다. 그동안 무공이 벽이에게 수단이었다면… 이제는 하나의 삶이 되어가고 있는 중이라고……."

설연은 이해가 될 듯 말 듯한 막여의 말에 고개를 갸웃거리면서도 더 이상 묻는 것을 포기했다.

막여도 더 이상의 설명은 어려워 보였기 때문이다.

"자자, 저녁이나 먹읍시다, 단주. 벌써 해가 넘어가는구려."

"네, 어르신."

두 사람이 일어서서 단원들을 불렀다.

"모두 식사들 하러 가시게."

막여의 말에 단원들은 그제야 해가 서산을 넘어가고 있다는 것을 알았다. 단원들을 새로 뽑은 이후 호정단은 온통 무공 수련으로 시간 가는 줄 모르는 시절을 보내고 있었다.

황벽도 막여와 설연이 있는 곳으로 걸어왔다.

"그래, 재미는 있느냐?"

막여가 황벽을 보며 웃으며 물었다.

"그런대로 재미가 있군요, 사부."

황벽이 대답했다.

"너무 서두르지는 말거라. 인생은 그런 면에서는 또 길다."

"알겠습니다. 그저 살아가듯 그렇게 가보겠습니다."

"그래그래, 그게 좋아. 너무 깊이 빠지는 것도 좋은 게 아니거든."

"알았습니다, 사부."

두 사람의 대화를 들으면서 설연이 뒤따르고 있었다.

"아악! 아야야야! 살살 좀……."

호정단원들의 숙소 한가운데에는 전체 단원들이 모일 수 있는 대청이 하나 있었다. 일과가 끝난 단원들은 이곳에 모여 서로 이야기를 나누거나, 바둑이나 장기 등으로 시간을 보내곤 하였다.

지금 그 대청 한구석에서 비명 소리가 들려오고 있었다.

"아, 조용히 좀 하시게. 이거 다른 사람들 보기 창피하지도 않나?"

소리를 지른 사람은 오삼이었고, 나무라는 사람은 우세남이었다.

"아, 살살해요. 의원이 사람 죽이려나……. 아야야야!"

우세남의 나이가 오삼보다 열 살 정도 위이므로 오삼은 우세남에게 존대를 하고 있었다.

"허허, 이 미련한 사람아. 그래서 내 좀 적당히 먹으라고 하지 않았나? 미련하게 우겨 넣더니만……."

다른 호정단원들이 둘의 모습을 보며 한쪽에서 키득거리고 있었다.

"웃지 마! 누가 웃는지 다 보여! 손후, 너 웃었지, 지금?"

"아니오, 형님. 나 안 웃었소."

"뭐야, 이 자식. 다 들렸어. 다른 사람들은 몰라도 네놈 웃음소리는 구분이 가. 너 이따가 보자."

"참나, 어린애도 아니고 그래, 무슨 음식을 그리 많이 드셨소?"

장손후가 짐짓 오삼을 나무랐다.

지금 오삼은 저녁에 나온 닭백숙을 세 그릇이나 먹어 배탈이 난 것이었다. 그것을 우세남이 침을 이용해서 치료해 주고 있었다.

"야, 얼마 만에 나온 닭백숙인데… 오늘 못 먹으면 또 한 달을 기다려야 한단 말이야. 아야야야! 아, 좀 살살해요."

우세남은 오삼의 손가락 끝에 침을 꽂고는 조금씩 돌리고 있었다.

"참게. 이 정도는 해야 한 방에 낫는다네. 내일 아침을 또 먹으려면 참게나."

우세남은 호정단의 의원 노릇을 톡톡히 하고 있었다. 잔병이나 무공을 익히다 다친 경우 호정단원들은 맹에서 운영하는 의원에 가지 않고 우세남에게 왔다.

"아, 참! 내가 의원 하러 여기 들어온 줄 알아?"

우세남은 짐짓 신경질을 부렸지만 치료를 마다한 적은 없었다. 우세남의 의술은 뛰어났다. 호정단원들은 우세남의 의술로 부상의 걱정 없이 무공을 수련하고 있었던 것이다.

"이제 괜찮지?"

"어, 정말? 어느새 씻은 듯이 나았다. 역시 우 의원님이시라니까."

어느새 체기가 가라앉은 오삼이 일어나 침이 뽑힌 손으로 자신의 배를 문지르고 있었다.

"역시 우 어른의 의술은 뛰어나군요."

한쪽에 앉아 차를 마시면서 우세남과 오삼을 바라보고 있던 설연이 고개를 돌려 황벽과 막여를 바라보며 입을 열었다.

"그렇지? 우 어른은 호정단에 꼭 필요한 사람이야. 지금도 그렇지만 밖에 나가서는 더 더욱 그럴 것이고."

황벽이 설연을 보며 입을 열었다. 설연도 고개를 끄덕였다. 전장에서 우세남은 호정단에 큰 힘이 될 것이다.

"호정단에는 참 재능있는 사람이 많은 것 같아요."

중얼거리듯 입을 열었다.

"그래서 말인데……."

막여가 설연을 바라보았다.

"……?"

"단주, 이 참에 우리 호정단의 조직을 좀 체계적으로 해야 할 필요가 있지 않겠소?"

“조직을요?”

“그렇지. 이제 인원도 오십여 명이나 되니 초창기와 같이 조직을 새롭게 구성하는 것이 좋을 것 같소, 단주. 언제 일이 생길지 모르니 미리미리 준비를 해두어야겠지.”

막여의 말에 설연도 고개를 끄덕였다. 천사평으로 출발하기 전 다섯 개의 조로 나뉘어져 있던 호정단의 체계는 천사평에서 돌아오면서 유명무실해졌다. 세 명의 조장이 죽음을 당했고. 살아남은 단원도 채 열이 되지 않았으니, 각 조가 유명무실해진 것이었다.

하지만 이제 인원이 보강되어 다시 오십여 명의 인원이 되었으니, 호정단의 조직을 새롭게 재편할 필요가 생긴 것이다.

“그래야겠군요, 정말. 시간이 있을 때.”

“그럽시다, 단주. 한데 이번에는 체계를 좀 달리해 봅시다.”

“어떻게요, 어르신?”

“저번 천사평에서 느낀 거지만 역시 각 조별로 특징이 구분되어야겠어요. 일조는 순찰조, 이조는 보급조, 뭐, 이런 식으로……”

설연이 고개를 끄덕였다.

“네, 그리하지요. 아무래도 앞으로 전장에 나설 일이 많을 터이니.”

“자자, 그럼 그것은 단주께서 고민하시고… 나는 이만 들어가 쉬어야겠소, 단주.”

“네, 어르신. 편히 쉬세요.”

“사부, 편히 쉬십시오.”

막여가 손으로 대답을 대신하고는 자신의 침실로 향했다.

“어르신이 계신 것이 얼마나 다행인지 몰라요. 어르신이 없었다면 단을 운영하기 힘들었을 거예요.”

"그래, 설매. 나는 설매가 너무 무리하는 것이 아닌가 걱정이 돼. 쉬엄쉬엄해."

"알았어요, 황 가가. 이래 뵈도 제가 튼튼하다고요."

"하하하! 알았어, 알았어. 우리 산책이나 할까?"

"그래요, 황 가가."

두 사람이 자리에서 일어나 숙소 밖으로 나갔다.

다음날 설연은 새로운 호정단 조직을 발표하였다. 단원들은 숙소 대청에 모여 새로 발표된 조직을 기록한 방을 보고 있었다.

정의맹 호정단 조직도.

단주:화산 설연.

군사:막여.

제일조:순찰조 조장 진봉.

제이조:선봉조 조장 팽정.

이상 정찰군.

제삼조:전투조 조장 오삼.

제사조:전투조 조장 장손후.

제오조:전투조 조장 당인.

제육조:전투조 조장 안사고.

이상 본군.

제칠조:지원조 조장 우세남.

이상 후군.

황벽과 엽강, 이형은 별도로 그때그때 상황에 맞게 움직이기로 했다. 각 조장을 제외하고 일조와 이조는 각각 다섯 명씩, 그리고 전투조는 여섯 명씩의 단원을, 마지막으로 지원조는 네 명의 조원이 배치되었다.

사람들은 구성된 조직을 보고 모두들 고개를 끄덕였다.

선발된 조장들의 특징에 맞게 조직이 구성된 것이었다.

그리고 조직이 개편된 그날부터 숙소의 배치가 조별로 바뀌었다.

무공 수련도 조별로 이루어졌다. 각 조의 조장은 자신의 조에 맞는 무공을 조원들과 함께 익혀가기 시작했다.

조가 편성된 이후 호정단원 무공 수련은 더욱 빠른 성장을 보이기 시작했다.

그것은 각 조가 느끼는 약간의 경쟁심에 기인한 것이기도 하지만 중소문파의 사람들로 이루어진 각 조의 조원들이 절정에 이른 조장들에게 세세히 가르침을 받기 때문이기도 했다.

이제 호정단은 하나의 완벽한 전투 조직으로 바뀌어가고 있었던 것이다.

정의맹에서는 무섭게 변해가는 호정단을 누구는 부러운 시선으로, 누구는 시기의 시선으로, 누구는 흐뭇한 시선으로 바라보고 있었다.

　　　　호정단이 단을 재정비하고 단원들이 무고에 들어
무공을 수련하는 동안 호정단 밖의 무림 정세는 시시각각으로 급변하
고 있었다. 그것은 하늘을 나는 전서구 수만으로도 알 수 있었다. 평소
수십 마리의 전서구가 날던 정의맹 하늘에는 요즘 들어 백 마리 이상
의 전서구가 날아오고 날아갔다.

　천사평에서 퇴각한 등애와 양의가 이끄는 패천맹도들은 감숙의 패
천맹 총단을 향해 천천히 이동하고 있었다. 그들은 처음에는 정의맹의
반격이 있을까 우려해 빠르게 천사평을 빠져나왔으나, 추격이 없다는
것을 확인한 이후에는 행군 속도를 늦추었던 것이다.
　천사평에 집결했던 호남군도 감숙으로 따라왔다. 이미 호남은 남궁
세가의 완벽한 통제 하에 있었다. 그들은 갈 곳을 잃은 것이다. 결국

자신들의 우두머리가 있는 감숙 패천맹행을 택할 수밖에 없었다.

그들은 비록 후퇴는 하고 있었지만 인원 손실은 거의 없었다. 그들은 실질적으로 호정단을 공격한 것외에는 별다른 전투를 치르지 않았던 것이다.

하지만 사기는 땅에 떨어져 있었다. 자신의 안방을 내어주고 북쪽의 감숙으로 향하는 그들의 마음은 어두웠다.

"휴, 저들의 사기가 저렇듯 떨어지다니……. 이번에 충격이 컸나 보군."

"아무래도 호남을 잃은 것에 대한 충격이 인명의 피해보다 더 큰 문제가 될 것 같으이."

"전략적으로도 이제 감숙총단은 삼면에서 적을 맞아야 할 판이니."

"혈뇌자 군사가 어떤 대책을 마련하지 않았겠나?"

"글쎄, 일단 돌아가 봐야 알겠군."

양의와 등애는 패천사룡으로서 출도한 이래 처음으로 겪는 실패로 마음이 어두웠다. 거기다 황벽이 보인 무위라는 것은……

"그 황벽이라는 자 말일세."

양의가 입을 열었다.

"쉽지가 않겠더군."

"그렇겠지? 산 넘어 산이로구만."

"자자, 서두르세. 너무 길을 지체한 것 같으이."

두 사람은 앞으로 나서며 일행의 선두를 재촉했다.

그들이 총단에 든 것은 천사평에서 설연 일행과 맞붙은 이후 이십여 일 만이었다. 비록 후퇴한 군이었지만 패천맹에서도 수뇌들이 총단 밖까지 나와 그들을 맞이했다.

천독림의 림주 서린과 장강수로연맹의 맹주 번어기는 자신들의 수하들이 감숙으로 패퇴해 오자 마음이 무거웠다.

더구나 서린은 이번 무림대전에 원인이 된 독정을 훔쳐 낸 서의가 호남에 남아 있었다는 소식을 듣고는 한동안 고개를 들지 않았다. 비록 사고뭉치였지만 자식은 자식이었다. 그의 허물을 덮느라 독정 분실의 자세한 이야기조차 맹에 하지 않았던 것이다.

그런 아들이 죽었다. 고개를 든 서린의 얼굴에 시퍼런 살광이 흐르는 것을 사람들은 보았다. 천독림이 분노하고 있는 것이었다.

천독림에 비하면 장강수로연맹은 타격이 그리 큰 건 아니었다. 그들은 장강의 여러 곳에 채를 형성하고 있었으므로 하남 분타의 소실이 그리 큰 손실은 아니었다.

하지만 호남의 통제권이 남궁세가에 넘어감으로써 수로연맹의 행동은 크게 제약을 받아야 할 것이었다.

양의 등이 총단에 든 다음날, 패천맹의 맹주전에는 패천맹 전체 고수가 운집했다.

"맹주, 앞으로의 대책은 무엇이오?"

서린이 얼굴에 살기를 띤 채 양청길을 향해 물었다.

"서 림주께서는 고정하시지요. 혈뇌자 군사께서 이미 향후 대책을 세워놓으신 것이 있으니 군사의 이야기를 들어봅시다."

양청길이 서린을 달랬다.

"자, 군사."

양청길의 지목에 혈뇌자가 자리에서 몸을 일으켰다.

"이번 천사평과 호남의 일에 저의 예측이 빗나가 맹에 피해를 드린 점 사과드립니다. 맹주, 사과드립니다."

혈뇌자가 정중하게 양청길에게 고개를 숙여 보였다.

"아아, 그게 어찌 군사의 잘못이라 하겠소. 군사께서는 최선을 다하신 것입니다. 단지 이번에는 저들의 운이 조금 더 좋았다고 생각합시다."

"그리 말씀해 주시니 더 몸 둘 바를 모르겠습니다. 생각 같아서는 이 자리를 물러나고 싶지만… 이미 전쟁은 시작되었고 상황이 급박하니 죄는 나중에 다시 청하겠습니다."

혈뇌자가 양청길에게서 시선을 돌려 맹주전에 모인 사람들을 바라보았다.

"개전 초기 확실히 우리 패천맹은 수세에 몰려 있습니다. 이제 적은 사천, 호북, 하남의 삼면에서 우리를 압박할 것입니다. 호북 천사평에는 이미 정의맹의 청룡단 일부가 들어와 있다고 합니다."

정의맹에서는 패천맹이 천사평에서 철수하자마자 청룡단 백여 명을 천사평에 주둔시키고 있었다.

"호남을 잃은 것 또한 큰 타격입니다. 가장 문제가 되는 것은 역시 호남에서 공급되고 있던 재정입니다. 이곳 감숙총단은 더욱 재정 압박에 시달리게 될 것입니다."

"그러니 대책이 무엇이냐는 말이오."

녹림 총표파자 왕분이었다.

왕분은 지난번 황벽에게 일격을 당한 후 녹림에 묻혀 있었으나, 무림대전이 재발하자 칩거를 깨고 총단에 나와 있었다.

"이제부터 말씀드리겠습니다. 저희가 삼면으로부터 적을 맞을 수는 없습니다. 역시 방법은 선제공격밖에 없을 것 같습니다.”

“선제공격이요?”

지마 지청신이었다.

“네, 어르신. 저들은 아마도 우리가 패천맹 총단의 방어에 전력을 기울일 것이라고 생각할 것입니다. 따라서 적의 허를 찔러 삼면 중 한 면의 숨통을 트이게 한다면 전세를 회복시킬 수 있을 것입니다.”

“삼면 중 하나라…….”

“바로 사천입니다. 사실 개전 초기 전략에서도 천사평을 얻은 뒤에는 사천으로 들어가는 것이 계획이었습니다. 비록 천사평을 잃었지만 역시 저희들이 갈 곳은 사천밖에는 없습니다.”

사람들이 모두 혈뇌자를 바라보았다.

“사천을 놓아두고 다른 곳으로 간다는 것은 항상 뒤에다 적을 두는 상황이 됩니다. 사천을 깨지 않고는 패천맹은 움직일 수 없습니다.”

혈뇌자의 말에 대부분의 사람들이 고개를 끄덕였다. 사천은 감숙에 있는 패천맹이 중원으로 진출할 때 항상 등 뒤를 노릴 수 있는 곳이라는 것을 모두들 알고 있었다.

“군사의 말이 맞는 것 같습니다. 하면 누가 이번 사천 공략을 맡으면 좋겠습니까?”

양청길이 혈뇌자를 보고 물었다.

“저번에도 말씀드렸듯이 역시 철마 이제현 부맹주께서 이번 사천 공략을 맡아주셔야겠습니다.”

“바라던 바이오.”

철마 이제현이 자리에 앉은 채 고개를 끄덕였다.

다른 사람들도 모두 고개를 끄덕였다. 사천에는 정의맹 전력의 삼

분지 일이 몰려 있었다. 철마 이제현 이외의 다른 사람은 맡기 어려운 일이었다.

거기다가 사천에는 당문이 있었다. 철마는 제자 진패천의 죽음을 생각하고 있으리라.

"그리고……."

혈뇌자가 말꼬리를 흐렸다.

"흑막의 문제인데."

"흑막의 무슨 문제를 말씀하십니까, 군사?"

젊은 목소리가 혈뇌자의 귀에 들려왔다. 흑막의 이제자 혈운이었다.

이번 천사평에서 흑막의 피해가 가장 컸다. 막주와 대제자가 죽은 것이었다. 흑막은 뿌리째 흔들리고 있었으며, 약육강식의 마도에서 다른 문파의 좋은 노림수가 되고 있었던 것이다.

"막주와 대제자가 함께 변을 당하셨으니… 잠시 원로 중 한 분에게 막의 운영을 맡기는 것이……."

"그게 무슨 말도 안 되는 소리입니까? 어찌 본 문의 일에 타 파의 사람이 온다는 것이오! 본 문이 이번에 막주님과 사형을 잃었지만 아직 그 주력이 건재하고 또한 저 혈운이 있으니 군사는 다른 일에나 신경 쓰시오!"

혈뇌자의 얼굴이 찌푸려졌다.

'이런 애송이 놈이!'

하지만 그의 입에서는 생각과는 전혀 다른 말이 흘러나왔다.

"아아, 오해 마시오. 난 단지 흑막을 걱정해서 한 말이니……. 혈운 공자가 그리 말씀하시니 내 더 이상 거론치 않겠소."

하지만 혈운은 혈뇌자의 눈 속에 감추어진 탐욕의 빛을 보지 못했다.

이렇게 해서 패천맹의 사천 공략이 결정되었다.

사천 공략의 총책임자는 철마 이제현, 그리고 총단 정예 오백여 명과 호남에서 이동한 병력 오백여 명을 합쳐 총 일천 명으로 공략군을 구성하였다.

거기에 서린이 운남으로 가는 길을 뚫겠다는 명분으로 동행을 결정했다.

또한 이번에도 설욕을 위해 패천사룡 중 등애와 양의가 참여하며, 잔마의 보복을 다짐하고 있는 지마 지청신과 혈마 우자기도 참여하기로 하였다. 당연히 이제현의 대제자 광마 소도성도 원정군에 포함되었다.

패천맹은 조용한 가운데 소리없는 움직임을 보이고 있었다. 맹주전에서의 회의가 열린 지 열흘 후 천여 명의 사람이 패천맹을 조용히 빠져나갔다.

새벽빛 속에서 천여 명의 원정군을 떠나 보내는 혈뇌자의 눈빛이 반짝이고 있었다.

*   *   *

패천맹이 터를 잡고 있는 감숙에 유일한 정파가 하나 존재했다. 바로 공동산을 터전으로 하고 있는 공동파였다.

공동파는 지난 무림대전에서 감숙에 위치한 관계로 가장 먼저 가장 많은 타격을 입은 문파였다. 하지만 휴전 이후에는 오히려 패천맹을 감시하는 역할을 수행함으로써 정의맹으로부터 가장 많은 지원을 받고 있었다.

현재 공동파의 장문인 및 주요 제자들은 모두 석산총단에 가 있었다. 공동산에는 몇몇의 장로와 이백여 명의 제자가 남아 문을 지키고 있었다.

요즘 공동파는 깊은 슬픔에 잠겨 있었다.

공동파의 미래라고 여겨졌던 손진의 죽음이 전해진 것이었다. 손진은 문파의 어른들뿐 아니라 일반 문도들에게도 기대가 큰 인물이었다. 십오 세에 복마검법을 완벽하게 익혔다는 손진의 재능은 공동을 다시 구대문파의 수위로 끌어올릴 수 있을 것으로 기대되고 있었던 것이다.

그런 손진이 죽은 것이다. 그를 벤 사람은 패천사룡 중 한 명인 양의라고 알려졌다. 하지만 손진의 최후에 대한 자세한 소식은 알려지지 않았다.

단지 그가 동료들의 뒤를 막기 위해 장렬히 전사했다는 소식만이 들려왔을 뿐이었다.

공동산에 어둠이 내리고 산속의 공동파도 그 어둠 속에 잠겨들었다. 몇몇 건물에서 희미한 불빛이 흘러나와 사람이 있는 곳임을 알리고 있었다.

공동파가 들어선 산중턱에서 백여 장 아래 공동파로 올라오는 길이 훤히 보이는 불쑥 솟은 능선이 하나 있었다.

그리고 그곳에 산 위로 올라오는 사람들을 살피는 작은 초소가 하나 있었다. 평상시에는 이곳에 사람이 없었으나 이차무림대전이 시작된 이후로 이곳에 번이 세워졌다.

건무와 건성은 비록 친형제는 아니었지만 성이 같고 같은 항렬이다 보니 항상 형제처럼 지내고 있었다. 건무가 건성보다 두 살이 많았다.

이제 이십대 초반인 두 사람이 오늘 능선 초소에서 번을 서는 담당이었다.

"건무 형, 손진 사형이 죽었다는 것을 전 믿을 수가 없어요."

"성 동생, 나도 처음에는 믿지 않았다구. 어떻게 믿을 수가 있겠어, 손 사형이 당했다는 것을……. 문 내에서 손 형의 십 초를 받아내는 우리 항렬의 제자는 아무도 없을 정도였는데."

"휴, 하지만 잘못 전해졌을 리는 없겠지요?"

"장문인까지 확인한 사실이라니 사실이겠지."

"하면 그 패천사룡의 양의란 자는 얼마나 강한 자일까요? 손 사형을 쓰러뜨릴 정도라니."

"패천사룡이라는 그 네 명이 이제 세 명이 되었지만 과거 혈랑대를 전멸시켰다고 하니, 무시무시한 고수라고 보아야겠지."

"휴, 그나저나 이거 전 겁이 나서 못살겠어요. 언제 적이 들이닥칠지 모르니……."

"나도 겁이 나기는 마찬가지야, 성 동생. 하지만 이곳으로부터 산 아래까지 오십 장 간격으로 매복이 있으니 아마도 갑작스레 적을 맞는 일은 없을 거야."

둘은 땅속을 파서 만든 초소 안에서 밖을 향해 난 작은 구멍으로 눈을 내밀고는 서로 대화를 나누고 있었다.

공동파에서는 이차무림대전이 벌어진 이후 경계를 강화하여 문파에서부터 산 아래까지 곳곳에 이런 비밀 초소를 만들어놓고 있었다.

최악의 경우 기습을 피하기 위한 선택이었다.

"그나저나 언제 이 전쟁이 끝이 날까요?"

"글쎄다. 지난 무림대전이 십 년을 끌었으니."

"저는 빨리 이 공동산 여기저기를 돌아다니면서 예전과 같이 사형들과 무공을 수련하고 싶어요. 전쟁이 시작되기 전에는 매일 하던 일이 이제는 아주 먼 옛날의 일로 느껴져요."

"나도 그렇다, 동생. 빨리 전쟁이 끝나야 할 텐데 이제 시작이니."

"그런데 건무 형, 방귀 뀌셨어요?"

"무슨 뚱딴지 같은 소리야? 방귀라니?"

"아니, 냄새가 조금 나는 것 같아서요."

"냄새?"

"네."

"무슨 냄새… 어, 근데 왜 이리 졸리지?"

"저도 너무 졸려요. 아직 날이 새려면 멀……."

순간 두 사람의 대화가 끊겼다. 그리고 그들이 밖을 보기 위해 내어 놓은 작은 구멍 앞에 검은 인영들이 서 있었다.

"베어라."

"넷!"

순간 한 명의 인영이 달빛에 번쩍이는 검을 뽑아 잠들듯 쓰러져 있는 건무와 건성의 목을 찔러갔다.

"이걸로 다섯 개째인가?"

"네, 조장."

"과연 천독림의 독은 무섭구나."

패천맹 사천원정군의 척후조 조장 감형은 출발 전 천독림에서 공급받은 대나무로 된 흑색 독 통을 내려다보았다.

지금까지 다섯 개의 매복 초소를 이 독으로 소리없이 처리하고 올라온 것이었다.

“자, 어서 가자. 곧 후발대가 뒤따라올 것이야. 그들이 오기 전에 최대한 가까이 접근해야 한다.”

감형이 다시 자세를 낮추고 공동파가 있는 산 위로 몸을 움직이자, 그 뒤로 열 명의 척후조가 따랐다.

감형 등이 다시 세 개의 초소를 지나칠 때 드디어 하늘로 불꽃이 날아올랐다. 매복해 있던 공동파 문인들이 적의 공격을 발견한 것이었다.

“적이다……! 적이다……! 적이다!”

순식간에 공동파를 향한 전언이 뒤를 이어 산에 울려 퍼졌다. 공동파의 전 건물에 불이 밝혀졌다. 하지만 그 순간 이백여 명의 인원이 공동파의 담을 넘어서고 있었다.

이들은 척후조의 뒤를 따라 공동파 공격의 임무를 맡은 혈마 우자기가 이끄는 패천맹도들이었다. 우자기의 옆에는 이제현의 대제자 소도성과 양의가 함께 있었다.

주력이 대부분 석산총단으로 나가 있는 공동파를 공략하는 데는 이들만으로도 충분하다는 이제현의 판단이었다.

사천으로 들어가기 전 이곳 공동을 정리하는 것은 필수적이었다.

공동은 패천맹이 사천으로 들어가는 길목에 있었을 뿐 아니라 사천을 공략하기 위한 전초기지로도 활용이 가능했다.

“후퇴하라……!”

공동파에는 이백여 명의 제자가 남아 문파를 지키고 있었는데, 그들도 패천맹의 공격을 정면으로 맞을 생각은 없었다. 이미 적들이 공격해 들어올 때의 후퇴 계획이 서 있었던 것이다.

공동파의 대장로 양현은 제자들을 독려해 그들이 미리 만들어놓은 길을 통해 후퇴를 시작했다.

"아악!"

멀리서 미처 일행에 합류하지 못한 제자들의 비명 소리가 들려왔다.

하지만 지금 그들을 구하러 갈 수는 없다. 애초부터 이곳 공동 본산은 패천맹의 움직임을 파악하는 것이 임무였다.

패천맹의 공격이 시작될 경우 이백여 명의 인원으로 적을 맞는다는 것은 불가능한 일이었다.

그것은 본산을 버리고 말고의 문제가 아니었다. 본산은 언제나 수복이 가능하지만 한번 죽은 문도는 되살릴 수 없는 것이었다.

따라서 이곳에 남아 있던 대장로 양현의 임무는 패천맹의 움직임을 감시하다가 적이 공격할 경우 이를 맹에 보고하고 문도들을 안전하게 사천총단까지 후퇴시키는 것이었다.

"어딜 그리 급히 가시나?"

하지만 언제나 계획은 누군가에 의해 틀어지게 마련이다.

양현의 계획도 변수가 발생했다. 그의 앞에 혈마 우자기가 나타난 것이다.

우자기는 공동파의 담을 넘자마자 텅 빈 공동파를 발견하고는 바로 상황을 파악하였다. 공동파의 접수를 양의와 소도성에게 맡긴 그는 몇 명의 패천맹도를 이끌고 재빨리 도주하는 공동파 문인들을 추격한 것이었다.

그들을 살려 보내도 상관은 없었다. 이미 그들은 전서를 통해 자신들의 공격을 맹과 사천 정의맹 총단에 알렸을 것이다.

하지만 그렇다고 또 그들을 이렇게 쉽게 보내주는 것은 혈마의 명성이나 정의맹에 대한 첫 공격을 감행하는 패천맹의 입장에 맞지 않았다.

최소한 대장로 양현의 목은 베어야 그럴듯할 것이다.

"누구냐!"

양현도 앞을 막은 이 노인이 보통 인물이 아니라는 것을 깨달았다.

"나? 혈마 우자기라 하는데."

양현은 내심 깜짝 놀랐다. 설마 혈마일 줄이야. 혈마는 과거 패천맹의 사대호법으로 불리우며 그 혈명을 천하에 떨친 인물이었다. 비록 휴전 후 원로원에 은거해 있었지만, 정파의 사람들은 과거 무림대전 당시의 혈마의 혈명을 잊지 않고 있었다.

과거 그는 전장에 나서면 항상 두 손에 정파인의 피를 칠하고 있었기에 사람들은 그의 잔혹성에 치를 떨었다. 그는 항상 자신이 죽인 사람의 심장을 꺼냈던 것이다.

혈마의 무기는 두 손이었다. 그의 두 손은 강철처럼 단단해서 웬만한 도검으로는 자르지 못할 뿐만 아니라, 그의 조공은 언제나 전문적으로 사람의 심장만을 노렸다.

"먼 길을 오셨구려."

양현이 침착함을 되찾고 대꾸했다.

"과연! 과연 공동의 대장로답군."

우자기는 양현이 금세 마음을 안정시키는 것을 보고 크게 고개를 끄덕였다.

"먼 길을 왔으니 장로의 심장을 가져가야겠소."

"내 심장이면 족하오?"

우자기가 멀리 떨어져 둘을 바라보고 있는 공동파의 제자들을 발견했다.

"홋! 멸문이야 시키겠소? 반 각 드리겠소."

"내 심장 값이 겨우 반 각이라……. 싸군."

"비싸게 쳐준 거요."

양현의 얼굴이 씰룩였다. 혈마는 그를 무시하고 있었던 것이다.

"가라! 반 각의 시간밖에 없다! 그동안 최대한 이곳에서 벗어나라! 벗어나면 정의맹 사천총단으로 간 후 석산으로 장문인을 찾아가라! 가라! 어서!"

양현이 자신을 바라보고 있는 문인들을 향해 소리쳤다.

"대장로… 어찌!!"

"어서들 가래도. 어차피 난 이곳을 벗어나지 못해. 어서 가라!"

"대장로… 그럼 보중을!"

공동파의 문인들이 몸을 날려 공동산을 넘어가기 시작하였다.

"역시, 역시… 정파의 의리는 대단하오."

문인을 위해 남은 양현에 대한 칭찬이자, 양현을 두고 가는 공동 문인들에 대한 비난이었다.

"저들이 살아남아 당신의 목을 벨 것이오."

"오, 제발 저들 중 살아남는 자가 있기를 바랄 뿐이오."

"약속을 지키지 않을 작정이오?"

"아아, 나야 약속을 지키지. 하지만 저들이 반 각의 시간만으로 이곳을 벗어날 수 있으리라 생각지는 않소."

"그것은 그들이 알아서 할 일. 말이 길었소."

"그렇군. 오랜만의 나들이라 이거 말이 많아졌군. 내가 먼저 가겠소."

“오시오.”

양현이 허리에 찬 검을 빼어 들었다. 그러자 우자기가 두 손을 들어 올려 소매를 팔뚝까지 내렸다. 그의 손은 이미 붉게 물들어 있었다.

말 그대로 먼저 움직인 것은 우자기였다. 그는 정면으로 들어가지 않고 양현의 오른쪽으로 돌기 시작하였다.

양현은 선 자세에서 발만 틀어 우자기를 정면에 놓으려 했다. 그의 검은 계속 우자기를 향하고 있었다.

우자기의 움직임과 그를 놓치지 않으려는 양현의 눈의 싸움이 시작된 것이다. 양현이 우자기의 신형을 정면으로 놓지 못하는 순간 우자기는 그 사각으로 달려들 것이다.

우자기의 신형이 빨라졌다. 더불어 양현의 발놀림도 빨라졌다.

순간 우자기의 몸이 무엇에 막힌 듯 정지하더니 좌측으로 방향을 틀었다. 양현은 우자기를 따라 돌던 몸의 방향을 발바닥으로 땅에 찍으며 우자기가 멈춰 선 곳으로 돌리려 했다.

하지만 이미 몸은 우측으로 비틀어져 있었고 우자기는 그의 좌측을 향해 돌진하고 있었다. 양현이 오히려 우측으로 몸을 더 빨리 회전시켜 한 바퀴 돌면서 다가서는 우자기를 옆으로 베어갔다.

하지만 몸이 한 바퀴 돌았을 때 우자기의 모습이 없어졌다. 순간 양현은 당황했다.

“잘 가시오.”

양현은 자신의 등 뒤로부터 강렬한 통증을 느꼈다. 우자기의 손이 그의 등을 파고든 것이었다.

“컥!”

양현이 폭포수 같은 피를 입으로 쏟으며 무릎을 꿇었다. 그의 숨은 이미 끊어져 있었다. 우자기가 양현의 몸에서 손을 뺐다. 그의 손에 시뻘건 살덩이가 들려 있었다.

"자, 반 각이 지났으니 추적을 시작해라. 한 놈도 살려 보내지 마라."

우자기의 명령에 패천맹도들이 살아남은 공동파 사람들을 쫓기 시작하였다.

"저 노인네는 아직 저 버릇을 못 고쳤군."

소도성이 멀리서 우자기의 손을 보며 혀를 찼다.

"형님, 달리 혈마겠습니까?"

양의였다.

양의는 진패천의 사형인 소도성을 형님이라 부르고 있었다.

"이보게, 양 동생. 자네는 제발 원로원에 처박힌 그 노괴물들과 같이 되지 말게나."

"저보다야 형님이 그쪽에 더 재질이 있으신 것 아닙니까? 형님이 칼을 들 때면 정말 무섭다니까요."

"허허허, 그런가? 그럼 내 조심하지. 자, 장내를 정리하세. 이제 곧 사부님께서 본군을 이끌고 오실 것이야. 그전에 이곳을 정리해야겠네. 일단 사천을 들어가는 교두보는 확보한 셈인가?"

"그렇지요."

두 사람이 여기저기 쓰러져 있는 공동 문인들의 사이로 몸을 움직였다.

철마 이제현이 공동에 든 것은 그로부터 두 시진 후였다. 그는 산에 오르면서도 검은 흑마를 타고 있었는데, 그 모습이 마치 과거 촉한의 관운장을 보는 것 같았다.

*   *   *

정의맹 사천총단은 성도에서 북쪽으로 백여 리 떨어진 안탕산에 있었다. 이곳은 패천맹이 사천으로 넘어올 경우 반드시 거쳐야 하는 곳으로 감숙과 사천을 잇는 요지였다.

사천총단에는 이백여 명의 무인들이 거주했었으나 이차무림대전이 일어난 이후에는 사천 내의 각 문파에서 충원을 해 이제는 오백여 명의 인원이 생활하고 있었다.

사천총단은 봉황단이라고도 불리었는데, 총책임자는 아미의 멸절사태였으며, 부단주로는 무림대회를 통해 선발된 당정이 나와 있었다. 그리고 아미일화 임혜련이 멸절사태 옆에서 단의 운영을 돕고 있었다.

사천총단에 비상이 걸린 것은 이미 오 일 전이었다. 공동으로부터 한 마리의 전서구가 날아든 것이다.

패천맹의 공동파 침입을 알리는 전서구였다.

패천맹이 공동파를 공격했다는 것은 하나의 사실을 말하고 있었다. 패천맹의 칼이 사천을 겨누고 있다는 것이었다.

멸절사태는 즉시 사천 내 문파인 아미, 당문, 청성, 점창에 기별을 넣어 원군을 청하는 동시에 석산총단에도 연락을 취했다. 아무래도 정의맹 차원의 지원이 필요할 것으로 판단한 것이었다.

사천총단 정문의 수비를 맡고 있는 당문도 당하가 멀리서 쓰러질 듯 달려오는 세 명의 인영을 발견한 것은 막 교대를 하기 위한 준비를 하기 시작한 때였다.

등 뒤로 태양을 등지고 달려오는 인영들은 검은빛으로 보였으나 그들이 점점 총단의 정문에 가까워질수록 당하는 그들의 몸이 붉은색이라는 것을 알 수 있었다.

세 사람은 몸에 온통 피칠을 하고 있었던 것이다. 그들은 총단의 정문에 도달하기도 전에 쓰러졌다. 정문에서 번을 서던 무사들이 그들을 부축하려고 다가갔을 때 그들은 정신을 잃었던 것이다.

온몸은 검상인지 나무에 긁힌 상처인지 모를 상처투성이였다. 흘러나온 피는 이미 옷에 말라붙어 굳어 있었고, 그 위로 새로운 피가 다시 흐르고 있었다.

"공동파의 사람입니다!"

무사 중 한 명이 그들이 입은 옷을 겨우 알아보고는 당하에게 소리쳤다.

"어서 안으로 데려가라! 의원을 부르고! 나는 총사령전에 보고하겠다!"

멸절사태가 당하로부터 공동파의 생존자에 대한 보고를 받은 것은 그녀가 임혜련, 당정과 집무실에서 차를 마시고 있을 때였다.

그들은 당하의 보고에 세 명의 공동파 제자들을 데려간 곳으로 서둘러 달려갔다. 세 사람은 침상에 누워 있었고, 그 옆에서 의원의 치료가 한창이었다.

"좀 어떤가?"

멸절사태가 안으로 들어서면서 의원에게 물었다.

방 안에 있던 사람들이 분분히 일어나 멸절사태에게 포권을 취해 보였다.

“다행히 목숨에는 지장이 없습니다, 총사령.”

“한데 어찌 정신이 없는 겐가?”

“너무 탈진해서 정신을 잃은 것이니 곧 깨어날 것입니다.”

“알았네. 최선을 다해 치료하고 깨어나면 연락을 주게.”

피투성이의 세 사람을 본 멸절사태와 당정, 임혜련은 어두운 마음을 가지고 다시 멸절사태의 집무실로 돌아왔다.

“이제 본격적인 전쟁의 시작인가 봅니다.”

당정이 멸절사태를 보며 입을 열었다.

“그런가 보이, 부단주. 아무래도 적이 사천으로 먼저 들어오려나 보이.”

“아직 적의 전력에 대한 정보는 없습니까?”

“아직은 없다네. 저들이 깨어나 보아야 알 것 같네만.”

“석산에서는……?”

“이제 곧 연락이 오겠지.”

세 사람의 표정이 함께 어두어졌다.

공동파의 문인들은 하루가 지난 후 깨어났다. 그들은 깨어나자마자 살아남은 사람끼리 손을 잡고 목 놓아 울었다.

이백여 명의 문인 중 오직 세 명만이 살아남았던 것이다.

한참을 통곡하던 그들은 방으로 들어선 멸절사태를 보고서야 울음을 그쳤다.

“고생들 했네.”

멸절사태가 따뜻한 목소리로 그들을 위로했다. 멸절사태로서는 드문 일이었다. 평소 멸절사태는 성정이 싸늘하기로 소문이 자자했다.

그녀가 사천총단을 맡은 이후로 한번도 웃는 낯을 본 적이 없다는 말이 돌 지경이었다.

"모든 문도가 죽임을 당하고 저희만 살아왔으니 사태를 볼 낯이 없습니다."

살아남은 사람 중 배분이 가장 높은 고상이 멸절사태 앞에 고개를 숙였다.

"그게 어찌 자네들 잘못인가? 자네들만이라도 살았으니 불행 중 다행이네."

"그리 말씀해 주시니 감사합니다."

세 사람이 다시 눈물을 흘렸다. 그들의 눈물이 멎기를 기다려 멸절사태가 입을 열었다.

"내 좀 물어볼 말이 있네만."

"네, 하문하십시오."

"혹 저들의 전력은 파악했는가?"

고상이 잠시 머리를 숙여 생각을 하다가 입을 열었다.

"자세히는 모르오나 약 천 명의 병력이 공동에 든 것으로 알고 있습니다."

"천여 명씩이나?"

"으음."

멸절사태와 당정이 동시에 한숨을 내쉬었다. 이곳 사천총단 총인원이 오백이었다. 두 배에 가까운 적이 사천을 넘보고 있는 것이다.

"적의 수장은 누구이며 어떤 자들이 왔던가?"

"자세히는 알지 못하나… 수장은 철마 이제현이고 대장로를 죽인

자는 혈마 우자기였습니다."

"철마와 혈마……. 쉽지 않구나, 쉽지 않아."

철마 이제현은 패천맹의 실질적인 이인자였으며, 사성의 한 명이었다. 또한 혈마의 혈명은 이미 지난 무림대전에서 널리 알려진 인물이었다.

"거기에 패천사룡 중 양의, 등애와 천독림의 림주 서린이 함께한 듯합니다."

"으음… 저들이 사천을 진정 쓸어버릴 모양이구나."

공동의 문인들에게서 전해 들은 패천맹의 전력은 막강했다. 현재 사천총단의 전력으로는 도저히 감당할 수가 없는 적이었다.

집무실로 돌아온 멸절사태와 당정, 그리고 임혜련은 깊은 고민에 빠졌다.

"부단주, 부단주의 생각은 어떠한가?"

"네, 총사령. 아무래도 적의 세력이 너무 강한 것 같습니다. 이대로 있다가는 사천이 위험합니다."

"맞네. 하지만 대책이 마땅치 않으니."

"일단 사천의 네 문파에 있는 문도들을 모두 모아야겠습니다. 그러면 얼추 저들과 비슷한 숫자는 맞출 수 있지 않겠습니까?"

"하지만 숫자 문제가 아니지 않는가? 우리 측은 고수의 수가 너무 모자라. 무림의 싸움이란 결국 고수의 수에서 결정되는 것이 아닌가?"

"알고 있습니다. 그러니 각 문파에 남아 있는 원로 분들도 모두 이곳으로 오시라 해야겠지요."

"하지만 그게 그렇게 쉽지 않네. 문파를 비우고 이곳으로 달려올 원로가 얼마나 되겠나?"

"일단 저들도 이곳 총단을 먼저 노릴 것입니다. 각 문파는 총단을 무너뜨린 이후가 되겠지요. 총단이 무너지면 각 문파도 홀로 버틸 수 없습니다. 그럴 바에는 차라리 모든 전력이 이곳에 모이는 것이 낫습니다."

당정의 말에 멸절사태가 고개를 끄덕였다.

"자네 말이 맞네. 내 그리 적어 각 문파에 보내지. 하면 그 이후는?"

"각 문파의 원로 분들을 모두 모은다 해도 저들을 정면으로 상대하기는 쉽지 않습니다."

"하면?"

"좋은 장소를 골라 진격하는 저들을 기습하고 빠지는 전략으로 시간을 끌면서 석산총단에서의 지원군을 기다려야겠지요."

멸절사태가 당정의 말에 고개를 끄덕였다.

"그럼 그리하기로 하세. 나는 각 문파에 보낼 전서를 작성할 테니 자네와 혜련이는 어디에서 적을 맞을 것인지를 생각해 보게."

"알겠습니다, 총사령."

정의맹 사천총단은 분주하게 움직이기 시작하였다. 며칠이 지나자 사천의 네 개 문파에 남아 문파를 지키던 장로들이 문도들을 이끌고 모여들기 시작하였다.

모인 장로들은 모두 지난번 오제도를 방문했던 인물들이었다. 그들은 오제도를 방문한 뒤에 문파에 들어 휴식을 취하고 있었던 것이다.

당문에서는 당우린이 문도 오십여 명을 이끌고 왔으며, 아미에서는 임오빈이 역시 오십여 명의 문도를 이끌고 사천총단으로 달려왔다.

청성과 점창에서는 태상경 장로와 왕통 장로가 각각 오십여 명의 문도를 데리고 사천총단에 들었다. 그 외에 군소문파에서 이백여 명의 무사들이 모여 인원은 대충 구백여 명에 이르게 되었다.

사천총단에 모인 각파의 사람들이 모두 한자리에 모였다. 가운데에 는 멸절사태가 앉아 있었고, 나머지 사람들이 그 뒤를 빙 둘러앉아 있 었다.

"총사령, 이제 어떻게 적을 맞으실 겁니까?"

"일단 지리적인 이점을 점해 기습으로 적의 발을 늦추려 합니다. 그 리고 그사이 석산에서 원군이 오기를 바라야겠지요."

"기습이오?"

청성의 장로 태상경이 멸절사태를 보았다.

"네, 태 장로님. 현재의 인원이나 전력으로는 적을 정면으로 맞을 수 는 없습니다."

멸절사태의 말에 태상경도 고개를 끄덕였다.

"하면 어디에서?"

이번에는 점창의 장로 왕통이 입을 열었다.

"그것에 대해서는 여기 당정 부단주가 설명을 올리도록 하겠습니 다."

멸절사태의 말에 모두의 시선이 당정에게 모아졌다.

"그럼 부족하나마 제가 여러 장로님께 설명을 올리도록 하겠습니 다."

당정이 가볍게 허리를 굽혀 보인 후 사천의 지도가 걸린 곳으로 자 리를 옮겼다.

"이곳이 현재 저희가 있는 안탕산입니다."

당정이 지도의 한곳을 가리켰다. 모두의 시선이 그곳으로 몰렸다.

"그리고 이곳이 공동입니다. 저들은 지금 공동에 들어 전열을 재정비하고 있다 합니다. 아마 저들도 사천에 간자가 있을 테니 우리 총단의 사정을 알고 있을 것입니다. 따라서 저들은 석산에서 구원이 오기 전에 서둘러 총단을 공략하려고 할 것입니다."

당정의 말에 모두들 고개를 끄덕였다.

"저들이 서둔다면 우리에게도 기회가 있습니다."

"그렇겠구려. 서두는 적은 기습에 약한 법이지요."

아미 임오빈의 말이었다.

"해서 제가 나름대로 적의 이동 경로를 예측해 본 결과 공동에서 이곳 총단으로 천여 명의 사람이 이동하자면 하지에서 위수를 건너 독곡과 무위산, 그리고 총단 바로 앞의 송림에 다다를 것입니다."

사람들이 당정이 지적한 선로를 유심히 살펴보고는 고개를 끄덕였다. 당정이 짚은 선로야말로 대규모 인원을 가장 적절히 이동시킬 수 있는 선로였던 것이다.

"그렇다면 우리도 하지, 독곡, 무위산에서 적을 기습해야 하고 최종적으로는 송림에서 적을 맞아야겠지요."

"당 부단주, 아직 적이 위수를 건너지 않았는가?"

"척후의 보고에 따르면 아직 위수를 건너지 않은 것 같습니다. 천여 명이 위수를 건너려면 많은 준비가 필요한 법이지요. 하나 시간이 그리 많이 남아 있지는 않을 것입니다."

"자, 당정 부단주의 이야기를 잘 들었을 것입니다. 이제 우리도 한시라도 빨리 위수로 달려가 적을 맞을 준비를 해야 합니다."

멸절사태가 중인들을 돌아보며 말했다.

“총단의 전 인원이 갑니까?”

“후방 보급이 필요하니 그럴 수는 없습니다. 해서 임 장로께서 이곳에 남아주시기 바랍니다.”

멸절사태가 임오빈을 바라보았다.

“알겠습니다, 총사령.”

“이곳 총단에 사백의 인원을 남기고 나머지 오백의 인원으로 적을 맞으려 합니다.”

“오백으로요? 너무 적은 것 아닙니까?”

“어차피 기습으로 적의 발을 늦추고 후퇴하는 것이니, 인원이 많을 필요는 없으리라 생각합니다. 단지 이곳에 계신 장로 분들은 모두 함께 출전을 하는 걸로 하겠습니다. 현재 저희는 고수의 수가 절대적으로 부족한 상태입니다.”

“알겠습니다, 총사령.”

모두 멸절사태의 말에 동의를 하자 즉시 매복군이 편성되었다.

매복에는 당문의 전 문도가 참여했다. 당문의 독과 암기가 매복 공격에서는 가장 유용할 것이라는 판단에서였다.

그리고 맹에 집결한 인원 중 무공이 높은 순으로 출정군을 꾸며 오백을 채웠다.

이튿날 아침, 오백여 명의 정의맹 사천총단 무인들이 총단의 문을 나섰다. 선두에는 총사령 멸절사태가 서 있었다.

그 뒤로는 당정과 임혜련이 서 있었고 좌우에 당우린과 왕통, 그리고 태상경이 자리를 잡고 있었다.

일단 천천히 총단을 벗어난 정의맹군은 서서히 속도를 높여 전속력으로 위수에 접해 있는 하지로 향했다.

　　　　　　*　　　　　*　　　　　*

　정의맹 석산총단에 공동의 함락이 전해지자 석산총단에는 아연 전운이 감돌기 시작했다.

　정의맹주 장의현의 요청에 의해 소집된 총회에서는 사천총단으로부터 날아온 원군 요청과 공동의 생존자가 전한 적의 전력에 대한 정보가 공개되었다.

　"이 정도라면 패천맹 전력의 삼 할이 움직인 것이군요."

　아미의 문주 성신사태 류진화가 입을 열었다.

　"그렇다고 보아야겠지요. 철마와 혈마, 지마, 거기에 천독림주라면 사천총단의 전력으로는 대응이 어렵습니다."

　"그뿐입니까? 패천사룡 중 수룡왕 양의와 독수 등애가 포함되어 있답니다."

　중인들의 표정이 침통해졌다.

　물론 그중 가장 얼굴이 어두운 사람은 공동파의 장문인 여의기였다. 공동파는 일, 이차무림대전 초기에 모두 적의 예봉을 맞은 문파가 되었던 것이다.

　"하루라도 빨리 사천에 원군을 보내야 하지 않겠습니까?"

　"그리해야지요. 조금이라도 늦으면 사천이 위험합니다."

　사천에 기반을 둔 당선명과 류진화는 원군에 대한 결정이 늦어지자 사람들을 재촉하기 시작하였다.

　"허, 누구를 보낸다……."

　개방의 방주 풍진신개 여석지가 혀를 차며 입을 열었다. 사실 사천의 위험은 이곳에 있는 모든 사람들이 알고 있었다. 하지만 나서서 자신의 문파 사람들을 보내겠다는 곳은 없었다.

"제갈 군사, 말씀 좀 하시지요."

당선명이 답답하다는 듯이 제갈의현을 바라보았다.

제갈의현은 당선명의 재촉을 받자 잠시 침묵하더니 입을 열었다.

"사실 지금 맹의 전력 중 쓸 만한 전력이 거의 없습니다. 백호단은 남궁세가와 함께 호남에 치중해 있고, 청룡단은 천사평에서 감숙의 패천맹 본진을 마주하고 있지요. 맹 자체의 전력으로는 호정단밖에는 남아 있는 세력이 없습니다."

제갈의현의 말에 모두들 고개를 끄덕였다.

"하면 어쩌자는 말씀이십니까?"

류진화가 제갈의현을 바라보았다.

"이렇게 되면 각 문파에서 각각 전력을 좀 내어놓으셔야 되는데……."

제갈의현이 말꼬리를 흐렸다.

그러자 회의에 참석한 각 문파의 수뇌부가 이리저리 시선을 돌려 당선명과 류진화의 시선을 피했다.

"너무들 하십니다. 이렇듯 서로 협조가 안 된다면 어찌 이를 맹이라 할 수 있습니까? 류 장문인, 내일이라도 사천 사 파 제자들만이라도 이끌고 사천으로 달려갑시다."

"휴, 아무래도 그래야겠지요."

"자, 그만 일어납시다."

당선명과 류진화가 일어나자 청성과 점창의 장문인 장구령, 이임보도 일어나 자리를 떴다. 자리를 뜨면서도 그들은 남아 있는 사람들을 한번 쳐다보는 것을 잊지 않았고, 남아 있는 사람들은 그들의 시선을 피하기에 급급했다.

"허, 이렇게 맹이 분열되어서야……."

장의현이 사천의 네 문파 수장들이 자리를 뜨자 혀를 찼다.

"군사, 저들만 사천으로 보낼 수는 없는 일 아닙니까?"

장의현이 제갈의현을 바라보며 입을 열었다.

"하지만 각 문파의 협조가 없으면……."

다시 장내의 사람들을 바라보았지만 반응은 마찬가지였다.

"호정단이라도 보내는 것이……."

남궁룡이 입을 열었다.

"그걸 지금 말이라고 하는 거요? 호정단이 천사평에서 돌아온 지 얼마나 되었다고 다시 사지로 보낸단 말이오!"

설장벽의 호통에 남궁룡이 입을 다물었다. 남궁룡의 얼굴이 붉게 물들어 있었다.

"사실 호정단을 보내는 것도 쉬운 일이 아닙니다. 아시다시피 호정단은 천사평에서 단원 대부분을 잃고 재건 중에 있으며, 호정단이 천사평으로 출진할 때 귀환 후에는 새로운 임무에 대한 자율권을 보장하기로 해서……."

"하면 진정 저 네 문파만 보낸단 말입니까? 답답하군요. 사천이 무너지면 이곳인들 안전하겠습니까?"

맹주가 다시 목소리를 높여보았지만 여전히 맹주전에는 침묵만 흘렀다.

아무도 대답하는 사람이 없었고 회의는 그렇게 막을 내렸다.

'자, 어떻게 호정단을 참전시킨다?'

맹주전을 나오면서 제갈의현은 생각에 잠겼다.

'그래, 그러면 되겠군.'

제갈의현이 당문의 문주 당선명을 찾은 것은 늦은 밤이었다.

"아니, 군사께서 어쩐 일이시오?"

당선명이 제갈의현을 맞아들이며 물었다.

"당 문주의 마음이 편치 않으실 것 같아서 위로차 들렀습니다."

"허, 사실 좋은 기분이 아니지요. 이럴 거면 맹은 무엇 하러 만들었는지… 아무튼 이번 일이 끝나면 당문이나 사천의 다른 문파는 맹의 일에 관여치 않을 것입니다."

"자자, 문주님, 그리 화만 내지 마시고 내 말 좀 들어보세요."

"……?"

"현재 네 문파의 전력만 가지고 저들을 맞이한다면 승리를 장담하기 어렵습니다. 잘해야 동패구상 정도이지요."

"휴, 맞습니다."

당선명은 인정하기는 싫지만 인정하지 않을 수 없었다.

"해서 반드시 추가적인 원군이 필요한데… 지금 움직일 수 있는 것은 호정단뿐입니다. 호정단은 이번 인원 충원으로 이미 과거의 전력을 몇 배 상회하고 있습니다."

"알지요. 알지만 그들은 이미 지난 천사평에서 맹의 지원 없이 살아온 사람들입니다. 다시 그들의 출정을 요구하는 것은 지나치지요."

"압니다. 그래서 요구가 아니라 부탁을 하자는 것입니다."

"부탁이오?"

"네. 내일 저와 네 분 문파의 장문인께서 호정단을 찾아가도록 합시다. 그리고 설 단주와 막 노사에게 출정을 부탁합시다."

"과연 될까요? 설 장문인의 반대도 심할 텐데."

"설 장문이나 설연 단주나 모두 마음이 여린 사람들이니… 아마도, 거기다 하나의 이유가 더 있습니다."

"하나의 이유요?"

"네."

"그게 무엇입니까?"

제갈의현이 잠시 뜸을 들이다 입을 열었다.

"사실 대화산파의 빙화 설연이 호정단주가 된 데에는 나름의 이유가 있습니다."

"……?"

"설 단주의 아버지가 과거 무림대전 초기 패천맹의 사대호법… 지금은 두 명만 남았지만, 그 사대호법에게 죽임을 당했지요."

"네, 그것은 저도 알고 있습니다만."

"그래서 설 단주는 어려서부터 부모의 원수를 갚기 위해 지독하게 검술을 수련한 것입니다. 그리고 호정단의 단주 직에 도전한 것도 그 이유에서입니다. 한데 이번 사천에 들어선 적들 중 혈마와 지마가 끼어 있습니다."

제갈의현의 말에 당선명이 고개를 끄덕였다. 그의 말을 알아들었던 것이다.

"내일 저와 한번 찾아가 보겠습니까?"

"그리하지요."

"알겠습니다. 문주, 내일 다시 뵙지요."

"이렇게 신경을 써주시니 감사할 따름입니다."

“아닙니다. 이게 다 정의맹을 위한 길인데요.”

제갈의현과 당선명, 그리고 아미 성신사태 류진화, 청성파 장구령, 점창파 이임보가 호정단 숙소를 방문해 설연과 막여를 만난 것은 다음 날 아침이었다.

설연은 이미 어제의 총회에 참석했던 터라 이들이 온 이유를 대략 짐작하고 있었다.

“이곳까지 어쩐 일로 다섯 분께서 발걸음을 하셨는지요.”

“허허허! 설 단주, 무엇이 그리 급하십니까? 숨넘어가겠습니다. 일단 좀 앉기나 합시다.”

“아, 네. 죄송합니다. 이리 앉으시지요.”

설연이 제갈의현 등에게 급히 자리를 권했다. 그리고 주방에 일러 차를 내오게 하였다.

차가 나오기를 기다리는 동안 당선명이 입을 열었다.

“설 단주, 우리가 무슨 일로 이곳에 왔는지 짐작은 하시리라 생각합니다만…….”

“네, 문주님. 짐작은 갑니다. 하지만.”

“설 단주님, 저희가 어찌 호정단에 강요를 할 수 있겠습니까. 하지만 오늘날 무림에 대전이 일어났는데 각 문파는 자신의 잇속만을 챙기고 있고, 사천은 풍전등화의 지경입니다. 이는 사천의 문제만이 아니지요. 사천이 무너지면 석산 역시 위험하고, 그리되면 정파 전체가 위험에 노출됩니다.”

“알고 있습니다. 네 분 문주님의 고충도 알고 있고요. 하지만 네 문파의 정예가 사천으로 가신다면 어느 정도 대응이 되지 않을까 하는데요?”

“전력 자체로나 병력 규모로는 그렇습니다. 하나 결정적으로 절대고수의 숫자가 부족합니다. 저들은 패천맹에서 고르고 고른 정예 일천입니다. 하지만 이쪽은 급조된 일반 무사들로 이루어진 전력이지요. 거기다… 저들의 총사령이 철마 이제현입니다. 누가 있어 철마 이제현의 무공을 당하겠습니까. 결국은 몇몇이 합공을 해야 하는데 그러려면 우리 측 고수가 절대적으로 부족합니다. 저들은 패천사룡 이 인이 더 있고 천독림주에… 거기다… 지마와 혈마까지.”

말을 하면서 당선명이 설연을 바라보았다. 제갈의현의 시선도 설연을 바라보고 있었다.

설연은 당선명의 입에서 지마와 혈마라는 단어가 나오는 순간 눈끝이 약간 흔들렸다.

‘되었어. 이제 호정단을 사천으로 보낼 수 있겠군.’

제갈의현의 얼굴에 미소가 드리워졌다.

제갈의현과 네 문파의 장문인들은 차를 마시고는 돌아갔다. 그들은 돌아가면서도 설연에게 재삼 재사 부탁하는 것을 잊지 않았다.

‘사천행이라.’

돌아가는 그들의 뒷모습을 보던 막어는 하늘을 올려다보았다.

다음날 호정단 중앙 대청에서는 전 단원이 참석하는 회의가 열렸다. 회의는 사천행에 대한 가부를 묻는 것이었다.

물론 설연 혼자 단주로서 결정할 수도 있었으나, 설연은 단원들의 의견을 묻고 있는 것이었다. 사람들의 시선은 설연보다도 오조 조장 당인에게 쏠렸다.

당인은 사천당문의 사람이었다. 사람들의 시선을 받자 당인이 일어섰다.

"제가 비록 사천당문의 사람이나 지금은 호정단의 단원입니다. 저에 대한 사사로운 감정으로 이번 일의 가부를 결정하지는 말아주십시오."

당인이 그 말을 하고는 자리에 앉았다.

"한데 정말 다른 문파에서 지원을 안 한답니까?"

"네, 그렇다는군요."

"아니, 뭐 그런 썩을 것들이 다 있어! 같은 편 아니었나?"

엽강이 설연의 말을 듣고는 책상을 내려쳤다.

"위험한 일입니까?"

장손후였다.

"아주 위험하지요."

설연이 대답했다.

"그럼 가볼 만하겠군요."

장손후의 말을 팽정이 받았다.

"껄껄껄! 역시 사조장이야. 갑시다! 뭐, 재미있을 것 같네. 그리고… 사실 나도 하북팽가의 사람으로 조금 쪽팔리기도 하고 말이야… 젠장, 내논 자식이라도… 나라도 팽가를 대신해 가야지."

"갑시다! 이 기회에 사천 구경도 좀 하고."

이번에는 엽강이 입을 열었다.

설연이 황벽을 바라보았다.

"설매 하고 싶은 대로. 누구든 설매에게는 검을 못 겨누게 할 테니 걱정 말고."

황벽의 말에 설연은 마음이 든든해지는 것을 느꼈다. 그렇다! 황벽이 옆에 있는데 그녀가 망설일 이유가 없었다.

“좋아요, 가지요. 내일 아침까지 천사평행과 마찬가지로 빠지고 싶으신 분은 이야기하세요. 전혀 부담 갖지 마시고요.”

“알겠습니다, 단주.”

호정단원들의 우렁찬 목소리가 대청을 울렸다.

‘이번 기회에 그들을 베는 거야. 그리고 정말 황 가가와 노룡촌으로 가야겠어. 이번 기회에.’

설연의 마음속에는 하나의 결심이 서고 있었다.

제40장
하지(河地)

사천에서 감숙으로 들어서서 백여 리를 가면 위수를 만난다. 그 위수의 최상류 지역은 여러 개의 작은 지류로 나뉘어지고 그중 하나가 감숙에서 사천으로 들어서는 길목을 가로막고 있었다.

그리고 으레 그런 곳에는 강을 건너거나 또는 강을 건넌 손들이 잠시 머물 수 있는 마을이 형성되기 마련이었다.

하지(河地)는 그런 마을이었다.

사천성 쪽에서 보자면 하지는 감숙으로 들어가기 위해 강을 건너는 출발지였고, 감숙에서 보자면 사천으로 들어가기 위해 강을 건너면 처음 만나는 도착지였다.

철마 이제현이 이끄는 패천맹 사천원정군이 하지가 바라다 보이는 강의 북쪽에 도착한 것은 공동에 든 지 보름 후였다.

철마 이제현은 노련했다. 결코 서둘러 급하게 도하를 시도하지 않았다.

그는 이런 대규모 인원이 참여하는 전투에 대한 경험을 지난 무림대전에서 충분히 쌓았기 때문에 보급의 중요성을 잘 알고 있었다.

비록 무림인이라 하더라도 일단 천여 명의 무사들이 움직인다는 것은 많아야 십여 명이 치르는 무림의 일반적인 다툼하고는 차원이 다른 것이었다.

적은 인원의 고수들이 맞붙을 때는 보급 같은 것은 신경 쓰지 않아도 된다. 배고프고 지치면 가까운 마을에 들어 먹고 자면 되는 것이다. 누구도 그것을 막지 않았다.

하지만 천여 명의 칼을 든 무사들이 한 마을에 들 수는 없었다. 사람들도 사람들이지만 관에서 그냥 있지 않을 터였다.

해서 무림에서는 가급적 대규모의 인원을 동원하는 일을 자제하고 있었다.

하지만 이번에 철마 이제현은 천여 명에 이르는 무사들을 이끌고 사천으로 향하고 있었다. 당연히 보급의 중요성이 떠올랐고, 길을 서두를 수 없었다.

마을에 들 수도 없었다. 사천이나 감숙이나 중원에서 보자면 오지였고, 거대한 산악들이 모여 있는 성들이었다.

촉의 잔도는 예전부터 군사를 움직일 수 없는 곳으로도 유명했다. 역사적으로 겨우 유방의 한군이나 공명의 촉한군 정도만이 촉의 잔도를 지나 중원을 바라보았을 뿐이었다.

해서 감숙과 촉의 마을들은 작았다. 물론 성도나 난주와 같은 큰 도회도 있었지만 일반적으로 산속에 파묻혀 화전을 일구거나, 황하나 장강의 지류에서 고기나 잡으며 생활을 연명하는 작은 마을들이 대부분이었다.

해서 천여 명의 무사들을 이끌고 마을로 들 수도 없었던 것이다. 이제현은 뒤의 보급로를 탄탄하게 갖추면서 서서히 사천으로 진격해 들고 있었다.

하지에서 상류로 십 리쯤 더 떨어진 곳에 이제현은 진을 쳤다. 바라다 보이는 강 건너편이 넓은 평지이고 늪이 없어 상륙지로는 더없이 좋은 장소였던 것이다. 또한 강폭도 작아 도하 시간을 단축할 수 있는 장점이 있었다.

물론 장점이 있는 만큼 단점도 있었다. 물은 거칠고 도착지는 갈대가 많이 자라 있었다. 적이 온다면 공격당하기 쉬우리라.

"에이, 씨벌. 이게 도대체 뭐 하는 짓이여?"

한유는 호남에서 감숙으로 이동한 장강수로채의 하급 무사였다. 이번 사천 공격에는 꽤 많은 수로채의 인원들이 참여하고 있었다. 그것은 사천에 황하와 장강의 지류들이 많아 도하의 경우가 종종 발생할 것을 예측한 수뇌부의 생각에 따른 것이었다.

한유의 몸은 허리까지 물에 잠겨 있었다. 그는 지금 막 산에서 잘라온 나무로 엮은 뗏목을 강에 띄우고 고정시키는 일을 하고 있었다.

얼굴에는 온통 땀과 흙탕물이 튀어서 도저히 사람의 꼴이라고 할 수 없는 모습을 하고 있었다.

"어이구~ 내가 장강에서 고기나 잡고 살 것을 괜히 수채에 들어 먼 감숙까지 오지를 않나, 여기서 이 생고생을 하지를 않나… 미쳤지, 내가 미쳤어."

불평을 하면서도 한유의 손은 빠르게 움직이고 있었다. 그도 오전 중으로 맡은 일을 끝내야 들어가 잠깐의 휴식을 취할 수 있다는 것을 알고 있었던 것이다.

대체로 이런 대규모의 도하나 산악의 이동에서는 하급 무사가 고생을 도맡아 하게 마련이었다. 한유는 하급 무사였고 고생에서 벗어날 수 없었다.

강변을 따라 길게 늘어선 뗏목들이 장관을 이루었다. 강변이 내려다 보이는 산중턱에서 이제현이 뗏목이 늘어선 강변을 바라보고 있었다.

"역시 대규모 전투는 무인에게 안 어울려."

이제현이 속말처럼 중얼거렸다.

"어쩔 수 없는 일이지 않습니까, 사부님."

광마 소도성이었다. 그 옆에는 양의와 등애가 서 있었다. 소도성의 말에 이제현이 고개를 가로저었다.

"무림이 어쩌다 이리되었나 모르겠다. 오십 년 전만 해도 무림에 이렇듯 대규모 전투는 없었지. 많아야 수십 명이 동원된 문파 간 싸움이다였다. 그래서 무인들에게는 이런 대규모 병력을 이동시키고 또 그들을 이용해 전투를 하는 일은 낯선 것이었지."

"세월이 흘렀습니다, 사부."

"그래, 세월이 변했구나. 하지만 난 그 변화가 옳다고 인정할 수 없다. 무림인이란 자고로 칼 하나에 자신의 목숨 하나… 그리고 끊임없는 무도의 추구로 생을 살아야 한다. 결코 이런 세 싸움이나 하는 것은… 그럴 바에야 관에 들어 입신양명을 꾀하든지."

철마 이제현의 음성에는 우수가 배어 나왔다. 사람들은 철마 이제현을 타고난 무인이라 불렀다. 강골이었고, 나름대로의 협의도 있었다.

그래서 정사를 떠나 무림인들은 철마 이제현이라는 이름을 들으면 고개를 끄덕였다. 그는 무림을 대표하는 무인의 표상이었던 것이다.

"언제나 준비가 끝나려나?"

"아마도 오 일은 더 걸릴 것입니다."

양의였다. 수룡왕이라는 별호처럼 물에 익숙한 양의가 이번 도하를 맡아 준비하고 있었다.

"그래, 시간이 좀 들더라도 완벽하게 준비하게. 칼이 아닌 물에 빠져 죽는 수하들을 보고 싶지 않으니."

"알겠습니다, 철마 어르신."

"휴, 자네들 시대만이라도 무인의 순수함이 지배하는 시대가 되었으면 좋으련만. 난 들어가겠네."

철마 이제현이 몸을 돌려 자신의 천막으로 들어가자 이제 세 사람만이 남아 강변을 바라보고 있었다.

"어르신께서는 역시 천생 무인이십니다, 형님."

양의가 소도성을 보고 입을 열었다.

"그래. 만약 사제의 일이 없었다면 아마 이번 전투에도 참여하지 않으셨을 것이네. 차라리 정의맹주 목을 베러 갈지언정……."

"휴, 어쩌겠습니까? 이미 일은 벌어진 것을."

"그나저나 과연 저 뗏목들로 강을 건너는 데는 무리가 없겠나?"

"괜찮을 겁니다. 여러 개를 묶어서 크게 만드는 것이니… 이 정도 급류는 능히 헤치고 나갈 겁니다."

"양 동생의 고생이 많네."

"뭘요, 늘 하던 짓인데."

“그럼 오 일 뒤에는 도하인가?”

“네, 그렇습니다. 도하 첫날은 일단 강변 저쪽의 숲에 숙영지를 확보하는 것으로, 이후 숙영지가 안정되면 정의맹 사천총단으로 향하게 될 것입니다.”

“그래, 이제야말로 시작이군. 공동은 전투라고 하기도 뭐하고.”

소도성의 말에 두 사람이 고개를 끄덕였다. 공동에서의 일은 전투라고 하기 어려웠다. 사천에 들어서 그들은 진정한 적을 맞이하게 될 것이었다.

멸절사태와 당정 등이 이끄는 정의맹 사천군이 패천맹 원정군이 목적지로 하는 강변의 평지와 잇닿아 있는 산속에 숨어든 것은 패천맹의 도하 이틀 전이었다.

일단 산속에 숨어든 정의맹도들은 숙영지를 구축하지 않았다. 이곳에서의 일전은 적의 예봉을 꺾는 선에서, 그리고 이곳에 적이 숙영지를 구축하는 것을 막는 것에 집중될 것이었다.

적을 처음으로 맞을 곳은 강변에 펼쳐진 갈대 숲이 될 것이었다.

“화공을 할 수 있었으면 좋으련만.”

“바람이 좋지 않습니다.”

멸절사태의 말에 당정이 대답했다. 멸절사태는 고개를 끄덕였다. 역시 바람이 좋지 않았다.

“하면?”

“바람이 이 상태라면 독도 어렵고, 활과 암기로 상대해야 합니다.”

“아… 정의맹이 기습이나 하는 신세라니.”

멸절사태의 입에서 탄식이 일었다. 멸절사태의 평소 성격에 기습은 정말 어울리지 않는 일이었다.

"어쩔 수 없는 일 아닙니까, 총사령. 그렇다고 사천을 내줄 수도 없고."

청성의 장로 태상경의 말이었다.

멸절사태는 고개를 끄덕였다. 어쩔 수 없는 일이었다. 살아남기 위해서는, 또 문파를 지키기 위해서는…….

그날 밤 당문 제자들을 중심으로 한 정의맹도 이백여 명이 강변의 갈대 숲으로 숨어들었다. 그들에게는 당문에서 제조한 암기와 각 문파에서 공수해 온 작은 활들이 준비되었다. 하루나 이틀 정도는 매복을 해야 할 것이다.

"가자."

철마 이제현의 이 한마디에 장강수로연맹의 하급 무사 한유는 새벽에 몸을 차가운 강물에 담가야 했다.

"이런, 씨벌. 벌건 대낮을 놔두고."

한유의 입에서 상스러운 소리가 흘러나왔다. 뗏목의 앞을 잡아끌어 노를 저을 수 있는 곳까지 끌어내는 것이 한유의 몫이었다.

뗏목 위에는 칼을 든 선발대가 타고 있었다. 새벽 어둠 속에 뗏목에 올라 오연히 강 건너편을 바라보고 있는 무사들의 모습에서 왠지 비장한 멋스러움이 풍겼다.

"젠장, 멋은 딴 놈들이 다 내고……."

한유는 어깨에 둘러멘 줄을 힘주어 당기며 얼굴을 찌푸렸다. 한유와 그의 동료 십여 명이 힘을 주자 뗏목이 서서히 강의 중심을 향해 나아갔다.

"됐다. 승선!"

한유는 이건 또 뭐냐는 듯이 이 뗏목 끌이조의 조장을 바라보았다. 뗏목을 끌어냈으면 임무 끝, 뭍으로 올라가야지 승선이라니…….

"건너편 강변에 접선은 안 할 거냐?"

가자미눈의 조장이 의문을 품은 한유를 노려보았다. 이미 한유의 불평을 다 듣고 있던 그였다.

접선조가 따로 운영된 게 아니었다. 결국 한유와 열 명의 끌이조가 뗏목에 올라타자 노병들이 노를 젓기 시작하였다. 뗏목이 서서히 강의 중심을 향해 나아가기 시작했다.

새벽빛 속으로 수백 개의 뗏목이 사람들을 태우고 강을 건너고 있었다. 모르는 사람이 본다면 이런 장관도 없었으리라.

뗏목 집단의 중앙 후미에 다른 뗏목보다 배는 큰 뗏목이 자리하고 있었다. 그리고 그 위에 수염을 길게 늘인 흑의인 한 명이 서 있었다.

철마 이제현이었다. 언제나처럼 그의 옆에는 소도성이 서 있었다.

"선봉은?"

"수룡왕 양의가 이미 강의 중간 지점을 건너고 있습니다."

"후진은?"

"천독림주께서 지금 막 강변에 후군을 도열시키고 있습니다."

소도성의 말에 이제현이 고개를 끄덕였다.

"아니, 부맹주! 선봉을 저 어린아이에게 맡기시다니요?"

그때 옆에서 괄괄한 목소리가 들려왔다. 지마 지청신이었다. 원로원의 고수들은 패천사룡에 대해 좋지 않은 감정을 가지고 있었다. 원로원 고수 대부분이 천마궁주이자 패천맹주인 양청길의 사람들이었다.

그들은 패천사룡이 처음 출도한 이후 혈랑대를 해결하고 맹 내에서 위치가 높아질 때마다 천마궁주의 제자 위온의 위상이 낮아지는 것을 눈으로 보아왔다.

이를 만회하고자 출정한 위온이 오히려 상련의 일에서 큰 좌절을 겪자 반사적으로 패천사룡은 더욱 부상하였고 그들의 출신 문파인 천독림, 장강수로채, 녹림의 권력이 급격히 확장되었던 것이다.

지마와 혈마도 원로원의 고수로서 친양청길 세력이었다. 패천사룡이 예뻐 보일 리 만무였다. 선봉에 선다는 것은 공을 차지할 기회가 많다는 것이나 다름없었다.

'다 늙어서 아직도 공명심인가. 쯧쯧.'

지마 지청신을 쳐다보며 이제현이 혀를 찼다.

"수룡왕이 장강 출신이니 물에 밝소. 우리 중 누가 그보다 물을 잘 알겠소이까?"

"그건 그렇지만……."

"게다가 패천사룡의 무공은 이미 증명된 것 아니오."

이제현의 말에 지청신이 입을 다물었다. 그도 패천사룡의 무공을 알고 있었다. 자신도 승부를 장담할 수 없는 아이들이었다.

"하면 일단 상륙을 완료하여 정의맹 총단으로 갈 때는 선봉을 바꾸실 생각이십니까?"

혈마 우자기였다.

"상황을 보아 결정하겠소."

이제현이 귀찮다는 듯이 대답했다. 하지만 혈마는 끈질겼다.

"그때는 이 늙은이도 한번 생각해 주시기 바라오, 부맹주."

이제현이 슬쩍 혈마를 돌아보았다. 혈마 또한 그를 바라보고 있었다.

"생각해 보리다."

"고맙소, 부맹주."

'이 혈귀 같으니라구.'

이제현의 인상이 찌푸려졌다. 그도 혈마의 흉성을 보아 알고 있었
다. 아마도 그를 선봉에 세우면 피가 내를 이룰 것이었다.

"선봉이 거의 다 건넜습니다."

그때 소도성의 목소리가 들렸다.

이제현이 고개를 들어 선봉을 바라보자 가장 앞에 선 뗏목이 이제
거의 건너편 강변에 다다르고 있었다. 이제현은 고개를 돌려 뒤를 바
라보았다.

막 천독림주 서린의 명에 따라 후발대가 뗏목에 오르고 있었다.

'아무 일 없이 끝나는 것인가?'

이제현의 입에서 한숨이 새어 나왔다. 도하는 성공적으로 이루어지
고 있었던 것이다.

"하선!"

짧고 강한 조장의 말에 한유의 얼굴이 찡그려졌다. 어느새 뗏목은
강을 건넌 것이었다.

"하선!"

재차 조장의 말이 귀를 때렸다.

'간다, 가. 드러워서 간다.'

한유가 물속으로 뛰어들었다. 차가운 물이 하지를 적셨다. 새벽의
물은 더욱 차가운 법이었다.

'으허… 차다. 산골이라 장강의 물보다 훨씬 차가운걸.'

한유는 뗏목의 앞머리에 줄을 매어 달며 장강을 생각했다. 장강에 비하면 이건 강도 아니었다. 동네 앞 도랑 수준이었다. 하지만 물은 찼다.

순식간에 곱아버린 손으로 한유가 줄을 어깨에 걸쳤다. 그들의 앞에 뛰어든 조장이 손가락으로 하나, 둘, 셋 신호를 보냈다. 셋에 모두가 힘을 주기 시작했다.

뗏목이 서서히 앞으로 전진했다. 어느덧 물이 점점 낮아지더니 한유의 발이 강을 벗어나 땅을 밟고 있었다.

조원들이 돌아서서 밧줄을 당겨 뗏목을 강변에 대었다.

선봉조가 뗏목에서 나는 듯이 강변으로 뛰어내리고 그중 일부가 척후를 위해 바람같이 앞으로 달려나갔다. 이미 열 개의 뗏목이 선봉을 싣고 접안을 완료하고 있었다.

"억!"

앞서 달려나가던 척후의 입에서 비명이 터진 것은 그때였다.

"적이다!"

순간 사방에서 함성이 터졌다. 그리고 화살과 암기가 갈대 숲에서 쏟아져 나오기 시작했다.

"이런 젠장!"

한유가 재빨리 몸을 숨길 곳을 찾았다. 그의 무공 실력으로는 날아오는 암기와 화살을 피하거나 쳐낼 수 없었다. 숨을 수밖에. 그의 눈에 약간 앞에 움푹 파인 구덩이가 들어왔다.

한유는 앞뒤 가리지 않고 웅덩이로 몸을 날렸다. 순간 허벅지에 뜨끔한 통증이 느껴졌다.

'맞았다.'

강렬한 통증이 허벅지로부터 느껴지고, 한유는 몸의 중심을 잃고 웅덩이에 떨어져 내렸다. 그의 머리가 강하게 땅에 처박혔다. 그리고 그 충격으로 그는 정신을 잃었다.

쓰러진 한유의 몸 위로 수많은 화살과 암기가 상륙을 시도하려는 패천맹도를 향해 날아갔다.

상륙은 지연되고 있었다. 선봉은 강변에 둥그렇게 진을 형성해 날아오는 암기를 막고 있었다.

정의맹도들은 철저한 준비를 마친 상태였다. 이미 갈대 숲에는 암기와 화살을 날리기 좋게 자리가 정리되어 있었다. 패천맹의 상륙은 거의 불가능해 보였다.

"속 썩이는군."

이제현이 혀를 찼다.

"그러게 말입니다."

"손을 쓸 수가 없을까?"

"우리도 활을 날리죠."

소도성의 말에 이제현이 소도성을 돌아보았다.

"화살을 뗏목에 실었나?"

이제현의 말에 소도성이 고개를 저었다.

"한데 어떻게……?"

"그냥 몇 개만. 바람의 방향이 좋습니다."

"화공을……?"

"그 방법밖에는… 뗏목을 돌릴 수는 없지 않습니까?"

"화공이라… 그래, 그리해라."

이제현의 말이 떨어지자 소도성이 몇 개의 뗏목에서 개인이 소지하고 있던 활과 화살을 준비시켰다. 그리고 화살 끝에 불을 당겨 강변으로 날려 보냈다. 갈대 숲은 바로 불이 붙지는 않았다. 새벽의 안개가 갈대를 적셨던 것이다.

하지만 불이 붙는 것이 어려웠지 한번 불이 붙자 순식간에 불이 번져 가기 시작했다.

"가자!"

원진을 형성하고 있던 양의가 불을 따라 진격해 들어갔다. 후끈한 열기 사이로 적이 눈에 띄기 시작했다.

서걱!

양의의 검이 허공을 가르고 한 명의 당문 제자가 쓰러졌다. 이를 신호로 패천맹의 선봉대가 정의맹도들을 공격하기 시작하였다. 숨어 있던 정의맹도들이 몸을 일으켜 이를 맞아가기 시작했다.

순식간에 갈대밭에서는 혼전이 벌어졌다. 불길은 하늘로 치솟고 그 속에서는 검광이 치솟았다. 쓰러진 시체가 불에 타는 냄새가 자욱하게 퍼졌다.

처음 전투에 참여한 초보자들은 구역질을 해댔다.

"길이 열렸군."

이제현의 말에 혈마와 지마가 앞으로 나섰다.

"우리가 가겠소, 부맹주."

이제현이 그들을 돌아보았다. 그들의 얼굴은 살의로 번들거리고 있었다.

"너무 깊이 쫓지는 마시오, 두 분."

"그러리다."

말을 마친 혈마와 지마가 뗏목에서 몸을 날려 불이 치솟는 갈대밭에 떨어져 내렸다. 그리고 전장에 뛰어들었다.

청성의 장로 태상경은 뜨거운 열기 속에서 자신의 검을 휘두르고 있었다. 그의 검이 한 번 휘둘러질 때마다 패천맹도들이 짚단처럼 쓰러져 나갔다.

그가 검을 휘둘러 다시 한 명의 패천맹도를 쓰러뜨리고 고개를 들었을 때 뗏목을 날아 새처럼 떨어져 내리는 두 명의 인영이 눈에 들어왔다.

그리고 그중 한 명이 자신에게 달려들었다.

쿠웅!

달려오며 던져 낸 그의 권에 태상경이 다섯 걸음이나 뒤로 물러났다.

"누구냐?"

태상경이 피를 머금은 입으로 물었다.

"넌 누구냐?"

상대방이 되물었다.

"청성의 태상경이다!"

"태상경? 못 들어봤는데."

순간 태상경의 눈이 가늘게 떨렸다. 사천에서 그를 모르는 사람은 없었다.

"넌 누구냐?"

태상경의 입에서 거친 음성이 터졌다.

"나? 난 지마라 하지."

"지마 지청신?"

"그래, 그 지청신이 바로 나야. 만나서 반갑다, 청성 애송이."

태상경의 귀에는 애송이라는 말이 들어오지 않았다. 그의 눈에는 지마의 움켜쥔 두 주먹만이 들어왔다. 지마 지청신, 마도 권의 일인자.

혈마의 조공과 지마의 권공, 패천맹 수공(手功)의 쌍두였다. 지청신의 이름 앞에 태상경은 어린아이였다.

뜨거운 불길이 그의 뺨을 스칠 듯 지나치는 바람에 태상경은 정신을 차렸다. 그리고 내공을 최대한 끌어올리기 시작했다.

"호, 이제 정신을 차렸나? 그럼 이제 제대로 한번 해볼까?"

지마 지청신도 한 걸음 앞으로 나섰다.

먼저 움직인 것은 태상경이었다. 태상경이 불속으로 몸을 숨기며 지마를 베어갔다.

"얕은 수작은……."

지마가 코웃음을 치며 태상경의 칼을 피해낸 후 권을 앞으로 내질렀다. 막강한 경력이 태상경을 향해 날아들었다. 태상경이 급히 몸을 돌려 권풍을 피하며 검을 내리그었다.

"호, 제법."

지마가 흥미가 생긴다는 듯이 가볍게 태상경의 검을 피하면서 안으로 파고들었다. 그리고 태상경은 복부에 강력한 통증을 느꼈다. 지마의 일권이 복부에 닿은 것이다.

"우욱!"

태상경이 피를 토해내며 뒤로 날아가 땅바닥에 곤두박질쳤다.

"이제 마지막이다."

칼로 땅을 짚고 일어서는 태상경을 향해 지마가 날아들었다. 강력한 권풍이 태상경의 머리로 날아왔다. 태상경은 눈을 감았다.

'끝이다.'

하지만 지마의 권풍은 태상경에게 닿지 못했다.

막 태상경의 머리를 가격하려던 지마는 자신의 머리 방향으로 무엇인가가 날아오는 강력한 파공음을 느낀 것이었다.

순간적으로 지마의 몸이 땅에 눕혀졌다. 등에 검게 탄 재가 묻어났다.

"누구냐!"

하지만 상대는 대답도 없이 태상경에게 다가갔다.

"장로님, 후퇴합시다."

태상경은 다가온 사람을 바라보았다. 당정이었다.

"부단주······."

"태상경 장로님, 모두 후퇴하고 있습니다. 여기서의 일은 끝났습니다."

당정이 태상경을 부축해 불타는 갈대 숲으로 몸을 숨겼다.

"어딜!"

지마가 분노를 담은 목소리를 내뱉으며 두 사람에게 날아갔다.

"다음에 봅시다, 지마 지청신 나리."

불속에서 다시 십여 개의 암기가 지마를 향해 날아들었다. 결코 일반 무사들이 날리는 암기가 아니었다. 그 각도의 오묘함이나 깃든 진력의 힘이 보통이 아니었던 것이다.

지청신은 몸을 뒤로 날려 겨우 암기를 피해냈다.

"누구냐!"

지청신의 물음이 벌판에 울려 퍼졌다. 타오르는 불 저쪽에서 목소리가 들려왔다.

"당문의 당정이라 하오. 다음에 봅시다."

"당정? 신오제?"

지청신도 당정을 들어 알고 있었다. 신오제의 이름은 패천맹에도 널리 알려져 있었던 것이다.

"신오제, 과연 무섭구나."

지청신이 중얼거릴 때 옆에서 혈마의 음성이 들려왔다.

"쫓아라! 적이 후퇴한다!"

그리고는 혈마 자신이 앞서서 불타는 갈대 속으로 몸을 날렸다. 그의 손에는 이미 시뻘건 피가 가득 묻어 있었다.

지마도 정신을 차리고는 혈마의 뒤를 따랐다. 그 뒤를 검을 빼어 든 양의가 따르고 있었다.

"너무 깊이 들어가는 것 아닌가?"

철마 이제현이 막 강변에 내려서며 멀리 적을 추격하고 있는 혈마를 바라보며 중얼거렸다.

"설마 무슨 일이야 있겠습니까?"

소도성이었다.

"언제나 그 설마가 사람을 잡는 법이지."

그리고는 주위를 돌아보았다. 이미 대부분의 패천맹도들이 뗏목에서 내려서고 있었다.

"불타지 않은 곳으로 이동해서 자리를 잡아라. 오늘은 저 산에 오르지는 못할 것 같구나."

이제현이 멀리 평지와 잇닿아 있는 산을 바라보며 입을 열었다. 원래 오늘은 저 산에 숙영지를 구축하려던 것이 패천맹의 목표였다.

멸절사태는 멀리서 달려오는 당정과 태상경을 바라보고 있었다. 정의맹은 막 산이 시작되는 곳에 이차 매복을 하고 있었다.

당정과 태상경의 뒤로 매복에 나갔던 정의맹도들이 따르고 있었고, 그 뒤로 패천맹의 선봉이 뒤따르고 있었다.

패천맹의 추격군과 일정한 거리를 유지한 채 후퇴하는 정의맹의 꼬리로 두 개의 신형이 빠르게 따라붙는 것이 보인 것은 그때였다.

“뭐지?”

멸절사태의 말과 동시에 정의맹을 따라붙은 두 개의 인영이 팔을 휘두르기 시작하자 후퇴하던 정의맹 사람들이 속절없이 쓰러졌다.

순간적으로 십여 명의 정의맹도가 땅에 쓰러졌다. 그사이에 당정과 태상경이 숲으로 날아들었다.

“괜찮으신가? 저들은 대체 누군가?”

달려들어 오는 당정에게 멸절사태가 두 가지를 동시에 물었다.

“괜찮습니다. 태상경 장로께서 내상을 입으셨습니다. 후방으로 돌려 치료를…….”

태상경은 숨을 제대로 쉬지 못하고 있었다. 멸절사태의 손짓에 정의맹도들이 태상경을 부축해 산 위로 올라갔다.

“저들은?”

멸절사태가 당정을 바라보았다.

“혈마와 지마입니다. 그 뒤 멀리 떨어져 오는 사람은 수룡왕 양의이고요.”

“혈마와 지마… 손속이 잔인하다 했더니…….”

그 순간에도 정의맹도들이 속속 숲으로 뛰어들었다. 그 뒤를 따라 지마와 혈마도 이십여 명의 패천맹도를 이끌고 따라오고 있었다. 그들은 맹에서부터 두 사람을 수행한 심복들이었다.

"저거 위험한데……."

양의가 걸음을 멈추고 혈마와 지마를 바라보았다.

"이곳에서 머문다. 적의 기습이 있으면 그때 두 분을 지원한다."

양의를 따르던 선봉군이 걸음을 멈추었다.

"아악!"

"악!"

"매복이다!"

앞에서 비명이 들려온 것은 그때였다. 지마와 혈마를 따르던 이십여 명의 패천맹도들이 쓰러져 나갔다.

산 입구에 매복해 있던 정의맹도들의 공격을 받은 것이었다.

비처럼 쏟아지는 화살에 지마와 혈마도 어쩔 수 없이 후퇴하기 시작했다.

양의가 선봉을 끌고 나가 두 사람을 맞으며 적의 추격을 방비했다. 지마, 혈마와 동행한 이십여 명의 패천맹도는 모두 숨을 거둔 후였다.

"젠장, 쥐새끼 같은 것들!"

혈마의 입에서 욕이 튀어나왔다. 기습에 당한 것이 분한 것이었다. 그것도 패천사룡의 한 명인 양의가 바라보는 눈앞에서 후퇴를 한 것이었다.

"오늘만 날이 아니니 그만 돌아가시지요, 두 분."

양의의 정중한 말에 두 사람이 이제는 거의 잔불만이 남아 있는 갈대 숲으로 돌아섰다.

한유는 차가운 기운이 머리에 스치자 정신을 차렸다. 사방은 검은 어둠에 덮여 있었다. 전투는 끝이 났고, 자신은 살아남았다.

고개를 든 한유는 사방이 검은 것은 단지 어둠 때문만은 아니라는 것을 알 수 있었다. 검게 탄 재들이 평원을 뒤덮고 있었다.

코끝을 파고드는 이 노린내는 갈대가 탄 냄새 속에 숨어 있는 시체가 탄 내음일 것이다. 순간 한유는 속이 울렁거림을 느꼈다. 겨우 속을 진정시킨 한유는 웅덩이에서 일어나 사방을 돌아보았다.

저 멀리 불이 번지지 않은 곳에 불빛들이 빛나고 있었다. 패천맹은 상륙에 성공하여 강변에 진을 친 것이었다.

'배수진은 치지 않는 법이라던데…….'

한유는 주워들은 이야기를 속으로 우물거렸다. 그리고 천천히 진영을 향해 걸음을 옮겼다.

한유는 허벅지에 느껴지는 통증에 고개를 내려 허벅지를 바라보았다. 말라붙은 피가 옷의 색깔을 감추고 있었다.

한유는 바지를 걷고 상처를 살폈다. 다행히 화살은 허벅지를 스치고 지나간 듯했다. 결국 그가 하루를 쓰러져 있었던 것은 머리를 땅에 부딪쳐 정신을 잃었기 때문이었다.

한 걸음씩 진지를 향해 걷던 한유의 눈에 강변 한쪽에 몰려 있는 뗏목들이 들어왔다.

그리고 한 생각이 떠올랐다.

'이대로 도망을?

한유는 자신의 앞날을 생각해 보았다. 이제 남은 것은 정의맹과의 전투에서 화살받이로 쓰이는 것밖에 없었다. 그럴 바에는……. 그는 이미 죽은 사람으로 알려져 있을 것이다.

"그래, 죽더라도 고향을 한번 보고……."

한유는 몸을 낮추고 뗏목이 모여 있는 곳으로 다가갔다. 그리고는 작은 뗏목 하나를 강으로 밀어냈다. 지키는 사람은 없었다.

후퇴를 한다면 모를까 이제 이 뗏목을 더 이상 사용할 일은 당분간 없을 것이므로 패천맹에서도 방치하고 있었던 것이다.

수심이 깊어지자 한유는 뗏목에 올라탔다. 그리고 하늘을 보고 누웠다. 별이 눈에 들어왔다. 한유를 태운 뗏목이 검은 강물을 따라 흘러내려 가기 시작했다.

그로부터 육 개월 후, 장강에 접해 있는 어느 작은 마을에 조그만 소선을 띄워 고기를 잡아 생활하는 젊은 어부가 자리를 잡았다.

그의 이름은 한유였다.

*　　　　*　　　　*

호정단의 출정 사실이 석산총단에 알려지자 사람들은 '역시 호정단이야' 하는 표정을 지었다. 각파의 수뇌부는 호정단의 출정으로 더 이상 자신들의 이기심이 도마에 오르는 것을 피했다는 안도감에 호정단을 찾아 격려의 대화를 주고받고는 돌아갔다.

설장벽과 고봉정도 설연을 찾아왔었다. 호정단의 출정을 강하게 반대하던 설장벽은 설연의 한마디에 입을 다물었다.

"혈마와 지마가 있답니다."

마음 같아서는 자신도 조카딸과 출전하고 싶었다. 하나 자신은 한 문파의 수장이었고 개인의 원한을 앞세울 수 없는 입장이었다.

“자네만 믿네.”

설장벽이 처음으로 황벽에게 아쉬운 소리를 하는 순간이었다. 그런 설장벽의 부탁을 황벽은 웃음으로 답했다.

고봉정도 황벽에게 설연을 부탁하고는 호정단 숙소를 나섰다.

이번 호정단의 출정은 저번 천사평으로의 출정과는 달랐다. 먼 길이므로 준비 기간이 삼 일이나 걸렸다.

사천 사 파와 호정단은 서로 다른 길로 사천에 들기로 하였다. 한쪽이 막힐 경우 한쪽만이라도 도착하기를 바라서였다.

출정일 날 총단의 앞에는 그들이 천사평에서 돌아올 때만큼의 인원이 모여들었고, 호정단 오십 명은 두 대의 마차를 끌고 모두 말에 탄 채로 맹을 떠나갔다.

그리고 그 뒤를 사천 사 파의 정예들이 따랐다.

그들은 반나절 동안 같은 길을 달린 후 서로 갈라졌다. 황벽의 사천행이 시작된 것이다.

*　　　　*　　　　*

양청길의 집무전에 혈뇌자가 들었다.

“호정단과 사천의 사 파가 석산을 떠났답니다, 맹주.”

혈뇌자가 양청길을 보며 입을 열었다.

“그러면 계획대로 된 것인가요, 군사?”

“그런 셈입니다. 일단 사천에 저들을 모두 몰아넣었으니 서로 죽고 죽이는 일만 남은 것이지요.”

“결국 일성의 계획대로 되어가는군요.”

“왜요, 서운하십니까?”

혈뇌자의 물음에 양청길이 움찔했다.

“서운하기는요. 다 그리될 일이었지요. 자, 우리도 준비를 해야지요?”

“네, 맹주. 사천에서 양패구상이 나면 그때는 우리가 나서야지요.”

“그럼 군사가 잘 준비해 주시오.”

“알겠습니다, 맹주. 맡겨주시지요.”

맹주전을 물러난 혈뇌자의 얼굴에는 비웃음이 가득했다.

‘욕심 많은 늙은이 같으니라구. 이제 와서 아쉽다는 것인가? 하지만 이번만큼은 우리 가문이 결국 무림의 북두에 오를 것이다.’

혈뇌자가 자신의 집무전으로 돌아오고 그의 손에서 전서가 날아올랐다. 그리고 전서는 산서의 백우산을 향해 날아가 다시 일성의 손에 들어갔다.

*　　　*　　　*

“할아버님, 그럼 이제 기다리는 일만 남았군요?”

“그렇다. 이제는 정말 기다리는 일만 남았다.”

일성과 칠성이었다.

“사천에 든 양 세력은 우리 북두회와 관련이 없는 세력들이다. 그들이 양패구상을 한다면 다음은 우리 북두회의 전력으로 무림을 움켜쥘 수 있을 것이다.”

“양 맹에 남아 있는 세력들은……”

“그들이야 우리의 힘으로 위협하면 결국 굴복하고 말 것이야. 이미 각 세가에는 우리 북두회에 포섭된 자들이 있으니.”

“소림은……?”

“소림이 문제이기는 하다. 영인 선사도 그렇고. 하지만 우리가 양맹을 완벽하게 장악한다면 결국 소림도 문을 닫고 말 것이다. 십 년 봉문 정도면 족하리라.”

“결국 할아버님의 의도대로 일이 진행되는군요.”

“다 네 아비와 숙부가 열심히 해준 덕이지. 그나저나 넌 우리 전력을 잘 가다듬어 두도록 해라. 이제는 언제 어느 때 나서야 할 상황이 될지 모르니.”

“알겠습니다.”

“서장과 북해에도 연락 넣어라.”

“그들까지도요?”

“그들의 세력이 필요할 거야.”

“알겠습니다, 할아버님.”

일성과 칠성이 나눈 산서 백우산 석실에서의 대화였다.

제41장
독곡(毒谷)

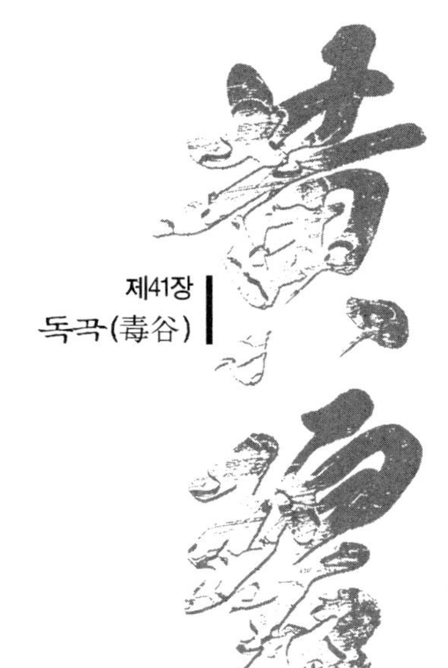

하오문의 문주 조자아가 개봉의 하오문도들로부터 그 소식을 들은 것은 황벽 일행을 천사평 회군길에 잠시 만난 후 헤어져 상련이 있는 낙양으로 돌아온 지 하루 만이었다.

조자아는 이 일에 숨겨진 의미가 크다는 것을 순간적으로 알 수 있었다. 일견 언제나 일어날 수 있는 일인 듯하면서도 결코 일어나기 쉽지 않은 일이었던 것이다.

그녀가 들은 소식은 한 명의 죽음과 한곳의 멸망에 대한 것이었다.

개봉에서 한 명의 죽음이 있었다. 그의 이름은 알 수 없었다. 그는 홍등가에 든 손님이었다.

한데 그를 죽인 사람과 그가 죽던 곳에 있던 사람들이 문제였다. 그를 죽인 사람들은 당문의 고수였으며, 그와 함께 있던 여인은 반 미친 상태인 당문의 여식 당정화였던 것이다.

또한 며칠 뒤 개봉의 한 객잔이 몰살을 당했다. 여기서도 객잔의 정체는 중요하지 않았다. 객잔은 그저 평범한 일반 객잔이었던 것이다. 문제는 그 객잔을 멸한 사람들과 그때 그 객잔 앞에 있었던 사람들이다.

객잔을 멸한 사람은 천독림의 고수들이었으며, 객잔 앞에 있었던 사람은 거렁뱅이로 변한 천독림의 대공자 서의였다.

'천하무림의 독의 조종 두 문파의 자제들이 모두 개봉에서 반 미친 상태로 발견되었고… 얼마 후 두 가문의 독이 무림대전을 일으켰다. 우연인가?'

조자아는 세상에 결코 이유없이 발생하는 일은 없다는 것을 알고 있었다. 조자아는 즉시 두 사람의 과거 행적을 조사하라고 지시했고, 하오문의 정보력은 그들의 과거 행적을 어렵지 않게 파악할 수 있었다.

당정화는 한 명의 남자를 따라나섰던 것으로 파악됐다. 그녀가 그 남자를 따라 개봉까지 온 것은 확실하였다. 그 이후 그녀는 반 미친 채로 홍등가에 넘겨졌고, 그녀와 동행한 남자는 사라졌다.

서의는 한 여인을 따라 개봉까지 온 것으로 확인되었다. 그는 개봉에서도 제법 큰 도박장에서 며칠 도박을 하였다고 한다. 그러다 그는 돈을 다 털렸고, 여인은 떠나갔다. 그는 반 미친 채로 구걸을 하여 연명하였다고 한다.

그리고 그들 둘은 각 문파에서는 쉬쉬하지만 무형지독과 독정을 가문에서 가지고 나왔다는 것이 최종적으로 올라온 보고 내용이었다.

'문제는 그들과 동행한 사람들을 찾는 것이다.'

조자아는 상련의 허승과 상의하여 전 조직의 사람들을 그때 그들과 동행한 사람을 찾는 일에 투입했다.

허승도 이 일이 결코 단순치 않은 일임을 직감하고 상련의 전 정보
력을 동원하여 조사를 시작하였다.

그리고 그 즈음 사천에서 전쟁이 터지고 호정단이 사천으로 향했다.

*　　　　*　　　　*

"저들이 언제 움직일까요?"

당우린이 멸절사태를 보면서 물었다.

"글쎄요, 바로 공격해 들어올 줄 알았는데 신중하군요."

멸절사태가 당우린을 돌아보며 입을 열었다.

"정이와 태상경 장로는?"

"일단 강변에 매복했던 병력들은 모두 독곡으로 물렸습니다. 독곡이
제이의 저지선이 될 겁니다."

멸절사태의 말에 당우린이 고개를 끄덕였다.

독곡은 사천의 험로 중에서도 험로였다. 겨우 마차 서너 대가 지나
갈 수 있는 길이 수백 장의 절벽을 양옆으로 세워두고 있었다. 하지만
사천으로 들어가기 위해서는 반드시 지나야 하는 곳이기도 했다.

그곳을 독곡이라 부르는 이유는 지역이 음습하여 독물들이 많이 서
식하고 있었기 때문이다.

그곳에 매복을 둔다면 아마 천군만마라도 쉽게 지나갈 수 없을 것이
다.

"하면 이곳은……."

"이곳에서는 그저 허장성세만 하는 걸로……. 이곳에서 적을 막기
는 어렵습니다."

멸절사태의 말이었다.

"하긴 이곳에 온 목적은 이미 충분히 달성하였지요. 이미 저들의 발을 오 일이나 묶어두고 있으니."

패천맹은 강을 건넌 후 오 일 동안 진격을 못하고 있었다. 보급을 확보하지 않았다면 낭패를 보았을 것이었다.

"자, 오늘 정도는 저들이 올 것 같으니 우리도 준비를 하고 기다립시다."

"그리하지요."

당우린과 임혜련이 멸절사태의 말에 각기 매복해 있는 맹도들에게로 갔다.

"오늘 이곳을 버리고 독곡으로 간다. 그렇다고 그냥 갈 수는 없지."

멸절사태도 앞으로 나섰다.

"글쎄, 부맹주는 너무 소심하다니까. 이런 일은 기다린다고 해결되는 것이 아니야. 그냥 밀어붙여야지."

혈마 우자기가 이백여 명의 맹도들을 이끌고 지청신과 함께 멸절사태가 숨어 있는 산을 향해 진군하고 있었다.

"그래도 조심은 해야겠지요. 매복이 있을 텐데."

"매복이 무섭다고 계속 저곳에서 죽치고 있을 수만은 없지 않나?"

"그렇기는 합니다만, 맹도들의 피해가 만만치 않을 겁니다."

"그야 그렇지만……."

그들은 어느새 산의 오십여 장 앞까지 다다라 있었다.

"그냥 밀어붙이자고."

"뭐, 달리 방법도 없군요. 가시죠."

“자, 가자! 무조건 베어 산을 점령하라!”

한마디 외친 혈마가 앞서 달리기 시작하였다. 멀리서 패천맹도들의 움직임을 이제현이 바라보고 있었다.

“중군을 전진시켜라. 선봉이 무너지면 그 자리에 들어선다. 어차피 시작된 일이니 오늘 끝을 본다.”

이제현의 얼굴에 굳은 의지가 흘렀다.

혈마와 지마의 강권으로 시작된 공격이지만 어차피 시작된 공격이라면 철마는 오늘 저 산을 점령하리라 마음먹었던 것이다.

“바로 중군을 뒤로 붙여라.”

철마의 명령에 소도성과 양의가 이끄는 중군 오백여 명이 선봉을 보며 앞으로 전진했다.

“온다. 모두 준비해라.”

산의 정의맹도들은 한 군데 뭉쳐 있었다. 대부분의 인원이 독곡으로 빠지고 이제 이곳에 남아 있는 인원은 백여 명 정도였다.

어느새 혈마와 적의 선봉이 산 입구에 들어서는가 싶더니 경공을 펼치며 빠르게 짓쳐들기 시작했다.

“쏴라!”

순간 멸절사태의 입에서 고함이 터지고 사방에서 화살이 날아갔다.

“컥!”

“억!”

선두에 섰던 패천맹도들이 쓰러져 나갔다.

“계속 올라가라! 어차피 각오한 일이다!”

혈마와 지마가 무서운 기세로 날아오는 화살을 쳐내면서 산 위로 달려 올라왔다. 순간 당우린이 혈마를 겨냥해 암기를 발사했다. 당문비전의 암기는 무서운 위력으로 혈마를 향해 날아갔다.

"헉!"

혈마가 가까스로 암기를 피해냈다. 혈마는 등골이 싸늘해짐을 느꼈다. 하지만 여기서 멈출 혈마가 아니었다.

"이익!"

순간 혈마가 순식간에 날아올라 당우린을 향해 날아들었다. 당우린은 다음 암기를 준비하다 혈마가 달려드는 모습에 당황하여 몸을 뒤로 날렸다. 혈마가 당우린을 바싹 따라붙었다.

"어디 얼마나 가나 보자."

혈마가 당우린을 계속 압박해 들어왔다. 당우린은 순식간에 거리를 좁혀드는 혈마를 당해낼 수 없었다. 혈마의 혈수가 당우린의 가슴을 향해 날아들었다.

"멈춰!"

그 순간 한마디 음성과 함께 하나의 검이 혈수를 노리고 날아왔다. 검에 실린 기세가 보통이 아니었다.

혈마는 순간적으로 뒤로 몸을 뺐다. 그리고 검을 날린 사람을 바라보았다.

한 명의 여인이 검을 늘어뜨린 채 혈마를 노려보고 있었다.

아미일화 임혜련이었다.

"넌 또 누구냐?"

혈마가 자신을 물러나게 한 사람이 어린 여인임을 보며 의아한 듯 물었다.

"임혜련이라 하지요."

임혜련의 짧은 대답에 혈마가 이마를 손으로 쳤다.

"아아, 임혜련. 그 신오제라는 애송이들 중 하나, 그 임혜련?"

"맞아요. 그러는 애송이의 검에 물러난 당신은 혈마라는 미치광이인가요?"

"이런, 이건 존장에 대한 예의를 너무 모르는 아이가 아닌가? 요즘 이름이 좀 난 아이들은 왜 이렇게 하나같이 버릇이 없지?"

"호호호, 혈마의 입에서 예의란 말이 나오다니 사람들이 들으면 웃겠어요. 그나저나 저희들은 이만 가보아야겠군요."

어느새 일어나 임혜련의 옆에 선 당우린을 보며 혈마가 입을 열었다.

"그렇게 마음대로 왔다가 마음대로 가다니… 그건 내가 허락하지 못하겠는걸."

"허락받고자 하는 마음도 없어요. 자, 그럼 이만."

임혜련이 갑자기 혈마를 향해 일검을 날렸다. 수십 가닥의 검기가 혈마를 향해 날아들었다. 혈마는 무시할 수 없어 뒤로 물러서며 허공에 수많은 수영을 그려냈다.

혈마가 그린 수영과 임혜련의 검기가 부딪치며 요란한 소리를 냈다. 그리고 수영과 검기가 걷혔을 때 임혜련과 당우린의 신형은 더 이상 장내에 남아 있지 않았다.

"여우로구만. 신오제라… 과연 한 수가 있는 녀석들이군."

"그렇지요? 저번에 당정이라는 아이를 만났는데 무시할 수 없더군요."

옆으로 지청신이 어느새 다가와 있었다.

"그나저나 이건 뭐지? 어째 속은 느낌인데."

"아무래도 그렇지요? 저들의 주력이 숨어 있을 줄 알았는데. 허허실실이라더니."

"자, 그럼 어서 이곳을 정리하자고. 저기 벌써 본대가 오는군. 하하하, 철마가 이곳을 두고 오 일을 머물렀다는 것을 알면 힘깨나 빠지겠는걸."

"그게 그의 장점이자 단점이지요. 너무 신중해."

"하지만 일단 나서면 태산도 무너뜨릴 정도로 격한 사람이 아닌가? 그러니 사성으로 불리기도 하는 것이고 말이야."

두 사람이 말을 나누는 중에 이미 산은 패천맹에 의해 완전히 장악되어 있었다. 정의맹도들은 몇 번 저항하는 듯하더니 미리 준비해 둔 퇴로를 따라 신속하게 퇴각하였다. 생각보다는 싱거운 싸움이었다.

"다른 곳에서 맞겠다는 것일까?"

철마 이제현이 소도성을 보며 물었다. 소도성이 이제현의 뒤에서 대답했다.

"아마도 그런 듯합니다. 하긴 올라와 보니 이곳에서 대군을 맞아 싸울 수는 없겠군요. 아래에서 보던 것과는 다른데요."

소도성의 말에 이제현도 고개를 끄덕였다.

패천맹도들은 산중에 숙영지를 만들기 시작하였다. 그동안 강변에 임시로 지었던 숙영지와는 다르게 꼼꼼히 숙영지를 준비했다.

철마 이제현은 이곳을 사천 공략의 교두보로 삼을 생각이었다. 그럴 일은 없겠지만 이곳은 만약의 경우 강을 건너 후퇴할 때 추적하는 적을 맞아 시간을 벌기에 적당한 곳이기도 했다.

숙영지를 꾸미는 동안 이제현의 임시 막사에서는 사천 공략에 대한 작전 회의가 열리고 있었다. 독마 서린을 포함해서 혈마 우자기, 지마 지청신, 그리고 양의와 등애가 참석하고 있었다. 소도성은 숙영지를 구축하는 일을 살피고 있었다.

"지금부터는 시간을 지체하기가 힘들 것이오."

철마 이제현이 입을 열자 모든 사람들이 이제현을 바라보았다.

"이미 정의맹에서 지원군이 떠났다는 소식이오."

"지원대요? 누가 떠났다고 합니까?"

"사천의 네 개 문파의 주력이 모두 떠났고, 호정단이 다른 길로 사천을 향해 오고 있다 합니다."

"호정단이오?"

"그렇소. 천사평에서 흑막의 막주 중양종과 잔마 진양 호법의 목을 벤 호정단 말이오."

"잘되었군. 이번 기회에 잔마의 복수를 할 수 있겠구나."

혈마 우자기의 눈에서 혈기가 흘러나오기 시작하였다.

"해서 우리의 사천 진군을 더 이상 늦추기 힘들게 되었소. 그들이 온다고 하더라도 진다고는 말할 수 없지만, 쉽게 사천의 총단을 공략하기는 힘들 것이오."

현재의 전력으로는 패천맹의 전력이 정의맹 사천총단보다 월등히 유리했다. 그들은 정예 일천에 초절정고수 일곱 명을 보유하고 있는 것이었다. 반면에 사천의 정의맹은 비록 숫자에서는 총단의 수비 인원까지 구백을 바라보았지만, 정예라고 보기에는 무리가 있는 전력이었고 거기다가 고수라 봐야 멸절사태와 임혜련, 그리고 당정이 전부였다.

비록 몇몇의 장로가 가세하여 있지만 그들이 혈마나 지마, 그리고 패천사룡의 두 명을 상대할 수는 없을 터였다.

"하면 언제 출발할 생각이십니까?"

등애가 이제현을 보며 입을 열었다.

"내일 바로 출발하려 하네. 한데 문제는 선봉인데……."

"나와 지마가 선봉에 서겠소."

혈마가 바로 이제현의 말을 받고 나왔다. 이제현의 얼굴이 약간 찌푸려졌다.

"두 분은 지난번 공동의 공략 때도 선봉에 서셨고 오늘 이곳을 공략하실 때도 선봉에 서셨는데 또다시 선봉에 서신다면 너무 수고하시는 게 아닐지?"

이제현은 혈마와 지마의 선봉을 달가워하지 않았다. 그들의 손속이 너무 잔인해 패천맹에 대한 평판을 나쁘게 하는 것도 원인이었지만, 그들의 급한 성정 때문에 적의 함정에 빠질 위험성이 컸기 때문이다.

"수고라니요. 부맹주, 그런 말씀 마시오. 우리가 선봉에 서지 않으면 누가 선봉에 서겠소. 선봉에서 적의 목을 모조리 베어줄 테니 나머지 분들은 천천히 따라오시구려. 하하하!"

"그럼 두 분이 계속 선봉에 서시는 것으로 하겠소."

철마 이제현도 더 이상 그들의 선봉을 막을 수는 없었다. 하지만 마음 한구석에 드는 불안감은 어쩔 수 없었다.

멸절사태는 백여 명의 정의맹도를 이끌고 신속하게 독곡으로 이동했다. 독곡에서는 이미 당정이 만반의 준비를 갖추고 적을 기다리고 있었다.

"수고하셨습니다, 사태."

태상경이 앞으로 나서 멸절사태를 맞았다.

“태 장로님, 몸은 좀 어떠신지?”

“덕분에 많이 좋아졌습니다.”

“다행입니다. 태 장로님마저 힘드시면 저희들이 더욱 어려워집니다.”

멸절사태의 말에는 턱없이 부족한 고수 급에 대한 아쉬움이 남아 있었다.

“총사령님, 석산에서 전서가 왔습니다.”

당정이 잠시 옆에서 지켜보다가 입을 열었다.

“오, 그래요? 원군이 출발하였답니까, 부단주?”

“네, 이미 오 일 전에 원군이 출발하였답니다. 아마도 열흘 정도 후에는 이곳에 닿을 겁니다.”

“그거 정말 잘되었군요. 그러면 열흘만 버티면 된다는 이야기인데. 한데 원군은 누가 온다고 합니까?”

“일단 저희 네 개 문파의 모든 병력이 오고 있답니다.”

“다른 문파는요?”

“그게… 오직 호정단 오십 인만이 추가로 오고 있답니다.”

“그게 무슨 말입니까? 겨우 오십이라니요? 다른 문파에서는 사람을 내놓지 않았답니까?”

“네. 아무래도 저들의 본산이 있는 중원을 비우고 이곳으로 오는 것을 꺼리는 듯합니다.”

“하하, 이게 무슨 말입니까? 결국 이곳이 무너져도 자신들의 터전은 안전할 줄 아나 보지요. 참 어리석은 사람들입니다. 어리석어요.”

“그래도 그나마 우리 사천의 네 개 파 전원이 오고 있다니 다행입니다. 대략 전력의 균형은 맞는다고 보아야지요.”

당정의 말에 멸절사태가 고개를 끄덕였다. 하지만 타 문파에서의 지원이 없는 것에 대한 아쉬움이 아직 얼굴에 남아 있었다.

"장기전이 되겠군요."

"아무래도 소모전으로 시간이 가겠지요. 그리고 결국은 중원의 싸움으로 승패가 날 것 같습니다."

"휴, 지난 무림대전도 장기전으로 가는 바람에 얼마나 많은 무림의 정영들이 꺾였는지……."

멸절사태의 말에 모두들 침묵 속으로 빠져들었다. 일차무림대전의 악몽이 되살아나고 있는 것이었다.

"자자, 그건 그거고 일단 이곳에서 적을 맞을 계획이나 세워봅시다. 당정 부단주?"

멸절사태의 물음에 미리 이곳에서 준비를 한 당정이 앞으로 나섰다.

"일단 계곡의 앞은 열어놓을 생각입니다. 그리고 적이 계곡 속으로 깊이 들어섰을 때, 돌과 나무를 굴려 곡의 입구를 막아 적의 선봉과 중군을 갈라놓겠습니다. 그리고 우리 안에 갇힌 선봉을 잡는 것으로… 그리하려 합니다."

"하지만 적의 선봉과 중군을 갈라놓으려면 누군가 곡의 입구에 남아 있어야 한다는 말이 아니냐?"

당우린이 당정을 보며 입을 열었다. 당우린의 말처럼 곡의 입구를 막으려면 누군가 곡의 입구에 매복해 있다가 적이 곡으로 들어섰을 때 곡 입구를 무너뜨려야 한다는 말이 된다. 그리되면 적의 선봉도 고립되지만 곡 입구에 남아 있던 아군도 고립될 것이다.

목숨을 걸어야 하는 것이다.

"결국 시간의 싸움이라고 봅니다. 적의 중군이 먼저 도착하느냐, 독곡 안에 든 적의 선봉을 먼저 격멸하느냐의 싸움이죠."

당정의 말에 모두들 고개를 끄덕였다. 적의 선봉과 중군 간의 간격이 결국 승패를 결정하리라. 문제는 누가 남느냐는 것이었다.

사람들은 서로 얼굴만 바라볼 뿐 쉽게 입을 열지 못했다.

"제가 남아 있겠어요."

임혜련이었다.

"안 된다. 차라리 내가 남아 있으마."

멸절사태가 임혜련을 말렸다.

"사숙님은 총사령이십니다. 명령권자가 사지에 남아 있을 수는 없어요. 당 부단주께서는 암습을 지휘하셔야 하니 결국 제가 남아 있는 것이……."

"휴, 진정 그 길밖에 없다는 말이냐."

멸절사태의 얼굴에 그늘이 드리웠다. 신오제의 일인인 본문제자였다. 아끼는 마음이 없을 수 없었다.

"나도 남겠소. 어찌 임 소저 한 명에게 위험을 맡기겠소."

점창의 장로 왕통이 앞으로 나섰다.

"그럼 저희도 남기로 하겠습니다."

당우린과 태상경이 동시에 앞으로 나섰다.

"아닙니다. 두 분은 하실 일이 있으십니다."

당정이 태상경과 당우린을 보고 입을 열었다. 두 사람이 의문이 담긴 눈길로 당정을 바라보았다.

"두 분께는 죄송하지만 가장 위험한 일을 맡아주셔야겠습니다."

"그게 무슨 일이오? 당정 부단주, 어려워 말고 말씀해 보시오."

태상경과 당우린이 당정이 말을 꺼내기를 주저하자 당정을 재촉했다. 그러자 당정이 잠시 망설이다가 결심을 한 듯 입을 열었다.

"그럼 염치 불구하고 말씀드리도록 하겠습니다. 저들이 바보가 아닌 이상 이 독곡의 지형을 모르지는 않을 것입니다. 그러면 저들도 이곳 독곡에 드는 것을 신중히 생각할 것입니다."

당정의 말에 모두의 고개가 끄덕여졌다. 그의 말에는 일리가 있었다. 생각이 있는 사람이라면 독곡에 드는 것을 망설일 것이다.

"두 가지의 경우 우리가 성공할 수 있습니다."

"두 가지요?"

멸절사태가 당정을 보며 입을 열었다.

"네, 총사령. 먼저 적의 선봉이 혈마와 지마라면 가능성이 많습니다. 그들의 급한 성격에 아마 매복이 있다 해도 망설이지 않고 곡에 들 것입니다."

사람들이 고개를 끄덕였다. 혈마와 지마의 급한 성정은 이미 전 무림에 잘 알려져 있었다.

"두 번째는요?"

임혜련이 당정을 보았다.

"두 번째는 누군가가 그들을 유인하는 것이지요."

"유인?"

"그렇습니다. 누군가가 적의 선봉에 싸움을 걸고 밀리듯 후퇴하여 독곡의 안으로 끌어들이면 될 것입니다. 저는 이것을 두 분께 부탁드리고 싶습니다."

위험한 일이었다. 혈마나 지마 앞에서 등을 보인다는 것은 무모한 일에 가까웠다. 하지만 또한 피할 수 있는 일도 아니었다.

"그리하지요. 부단주는 너무 마음 쓰지 마시오."

태상경과 당우린은 웃는 낯으로 당정을 바라보았다. 당정은 그들에게 머리를 숙여 보였다.

당정은 많이 자라 있었다. 그의 무공이 계속해서 새로운 경지에 이를 때마다 과거 당문의 절세고수들이 그러했듯이 편협한 성격에서 벗어나고 있었던 것이다.

거기다 이번 패천맹과의 일전을 통해 당정은 한결 성숙한 무인으로 거듭나고 있었다.

당우린은 그런 당정을 바라보며 고개를 끄덕였다. 이번 전쟁이 지나면 당문은 역대 장문인 중 손에 꼽힐 수 있는 문주를 얻게 될 것이다.

당우린과 태상경은 백여 명의 발빠른 인원을 데리고 독곡에서 오 리정도 떨어진 곳으로 적을 맞으러 나갔다.

임혜련과 점창의 왕통 장로는 독곡의 입구와 이어진 절벽 위에 바위와 통나무를 준비해 입구를 막을 준비를 하였다.

"하하하! 이번에야말로 시원하게 한번 싸워봅시다."

지마가 혈마를 보며 입을 열었다. 그들은 지금 선발대 이백여 명을 데리고 독곡을 향해 달리고 있었다. 아직 싸움다운 싸움을 못해본 일대의 거마들은 싸움에 굶주려 있었다.

"그래. 그래서 철마의 얼굴을 납작하게 해주자구, 지마 동생."

혈마가 지마의 말을 받았다. 혈마도 이제현이 자신들을 선봉에 세우는 것을 꺼려한다는 걸 잘 알고 있었다.

비록 자신들의 강한 주장으로 어쩔 수 없이 세우기는 했으나 그의 눈에서 불신의 빛을 보았던 것이다.

그들이 한참 말을 달려 앞으로 나아갈 때 뒤에서 말발굽 소리가 들려왔다. 본대에서 온 전령이었다.

"두 분께서는 본대와의 거리를 너무 벌리지 말라는 부맹주님의 전언입니다."

전령은 혈마와 지마에게 허리를 숙여 보이고는 이제현의 말을 전했다.

"알았다. 부맹주께 걱정 마시라고 전해 드려라."

"네, 그럼 소인은 이만."

전령이 말을 돌려 빠르게 본대로 돌아갔다.

"원, 그 노인네 참 걱정도 많네."

지마가 멀어져 가는 전령을 바라보며 불평을 토해냈다. 혈마가 옆에서 고개를 끄덕였다.

"자자, 그만 신경 쓰고 어서 나아가기나 하자고."

혈마가 지마를 독려해 앞으로 달려나갔다. 한참을 달리던 그들은 선두가 갑자기 멈추어 서자 말을 급히 달려 앞으로 나갔다.

"무슨 일이냐?"

"네, 저기 일단의 무리가 앞을 막고 있습니다."

"허, 정의맹에도 인물이 있었던가. 이보게, 지마 아우. 저들이 우리를 맞으러 나왔구먼."

"하하하! 그렇군요, 형님. 나왔으니 인사는 받아주어야겠지요."

둘이 말을 달려 앞으로 나가자 정의맹 사람들의 윤곽이 서서히 잡히기 시작하였다.

그들을 기다리고 있는 사람은 태상경과 당우린이었다. 둘 다 지마, 혈마와 이미 일전을 겨룬 사람들이었다.

"허! 뭐야, 이건. 기껏해야 너희들이란 것인가? 어떻게 된 것 아니야? 이미 상대가 되는 않는다는 것을 알았을 텐데?"

지마와 혈마가 두 사람을 보자 기가 막히다는 듯이 입을 열었다.

그들은 이미 자신들에게 패해 후퇴한 적이 있었던 것이다. 거기다가 태상경은 지마의 권에 적지 않은 내상까지 입지 않았던가.

"어서 오시오, 두 분. 지난번의 빚을 갚고자 기다리고 있었소."

"하하하! 빚을 갚아? 이봐, 지마 동생. 저들이 빚을 갚는다는군 그래. 그럼 빚을 받아볼까?"

혈마가 말에서 내리려 하자 지마가 이를 말렸다.

"형님, 가만히 계시오. 저 둘 정도는 제가 혼자 상대할 수 있습니다."

"오, 그래? 그럼 그러게. 나까지 나설 필요야 없지."

당우린과 태상경은 비록 지마와 혈마의 대화에 자존심이 상했으나 지금은 자존심을 따질 때가 아니었다. 저들 중 하나가 나선다면 자신들의 계획을 위해서는 더욱 좋았다. 한 명이라면 그들은 충분히 몸을 뺄 기회를 잡을 수 있을 것이었다.

"자, 그럼 어디 며칠간 얼마나 늘었는지 구경이나 해볼까? 설마 사별삼일 괄목상대란 말이 여기서도 적용되는 것은 아니겠지?"

지마가 평소 쓰지 않던 문자까지 써가며 여유를 보였다.

"원하신다니 둘이 나서겠소."

당우린이 앞으로 나서며 지마를 보고 입을 열었다.

"그러시게들. 둘이든 셋이든 나는 신경 쓰지 않으이."

지마가 여유있게 두 손을 내려놓고는 두 사람을 바라보았다. 당우린과 태상경이 지마와 삼각형을 이루고 섰다.

먼저 움직인 것은 당우린이었다. 그는 앞으로 살짝 나서는 듯싶더니 어느새 소매에서 암기를 꺼내 뿌려댔다. 바늘처럼 가는 암기가 지마의 전신을 향해 날아들었다. 지마가 하늘로 솟구쳐 오르며 날아오는 암기를 피했다.

"역시 당문이야. 서늘한데."

하지만 지마의 말에는 여유가 흘러넘쳤다.

태상경이 나선 것은 지마의 신형이 막 땅에 닿으려던 순간이었다. 태상경의 검이 지마의 다리를 쓸어가는 모습은 가히 제비가 물을 차듯 자연스러운 것이었다. 무공에서 자연스러움에는 강함이 깃들게 마련이다.

지난 갈대밭에서의 태상경이 아니었다. 죽음을 두려워 않는 공격이었던 것이다.

지마가 공중으로 한 바퀴 돌면서 태상경의 검세를 피해 내려섰다.

"호, 제법인데. 괄목상대야."

칭찬인지 조롱인지 모를 말이 지마의 입에서 나왔다. 당우린과 태상경의 협공은 날카로웠지만 그것을 파해하는 지마의 움직임에서는 역시 일대 거마의 저력이 엿보였다.

"이번에는 내가 가지."

지마의 말이 끝나자마자 지마가 태상경을 향해 몸을 날렸다. 지마가 당우린보다 태상경을 먼저 치고 들어간 것은 나름대로 이유가 있었다. 당우린의 암기는 아군과 적이 붙어 있을 때 협공에 어려움을 겪기 때문이다. 자칫 아군이 상할 수도 있으므로 함부로 암기를 던져 낼 수가 없는 것이었다.

'이런!'

당우린은 아차 했다. 지마와 태상경이 얽혀 들어가면서 협공의 묘를 잃은 것이다. 당우린이 암기를 꺼내 들고 수시로 던질 기회를 노렸지만 노련한 지마가 태상경의 몸을 방패 삼아 당우린이 암기를 날릴 기회를 주지 않는 것이었다.

태상경은 위기에 처해 있었다. 협공이 아닌 일 대 일의 대결에서 태상경이 지마를 상대할 수는 없었다.

지마의 권이 더욱 날카로워져서 공기를 압축해 들어가는 권의 기파가 느껴지는 듯했다.

"억!"

태상경의 신음이 들려왔다. 어느새 지마의 일권을 옆구리에 허용한 것이다. 태상경이 새우처럼 허리를 구부리며 나뒹굴었다. 그는 마침 당우린의 앞으로 넘어지고 있었다.

"가시오."

태상경이 당우린의 눈을 바라보며 입을 열었다. 두려움이 없는 눈빛, 태상경은 죽음을 각오하고 있는 것이었다.

"어서 가시오."

태상경이 옆구리를 잡으며 몸을 일으켰다.

"같이 갑시다."

당우린의 말에 태상경이 고개를 저었다.

"이미 늦었소. 내장이 상했나 보오이다. 내 시간을 끌지요."

태상경의 말에서는 이미 생기가 없어지고 있었다.

"미안하오!"

당우린이 울음 섞인 말을 내뱉고는 빠르게 후퇴하기 시작했다. 그의 뒤를 따라 정의맹도가 바람처럼 독곡으로 달리기 시작하였다.

“이럴 거면 뭐 하러 나왔나?”

지마의 조롱 섞인 말이 태상경을 향했다.

“나를 죽이기 전에는 이곳을 넘지 못할 것이다.”

태상경의 입에서 역한 피비린내와 함께 거친 말이 쏟아졌다. 그의 신형이 끊임없이 흔들리고 있었다.

“넘어주지.”

태상경의 흔들리는 신형을 보며 지마가 달려들었다. 그리고 지마의 권이 태상경의 관자놀이에 파고들었다. 태상경이 힘겹게 검을 휘둘러보았지만 검은 허공을 가르고 있었다.

태상경이 쓰러졌다.

그의 얼굴은 형체를 알 수 없을 정도로 허물어져 있었다.

“먼저 가네.”

혈마가 지마를 스쳐 후퇴하는 당우린을 추격했다. 그 뒤를 패천맹의 선발대가 빠르게 따라붙었다.

“같이 갑시다.”

잠시 태상경의 시체를 내려다보던 지마가 혈마가 달려나간 방향으로 신형을 날렸다.

혈마의 경공은 정의맹도들을 곧 따라잡았다.

“아악!”

가장 뒤에서 따라오던 정의맹도가 혈마의 혈수에 목숨을 잃었다. 당우린은 이를 악물고 경공을 전개했다. 비록 유인을 위한 후퇴였지만, 생사도 달려 있었다. 멀리 독곡이 보이기 시작하였다.

혈마는 속도를 내기 시작하였다. 지마가 태상경을 잡았으니 자신은 당우린을 잡아야 체면이 설 것이었다.

"아이야, 좀 천천히 가거라. 숨넘어가겠다."

혈마의 살기 어린 음성이 당우린의 귀에 들려왔다. 당우린은 등에 소름이 돋는 것을 느꼈다.

당우린의 신형은 이미 독곡에 들어서고 있었다. 그 뒤를 정의맹도들이 따르고 다시 그 뒤를 혈마가 몰아치고 있었다. 이미 십여 명의 정의맹도가 혈마의 손에 목숨을 잃고 있었다.

드디어 가장 후미에서 따라오던 지마까지 독곡 안으로 들어섰다. 멀리서 이를 바라보던 멸절사태가 수신호를 하자 붉은 기가 계곡의 끝에서 올랐다.

꽈르르릉!

마른하늘에 천둥이 울렸다. 계곡의 입구 양옆에서 바위와 나무들이 무너져 내렸다. 그리고 그 위에 임혜련과 왕통이 백여 명의 정의맹도와 함께 내려섰다. 갑자기 계곡 위에서 화살과 암기, 그리고 독연이 뿜어졌다.

"아악!"

"적이다! 독이다!"

순식간에 독곡 안에 든 패천맹도들이 넘어지기 시작하였다. 순간 혈마는 아차 했다. 앞에서 멸절사태와 당정이 수백 명의 정의맹도를 몰아오고 있었다.

정의맹도는 달려오는 기세 그대로 독곡에 갇힌 패천맹도에게 부딪쳐 갔다. 순식간에 독곡 안에는 패천맹도들의 신음으로 가득 찼다. 암기에 맞은 자, 화살에 부상을 입은 자, 그리고 요행히 두 가지를 피한 자들도 달려드는 정의맹도를 혼자서 둘 이상을 맞아야 했다.

정의맹도들은 그동안의 분풀이를 하듯 거칠게 패천맹도들을 몰아치고 있었다.

"후퇴해야겠소, 형님."

지마가 어느새 혈마 뒤에 붙어 있었다.

"이런 쥐새끼들이!"

혈마는 속절없이 쓰러지는 패천맹도를 바라보며 분노에 온몸을 떨었다.

"일단 후퇴합시다!"

지마가 혈마의 옷을 잡아끌었다.

"후퇴한다!"

혈마의 입에서 커다란 사자후가 터져 나왔다. 그러자 그나마 살아남았던 패천맹도들이 뒤를 돌아 계곡의 입구로 달려가기 시작했다. 하지만 계곡의 입구는 통나무와 돌들로 막혀 있었다. 그리고 그 위에서 정의맹도들이 화살과 암기를 날리고 있었다.

다시 이십여 명의 패천맹도가 쓰러졌다.

"길을 여세!"

혈마가 날아오는 화살을 손으로 쳐내며 돌 더미 위를 나는 듯 올랐다. 지마가 그 뒤를 따랐다.

돌 더미 위에서 혈마가 올라오는 것을 본 임혜련이 검을 뽑아 들었다. 그리고 혈마를 향해 일검을 내리그었다.

"어헛! 이건 뭐야?"

순식간에 혈마가 뒤로 물러섰다. 그의 앞섶이 임혜련의 검에 잘려 나가 있었다.

"아이야, 또 너로구나. 신오제라… 명불허전이야."

혈마는 앞에 나타나 검을 휘두른 사람이 임혜련임을 알아보았다. 그리고 신중히 몸을 움직이기 시작하였다. 그는 이미 임혜련이 자신에게 뒤지지 않는 무공을 갖추고 있다는 것을 알고 있었다.

이때 당정이 혈마와 지마의 위로 날아들었다. 당정은 입구를 막고 있는 정의맹 사람들이 혈마와 지마에게 당할까 봐 기습이 시작되는 순간부터 계곡을 가로질러 달려온 것이었다.

지마의 시선이 흔들렸다. 그는 이미 하지에서 당정의 위력을 본 적이 있었다.

"형님, 중과부적이오. 적당히 하다 몸을 빼어야겠습니다."

지마의 전음에 혈마가 주위를 돌아보았다. 이미 계곡 저쪽에서부터 정의맹도가 끊임없이 몰려들고 있었다.

거기다 앞을 막아선 당정과 임혜련은 만만한 상대가 아니었다. 그들은 작금 무림을 진동시키고 있는 신오제의 이 인이었던 것이다.

혈마가 천천히 고개를 끄덕여 지마의 의견에 동의했다. 그리고는 천천히 임혜련의 앞으로 다가갔다. 임혜련은 다가오는 혈마를 바라보며 검을 바로 고쳐 잡았다.

당정의 앞으로는 지마가 다가섰다. 당정도 소매에 양손을 넣고는 다가오는 지마를 가는 눈으로 살피고 있었다.

'이곳에서 이들을 잡아야 한다.'

당정과 임혜련의 공통된 생각이었다. 적의 고수를 잡을 기회는 그리 자주 있는 것이 아니었다. 임혜련은 큰 호흡을 내쉬었다.

혈마가 임혜련의 가슴을 향해 손을 내밀었다. 일반적으로 여인의 가슴을 향해 손을 쓰는 것은 무림에서 금기 시 하는 행동이었다. 하지만 지금 혈마나 지마에게 무림의 금기를 따질 여유가 없었다. 아니, 애초에 그들은 그런 것에는 신경을 쓰지 않는 사람들이었다.

임혜련은 자신의 가슴을 향해 다가오는 혈마의 금강석 같은 혈수를 노려보고 있었다. 그리고 혈수가 거의 가슴 한 자 앞에 다가설 때까지 움직이지 않았다.

임혜련의 옷에 혈수에서 뿜어지는 진기가 느껴지는 순간 임혜련이 움직였다. 그녀의 신형이 그림자를 만들며 옆으로 사라지고 그 자리를 혈수가 채웠다. 그리고 그 혈수 위로 임혜련의 검이 덮쳐 왔다. 임혜련의 검은 섬세했다. 너무 섬세해서 막여는 오히려 그것을 단점으로 볼 정도였다.

혈마는 자신이 상대하는 여인이 이미 검의 절정에 올라선 인물이라는 것을 느낄 수 있었다.

'대단하구나. 역시 신오제인가? 검에 틈이 없다.'

혈마는 자신의 손을 잘라오는 검을 피하며 몸을 오히려 앞으로 내밀었다. 혈마의 신형이 임혜련이 덮쳐 오는 공간을 지나 앞으로 쑥 나아갔다. 하지만 허공을 내리그은 임혜련의 검이 바로 혈마의 등 뒤로 따라붙었다.

"헉!"

검끝이 혈마의 옷자락을 베었다. 혈마가 허공으로 치솟아 머리를 아래로 하여 임혜련의 뒤로 넘어갔다. 임혜련은 재빨리 몸을 돌려 혈마를 마주 보았다. 이번 한 수의 교환에서는 혈마가 손해를 본 것이었다. 비록 부상을 당하지는 않았지만 확실히 혈마가 몰린 한판이었다.

혈마는 좀 더 조심스럽게 임혜련을 상대하기 시작하였다. 혈마가 적극적으로 공격을 하지 않자 임혜련도 쉽게 혈마를 따라잡을 수 없었다.

이때 한쪽에서는 지마와 당정도 서로에게 손을 날리고 있었다. 지마의 권기가 허공을 격하고 당정에게 달려들면 당정이 이를 피해내며 암기를 날렸다.

근접전이 이루어지지 않는 이상 지마가 불리했다. 권이라는 것은 근접전을 원칙으로 한다. 한데 당정의 암기는 지마의 접근을 철저하게 봉쇄하고 있는 것이었다.

지마의 얼굴에 어둠이 드리워졌다. 이 젊은 당문의 아이는 쉽게 상대할 수 있는 사람이 아니었다. 지마도 신중하게 당정에게서 날아오는 암기를 피하며 좀처럼 앞으로 나서지 않았다.

이때 먼 곳으로부터 먼지가 일어나더니 일단의 인물들이 계곡을 향해 달려오고 있었다.

혈마와 지마의 안색이 밝아졌다. 그들은 바로 철마 이제현이 이끄는 중군이었던 것이다.

당정과 임혜련의 시선이 마주쳤다. 임혜련이 고개를 가로저었다. 후퇴해야 하는 것이다. 이곳에서 철마를 맞을 수는 없었다. 당정이 고개를 끄덕였다.

당정의 손이 허공에 뿌려졌다. 다섯 개의 암기가 하늘을 날아 지마의 각 요혈을 노리고 달려들었다. 사람이 피할 수 없는 완벽한 공세, 바위라도 박살 낼 듯한 강력한 진기, 당정의 암기에는 이것들이 모두 들어 있었다.

"이익!"

지마가 두 손을 흔들며 뒤로 물러섰다.

픽!

하지만 다섯 방향의 암기를 모두 막을 수는 없었다. 지마의 오른 다리에서 피가 흘렀다. 다리로 향한 암기는 미처 쳐내지 못한 것이었다.

"다음에 봅시다."

당정이 뒤로 몸을 날렸다.

이미 철마 이제현이 계곡 입구를 덮쳐 오고 있었던 것이다.

임혜련도 자신의 검을 혈마를 향해 날렸다. 그 날카로운 기세에 혈마가 뒤로 물러났다. 그사이 임혜련도 당정을 따라 계곡 안쪽으로 물러났다.

혈마와 지마는 당정과 임혜련을 쫓을 수 없었다. 쫓는다 하여도 그들을 제압할 자신이 없었던 것이다. 혈마와 지마는 그 자리에 서서 말 위에 올라 당당히 다가오고 있는 철마 이제현을 보았다.

"고생 많으셨소."

이제현의 말에는 뼈가 있었다. 중군과의 간격을 유지했더라면 비록 기습을 당한다 할지라도 선봉 전멸이라는 최악의 결과는 피할 수 있었을 것이다. 선봉 이백여 명 중 살아남은 사람은 채 오십이 되지 않았다.

"부끄럽소, 부맹주. 죄를 달게 받겠소."

"죄라니요. 승패야 병가의 상사 아닙니까? 너무 개의치 마시고 후군으로 가서서 좀 쉬십시오."

한마디로 이제 선봉에 설 생각은 말라는 것이었다.

지마와 혈마는 아무 말도 못하고 고개를 숙여 보이고는 후군으로 오고 있는 독마 서린의 진영으로 몸을 옮겼다.

"이제 선봉은 양의와 등애다!"

지마와 혈마의 등 뒤로 이제현의 말이 울려 퍼졌다. 양의와 등애가 나서 독곡에서 패퇴한 선봉 중 살아남은 사람을 정비했다. 그사이 이제현은 패천맹도들을 계곡 안으로 보내 죽어 있는 아군의 시체를 거두고 입구를 막고 있는 바위와 나무를 치우게 하였다. 반나절이 지나자 독곡의 앞이 말끔히 정리되었다.

철마 이제현은 독곡의 앞에서 멀찍이 떨어진 곳에 진을 쳤다. 독곡의 저쪽 편에는 아마도 정의맹에서 매복을 하고 있을 것이다. 무턱대고 맹도들을 독곡 안으로 밀어 넣을 수는 없는 것이었다.

"자, 이제 어찌한다?"

이제현의 얼굴에 난감하다는 표정이 떠올랐다. 독곡의 앞에서 움직이지 못한 지 하루가 지나고 있었다.

"어쨌든 들어는 가야지 않겠습니까? 마냥 기다리다가는 적의 원군이 올 겁니다. 시간이 그리 많지 않습니다."

소도성의 말에 이제현이 고개를 끄덕였다. 그도 시간이 많지 않다는 것을 알고 있었다. 이렇게 곡 앞에서 시간을 죽이는 동안 적의 원군은 점점 더 가까워질 것이다.

"좋아, 내일 밀고 들어가기로 하지. 선봉은 적의 활과 암기를 막을 대비를 하도록 하고."

"알겠습니다, 부맹주. 그리 준비하지요."

등애와 양의가 이제현에게 고개를 숙여 보였다.

그날 독곡 주위의 많은 나무들이 패천맹도들에 의해 베어졌다. 그리고 넓게 쪼개져 간단한 방패가 만들어졌다.

여러 사람들이 함께 들고 전진할 수 있게 여러 개의 나무를 엮은 방패도 만들어졌다.

패천맹도들은 열심히 준비하고 있었다. 그들도 알고 있었던 것이다. 적의 화살과 암기가 기다리는 곡으로 내일은 들어가야 한다는 것을……

"곡 내에 들어 있는 척후의 전언입니다. 적이 지금 나무로 화살과 암기를 막을 방패를 만들고 있다고 합니다."

"내일이면 오겠군요."

멸절사태가 입을 열었다. 지난 독곡에서의 암습은 성공적이었다. 적 백오십을 베었으나 아군의 피해는 채 이십이 되지 않았다. 문제는 지금부터였다.

"철마 이제현의 성격으로 보아 방패를 앞세우고 우직하게 밀고 들어올 겁니다."

당우린이 입을 열었다. 당우린의 말에 모두들 고개를 끄덕였다. 이제현은 그런 사람이었다. 오는 것을 알면서도 어찌할 수 없게 만드는 사람…….

"이곳에서 최대한 시간을 끌어야 합니다. 다음에 물러날 곳은 무위산밖에 없습니다. 그곳 다음은 바로 총단 앞 송림입니다."

당정이었다.

"잘 알고 있습니다, 부단주. 이곳에서 최대한 막아봅시다. 인명 피해는 어쩔 수 없이 감수해야겠군요. 원군은 언제나 오려나……."

"그리 멀지 않았습니다. 아마도 열흘 이내에는 도착할 것입니다."

"열흘이라 그때까지 버틸 수 있을는지……."

"자자, 그리 의기소침해 있지 말고 나가서 하나라도 더 준비하도록 합시다."

멸절사태가 침울해진 분위기를 바꾸려는 듯 활달하게 말하며 먼저 일어나서 밖으로 나갔다. 그 뒤를 사람들이 따라나섰다.

공격은 새벽부터 시작됐다. 패천맹도들은 열 사람 이상이 한 조가 되어 방패로 몸을 가리고 독곡으로 들어섰다. 그리고는 답답할 만큼 천천히 앞으로 전진하기 시작하였다.

정의맹 사람들은 새벽빛과 함께 나타난 패천맹도들이 가까이 다가올 때까지 계곡의 양옆에서 기다리고 있었다. 최대한 접근을 허용한 다음 공격은 시작될 것이었다.

산 위에 숨어 있는 맹도들의 격해진 숨소리를 들으며 임혜련도 다가오는 적을 보고 있었다.

적은 마치 거대한 돌덩이처럼 단단하게 다가서고 있었다.

"지금!"

멸절사태의 음성이 계곡에 울려 퍼졌다. 순간 수많은 화살과 암기가 하늘을 날았다. 밝아오려던 새벽이 화살과 암기에 가려 순간 주춤하듯 계곡은 화살과 암기로 가려졌다.

퍽! 퍽! 퍽!

나무로 만든 방패에 화살과 암기가 박혀들었다. 그 힘에 방패를 든 패천맹도들이 바닥에 무릎을 꿇고 방패를 받쳐 들고 있었다.

"악!"

각도가 잘못 세워진 방패를 든 패천맹도들은 여지없이 적의 화살과 암기에 쓰러졌다.

"원형진을! 원형으로!"

양의와 등애가 맹도들을 둥글게 돌려 세웠다. 진은 마치 공처럼 날아오는 활과 암기를 막아냈다. 그리고 조금씩 앞으로 전진했다.

"적의 준비가 단단하군요."

밀려드는 패천맹도를 바라보며 멸절사태가 당정에게 말을 건넸다. 이제 이곳 독곡에 비치한 활과 암기도 거의 떨어져 가고 있었다.

“단주, 결정을 보아야 합니다. 이곳에서 전면전을 할지, 일단 무위산
으로 물러날지…….”

멸절사태가 고개를 끄덕였다. 그녀에게 남은 것은 이제 최후의 일전
을 결할 장소를 선택하는 것이었다.

“무위산으로 갑시다. 이미 임오빈 장로가 진지를 구축해 놓았을 겁
니다. 거기서 적을 맞이합시다, 부단주.”

“알겠습니다, 단주님. 그럼 맹도들을 물리고 최후의 일격을 선물하
지요.”

“독을 사용하시렵니까, 부단주?”

멸절사태의 말에 당정이 고개를 끄덕였다. 멸절사태의 얼굴이 어두
워졌다. 당정은 지금 독을 사용하려 하는 것이었다. 독은 무림에서도
그 사용이 극도로 제약을 받는 무기였다.

하지만 멸절사태도 지금 이 상황이 또한 가장 독을 필요로 하는 상
황이라는 것을 알고 있었다. 멸절사태가 조용히 고개를 끄덕였다.

멸절사태의 동의를 얻은 당정이 나는 듯이 계곡의 양옆에서 활과 암
기를 날리고 있는 맹도들에게 달려갔다. 그 뒤로 몇 명의 당문 문도가
따랐다. 그들의 손에는 가죽 장갑이 끼어져 있었으며, 커다란 자루가
어깨에 메어져 있었다.

“모두 후퇴! 무위산으로! 모두 후퇴하라!”

당정의 목소리가 곡에 울려 퍼졌다. 그에 따라 정의맹도들이 썰물처
럼 물러났다.

그리고 그 자리에 당정과 당문도 이십여 명만이 남았다.

“적이 물러가는군.”

양의가 등애를 보고 입을 열었다. 이미 해가 중천에 떠 있었다. 한나

절을 곡에서 적의 암기와 싸운 것이다.

"자, 진격! 곡을 확보하라!"

순간 패천맹도들이 곡 안으로 물밀듯이 들어갔다.

"헉! 컥!"

"컥!"

순간 앞서 나가던 패천맹도들이 꼬꾸라지기 시작하였다. 그리고 매캐한 내음이 곡 안에 퍼져 갔다.

"독이다! 모두 뒤로 물러나라!"

등애가 앞으로 나서며 소리쳤다. 등애의 목소리에 패천맹도들이 분분히 뒤로 물러섰다.

"이, 이놈들! 독을 풀다니!"

분노에 찬 등애가 시선을 들어 곡의 끝을 바라보았다. 당정이 그곳에 서 있었다. 당정은 곡 앞에서 멀리 보이는 등애와 양의를 바라보다가 미련없이 몸을 돌려 무위산으로 향했다.

이제 무위산에서 전력으로 적과 부딪칠 일만 남은 것이었다.

천독림의 사람들이 투입된 해독 작업은 다시 하루 동안 패천맹의 발을 독곡에 잡아두었다. 그리고 하루가 지나 천독림이 독이 퍼져 있는 곡에서 길을 뚫자, 양의와 등애를 선봉으로 한 패천맹의 원정군이 독곡을 빠져나왔다.

비록 독곡에서 이백여 명의 맹도들을 잃었지만 이제 적은 더 이상 기습을 할 장소를 찾지 못할 것이다.

이곳에서부터 정의맹 사천총단까지 이제 진검 승부만이 남아 있었다.

팔백여 명의 패천맹도들을 이끄는 철마 이제현의 눈이 강한 승부사의 빛을 띠고 있었다.

그때 황벽 일행은 이미 사천에 들어서고 있었다. 그들은 밤낮을 가리지 않고 정의맹 사천총단을 향해 길을 잡아가고 있었다.

호정단 제일조 조장 진봉은 이번 사천행에서 그의 능력을 십분 발휘하고 있었다. 그는 도저히 길이 없을 것 같은 험지에서도 귀신같이 길을 찾아내었을 뿐만 아니라, 적당한 노숙지를 찾아 일행이 편히 쉴 수 있도록 하였다.

원래 전국 방방곡곡 안 가본 곳이 없다는 그였지만, 사람들은 그가 험하기로 이름난 이 촉로에서도 자신의 능력을 발휘하는 것을 신기하게 생각하고 있었다.

"허, 그 도둑놈 정말 생각보다 대단한걸?"

우세남이 앞서 길을 뚫고 나가는 진봉을 보며 감탄의 소리를 냈다.

우세남과 진봉은 호정단 입단 시험에서 서로를 이용한 이후에는 시간만 나면 투닥거렸다.

둘은 항상 붙어 다니면서 투닥거렸으므로 사람들은 그들의 사이가 나쁜 것이 아니라 혹 사귀는 것이 아닌가 하는 엽강의 의심이 이해가 간다는 쪽이었다.

촉로는 비록 길이 있다 하더라도 중간중간 끊겨 있는 곳이 많았으므로 진행에 어려움이 많았다. 그나마 진봉의 능력으로 일행은 제법 빠르게 전진하고 있었다.

아마도 그들은 사천이 안방인 사천 사대문파보다 먼저 사천총단에 닿을 수 있을 것이다.

그때 앞서 가던 진봉이 말을 돌려 일행에게로 달려왔다.

"단주, 오늘은 이곳에서 노숙을 하도록 합시다. 저 앞에 그럴듯한 곳이 있으니."

이미 해가 서산에 걸려 있었으므로 설연도 순순히 동의했다.

"그렇게 하세요, 진 대협."

진봉이 손을 들어 척후조에게 신호를 보내자 척후조가 삼십여 장 밖의 숲 속 공터에 말을 세우고 일행을 기다렸다.

진봉의 말처럼 일행이 찾아든 곳은 하룻밤을 묵기에 적당한 곳이었다. 울창한 숲 속이라고는 믿기지 않을 만큼 아늑한 장소였던 것이다.

사람들은 준비해 온 건량으로 요기를 한 후 각자 자리를 잡고 휴식을 취했다.

공터의 가운데에는 커다란 모닥불이 사람들에게 온기를 전해주고 있었다.

황벽은 모닥불이 잘 쪼이는 한쪽에 담요로 무릎을 덮고 앉아 있었다. 그의 손에는 팔 하나 길이의 나무 막대가 들려 있었다.

이 나무 막대는 황벽이 길을 떠난 첫날 마련한 것으로 행군 내내 그의 손에 들려 있었다. 사람들은 황벽이 그냥 지팡이 삼아 심심풀이로 나무 막대를 들고 있는 것으로 생각했다.

조금 더 생각이 많은 사람은 황벽이 검을 잡는 손의 감각을 잃지 않기 위해서 나무 막대를 들고 있다고 생각했다.

하지만 막여는 어느 순간부터 황벽이 들고 있는 막대를 주시하기 시작하였다. 황벽은 나무 막대로 가끔 불이 잘 피도록 불속의 나무를 뒤집기도 하고 가끔은 지팡이 삼아 땅을 짚고 있기도 했지만, 문득 문득 허공에 대고 이리저리 휘두르거나, 땅에 이리저리 선들을 그리기도 하였던 것이다.

"그래, 뭐가 잡히느냐?"

오늘도 불빛이 비추이는 땅에 대고 나무 막대기로 선을 긋고 있는 황벽 곁에 막여가 다가와 물었다. 그 옆에는 설연이 앉아 있었다.

막여의 물음에 설연도 황벽에게 고개를 돌렸다.

어느 순간부터 설연도 황벽이 들고 있는 막대기가 결코 불을 쏘시거나 지팡이의 역할로 손에 들려 있는 것이 아니라는 것을 느끼고 있었다. 하지만 지금까지 입 밖으로 말을 내어 황벽에게 물어본 적은 없었다.

황벽은 막여의 물음에 대답을 하지 않는 대신 눈을 들어 공터 중앙에서 타오르고 있는 모닥불에 시선을 주었다.

"사부."

한참 만에 황벽이 입을 열어 막여를 불렀다. 이미 황벽의 옆에 자리를 잡고 앉아 있던 막여가 황벽의 부름에 고개를 돌렸다.

"말해 보거라."

"사부, 바람에도 결이 있다는 것을 아세요?"

막여가 잘 모르겠다는 듯이 고개를 흔들었다. 황벽이 이번에는 설연을 바라보았다. 설연도 역시 고개를 좌우로 저었다.

"사부, 그리고 설매, 바람에도 결이 있더군요. 저도 처음에는 잘 몰랐는데 지난번 상련에서 오행마와 겨루며 그러한 것을 느끼게 되었지요. 세상에 존재하는 모든 사물들은 진기를 가지고 있지요."

이 말에는 막여와 설연도 고개를 끄덕였다. 세상에 존재하는 모든 것에는 진기가 존재했다. 그것이 느낄 수 있을 만큼 큰 것도 있고, 느끼지 못할 만큼 작은 것이 있는 게 차이일 뿐 결국 세상 모든 것은 스스로 진기를 가지고 있다.

"건곤신공이 깊어질수록 저는 사물들의 진기를 좀 더 직접적이고 확실하게 느끼고 있습니다."

이 말에도 막여와 설연 모두 고개를 끄덕였다. 황벽이 익히고 있는 건곤신공은 오행진기를 다루는 신공이었다. 진기에 민감한 것은 당연하였다.

"어느 순간부터 저에게 그 진기의 흐름이 보이기 시작했습니다. 아니, 보인다는 것이 맞는 말인지는 저도 잘 모르겠습니다. 어쩌면 느낀다고 해야 할까?"

황벽이 잠시 말을 끊고 고개를 갸우뚱거렸다. 그리고 잠시 후 말을 이었다.

"어쨌든 진기의 흐름이 눈에 들어오자 바람의 흐름, 불의 흐름… 그런 것들이 보이기 시작하더군요. 제가 물길은 예전부터 잘 알았지만."

이것은 아무 상관 없는 말일 수도 있었다. 바다 사람이 물길을 아는 것과 내공고수가 진기의 흐름을 보는 것은 전혀 다른 성질의 것으로 받아들여질 수도 있는 문제였다.

"결국 하나더군요. 물길을 아는 것과 바람의 결을 느끼는 것. 곧 그것들의 진기에 내 몸이 익숙해진다는 것에 다름 아니더군요."

"해서?"

막여가 다시 황벽을 바라보았다.

"저는 그 진기의 흐름 사이로 검을 이동시켜 보고 있습니다."

이것이 지난 행군 중 황벽이 나무 막대기로 시도해 본 것이었다. 황벽은 정의맹 무고에서부터 이어진 무학에 대한 새로운 터득을 이런 식으로 발전시켜 왔던 것이다.

"그래, 결과가 어떻더냐?"

황벽은 아무 말 없이 막대기를 들고 막여를 바라보았다.

"사부, 이것을 한 번 피해보시겠어요?"

황벽이 막대기를 막여의 앞에 들어 보였다.

"그래, 한 번 해보려무나."

막여가 궁금한 듯이 고개를 끄덕였다. 설연도 호기심에 두 사람을 똑바로 쳐다보고 있었다.

"자, 그럼 갑니다."

말을 마친 황벽의 막대기가 막여를 향해 나아가기 시작하였다. 속도는 아주 느렸다. 속도로만 보자면 어린아이도 피할 수 있을 정도였다. 하지만 막여는 꼼짝을 할 수 없었다. 어느 쪽으로 몸을 틀어도 막대기가 자신을 따라붙을 것이라는 걸 느꼈던 것이다.

그 막대기가 검이라면 막여는 도저히 피해낼 자신이 없었다.

"이게 도대체 뭐냐?"

막여가 놀라서 황벽에게 물었다.

"이게 바로 사부께서 흘리시는 진기의 결을 따라 제가 막대를 찔러 간 것입니다."

"무섭구나. 도저히 피할 수가……."

직접 겪어보지 못한 설연이 궁금하다는 듯이 막여를 보며 입을 열었다.

"어르신, 제가 보기에는 그냥 간단한 찌르기 같았습니다만?"

막여가 고개를 좌우로 흔들었다.

"단주, 그것은 옆에서 보는 사람의 눈에나 그렇지 직접 당하는 사람에게는 정말 피할 수 없는 것이었네. 상대 진기의 결을 보고 검을 넣는다?"

막여가 시선을 허공으로 돌렸다. 그리고 한참 만에 입을 열었다.

"예전부터 무림에 전설처럼 전해오는 말이 있다. 그것은 바로 무형검에 대한 이야기이다. 지금껏 무형검을 이룬 무인을 직접 보았다는 사람은 아무도 없었다. 그저 과거 무당의 삼봉조사가 말년에 무형검에 든 것이 아닌가 하는 추측을 할 뿐이었지."

막여가 잠시 말을 끊었다. 그리고 한참 만에 다시 말을 이었다.

"오늘 내가 그 무형검을 본 듯하구나."

순간 설연의 입이 벌어지며 한마디 음성이 입에서 터져 나왔다.

"무형검!"

설연의 외침에 호정단원의 시선이 막여 등에게로 몰렸다. 그들의 귀에도 분명 '무형검'이라는 말이 들린 것이었다.

사람들의 시선이 모이자 막여는 잠시 망설이다가 다시 입을 열었다.

"나는 지금까지 무형검이라는 것이 검의 형체만을 기준으로 삼는 것으로 생각해 왔다. 즉, 검이 없이 검을 펼칠 수 있는 진기의 단계… 그렇게 생각해 왔던 것이지."

그의 말에 사람들이 고개를 끄덕였다. 모두들 알고 있는 상식과 일치하는 말이었다.

"하지만 나는 오늘 무형검이라는 것이 꼭 검의 유무로만 언급할 문제가 아니라는 것을 깨달았다. 그리고 오늘 무형검이라는 것은 검의 형식이 사라진 검을 말할 수도 있다는 것을 깨달았다. 방금 전 황벽의 찌르기가 그러했다."

황벽이 막여의 말에 고개를 끄덕였다. 방금 전 황벽이 막여를 찔러 간 것은 과연 그가 익히고 있는 절대오검이 아니었다. 그는 단지 막여의 몸에서 일어나는 진기의 결을 따라 막대기를 넣었을 뿐이었다. 만약 진기의 흐름이 변하면 그의 검로도 바뀔 것이었다.

"진기의 흐름대로 검로를 잇는다… 검의 길을 형식화해 놓은 초식에서 벗어난다. 무형의 검은 결국 검 자체를 말하는 것일 수도 있지만… 정해진 형식의 검로를 말하는 것일지도 모른다는 게 내 생각이다. 내 생각이 맞을 수도 틀릴 수도 있지만 방금 전 황벽의 검은 확실히 과거 절대오검과는 또 다른 것이구나."

막여의 말에 일행도 깊은 생각에 빠져들었다. 이들은 이러니저러니 해도 결국 무인이었다. 무인에게 무리를 참구하는 시간은 무엇보다 소중한 것이었다.

방금 전 막여와 황벽의 대화는 그들에게 그 소중한 시간을 제공한 것이었다.

"한 번 보여봐라."

그때 멀찍이 앉아서 막여의 이야기를 듣고 있던 엽강이 일어나서 황벽에게 다가왔다.

"뭘?"

"그 무형검이라는 거 말이야. 혼자 알지만 말고. 자자, 어서 일어나서."

엽강이 황벽의 소매를 끌어 올렸다. 황벽이 엽강의 힘에 얼떨결에 자리에서 일어났다. 그리고는 당황스러운 듯이 주위를 돌아보았다.

모두의 눈이 황벽과 엽강을 주시하고 있었다. 그들의 눈은 기대감으로 빛나고 있었다.

뇌전창과 광검의 비무. 일생에 보기 힘든 광경이었다. 무인으로서 이러한 기회를 놓칠 수는 없는 일이었다.

멀리서 번을 서던 호정단원까지 고개를 돌려 바라보고 있었다.

"거 참, 사람 귀찮게……."

황벽이 슬그머니 자리에 앉으려고 했다. 하지만 막여의 말이 그를 막았다.

"한 번 해보아라. 나도 네 검을 보고 싶구나."

막여의 말에 막 주저앉으려던 황벽이 얼굴을 찡그리며 다시 몸을 세웠다.

"안 봐준다."

황벽이 엽강을 보며 입을 열었다.

"참나, 사람들이 웃겠다. 천하의 뇌전창에게 안 봐준다니……. 봐준다면 내가 사양하지."

엽강이 입가에 미소를 띠우며 말했다.

"좋아, 어릴 때 칼싸움에서 번번이 내가 이긴 것을 기억하겠지?"

황벽과 엽강은 누구나 어린 시절에는 그러하듯이 노룡촌 이곳저곳을 뛰어다니며 나무 막대기를 들고 칼싸움을 하였다. 그때마다 번번이 황벽이 엽강의 머리에 혹을 만들곤 했었다.

"그래서 난 창을 배웠잖아. 긴 창을."

엽강이 작살을 들어 앞으로 쭉 내밀었다. 시퍼런 작살의 날이 달빛 아래 빛나고 있었다.

둘은 모닥불에서 벗어나 공지로 자리를 옮겼다. 황벽은 막대기를 들었다.

"뭐야, 정말… 그걸로 하겠다는 거냐?"

"넌 정말 나를 찌를 셈이냐?"

엽강은 할 말이 없었다. 정말 찌르지도 않을 걸 무엇 하러 진검을 쓰느냐는 것이다.

"내 너를 찌르지는 않겠지만 그 막대기는 베어주마."

"해보던지."

황벽이 웃으며 엽강의 말을 받았다.

두 사람은 천천히 좌측으로 돌기 시작하였다. 이것은 사실 필요없는 동작이었으나, 어릴 때 칼싸움을 하며 멋을 내기 위해 하던 동작을 그대로 하는 것이었다.

"합!"

순간 엽강의 신형이 날아오르며 황벽을 찔러갔다. 엽강의 작살 끝이 보이지 않을 정도로 흔들리며 황벽이 들고 있는 막대기를 쳐 나간 것이다.

"와! 역시 뇌전창!"

사람들 사이에서 탄성이 터져 나왔다. 엽강의 작살은 빠르고 정교했다. 그의 작살 아래 놓인 황벽이 피할 곳이 도무지 보이지 않았다.

황벽이 씨익 웃으며 막대기를 내밀었다. 순간, 엇! 하는 소리와 함께 엽강의 작살 끝이 흐트러지고 그 사이로 물을 차고 오르는 고기처럼 황벽의 막대기가 치고 들어갔다.

"이익!"

엽강은 자신의 손목을 향해 날아오는 막대기를 겨우 피하면서 다섯 걸음이나 뒤로 훌쩍 물러났다. 그리고는 창을 땅에 대고는 황벽을 바라보았다.

"그거였나? 여태 생각해 오던 것이?"

엽강의 물음에 황벽이 고개를 끄덕였다.

"좋구나. 도저히 날아들어 오는 막대기를 피할 방법을 찾을 수 없었다. 나는 배울 수 없을까?"

"진기를 먼저 볼 수 있어야 한다."

"진기를?"

엽강이 창을 바닥에서 떼고는 황벽의 옆에 다가섰다. 둘은 같이 몸을 돌려 주변을 걷기 시작했다.

두 사람을 보고 있던 호정단원들의 얼굴에는 실망의 기색이 역력했다. 그들이 기대했던 한밤의 절정고수들의 대결은 너무 싱겁게 끝났기 때문이다. 하지만 팽정이나 이형, 그리고 각 조 조장들의 얼굴에는 감탄의 기색이 서려 있었다.

엽강의 날카로운 찌르기는 소문 그대로 무서웠다. 하지만 그 작살의 진기를 가르며 달려드는 황벽의 막대기의 일검은 아마 자신들이었다면 도저히 피해내지 못할 것이었다.

황벽과 엽강은 계속해서 한쪽에서 대화를 나누고 있었다. 설연이 일어나 그들에게 다가가려 하자 막여가 설연을 말렸다.

"단주, 잠시 기다리시오. 그들에게 시간을 줍시다."

막여의 말에 설연이 고개를 끄덕이며 자리에 앉았다. 아마도 둘은 방금 전 일수의 교환을 가지고 무리를 나누고 있으리라.

설연은 끊임없이 발전해 가는 황벽을 보면서 가슴이 뿌듯해지는 것을 느끼면서도 일종의 아쉬움도 느꼈다.

그것은 순수한 무인으로서의 무도에 대한 아쉬움이었다. 그러한 설연의 기분을 느꼈는지 막여가 조용히 입을 열었다.

"단주, 황벽의 무공은 건곤신공에 기반을 두고 있소. 건곤신공이 아니었다면 절대 저러한 성취를 보이기는 힘들었을 것이오. 하지만 건곤신공이라는 것은 아무나 익힐 수 있는 것이 아닙니다."

"알아요, 어르신. 하지만 저리 발전해 나가는 황 가가를 보니 무인으로서의 부러움이 안 생길 수는 없군요."

"하하하, 이거 부부간에 칼싸움이 벌어지는 것이나 아닌지."

"어르신도 참! 하지만 우리 둘이 칼싸움을 한다면 제가 백전백승일 거예요. 황 가가는 절대 저를 향해 검을 들지 못할 테니까요."

"하하하! 맞아요, 맞아. 저놈이 단주에게 칼을 겨눌 용기가 있을 리 만무하지."

두 사람은 서로를 보며 낮게 웃음을 지었다.

그날 밤 사람들은 잠시 전쟁을 잊고 무의 세계에 대한 무인으로서의 원초적인 상념에 빠질 수 있었다.

하지만 어김없이 날은 밝아왔고 그들은 다시 진봉을 앞세우고 사천을 향한 발걸음을 재촉했다.

                    *   *   *

쿵!

"이건 뭔가?"

허승은 책상 위에 있는 한 장의 전서를 바라보고 있었다. 하오문의 조자아로부터 온 밀지였다. 밀지 위에 적힌 한 명의 이름이 선명하게 허승의 눈에 들어왔다.

제갈성(諸葛星).

이 한 명의 이름은 허승을 깊은 고민에 빠지게 하였다. 그리고 그것은 하나의 무서운 사실을 암시하고 있는 것이었다.

하오문에서 당문의 여식 당정화와 천독림의 자제 서의의 일을 추적하던 중 한 사람의 이름이 드러났다. 그 이름이 바로 허승의 책상 앞에 있는 것이었다.

제갈성과 당정화가 사천에서부터 개봉까지 동행하였다는 사실과 서의와 동행한 여인이 제갈성을 만난 것을 확인한 하오문주는 이 사실이 의미하는 무서움을 알고 있었기에 제일 먼저 허승에게 전갈을 넣은 것이었다.

그리고 그것은 다시 하나의 사실과 고리를 이었다. 그것은 한 세가의 위치였다. 바로 산서의 터줏대감 제갈세가였다.

산서에는 백우산이 있었다.

며칠 후 허승과 조자아는 급히 만남을 가졌다. 조자아가 개봉에서 말을 달려 낙양으로 온 것이었다.

상식적으로 보자면 상련과 하오문의 사이는 가까워지기가 어려운 조직이었다. 일반적으로 하나의 상가에는 상련의 사람과 하오문의 사람이 같이 있게 마련이었다. 하지만 그 신분은 달랐다. 한 명은 주인이고 한 명은 종업원으로.

하오문이 결성된 것도 알고 보면 주인의 착취에서 벗어나고자 하는 취지가 컸다. 이러한 상련의 총순찰과 하오문의 문주가 머리를 맞대고 있는 것이었다. 물론 거기에는 하나의 끈이 존재하고 있었다. 바로 황벽이라는 끈이었다.

"결론은 어떻게 생각을 해도 하나로 보여집니다."

허승이 조자아를 보며 입을 열었다. 조자아도 고개를 끄덕였다.

"제갈세가에서 일이 시작된 것이라는 거죠?"

"문제는 그들이 어느 정도 무림의 일에 관여했느냐는 겁니다. 백우산의 세력과도 연결이 되어 있는지도."

"바빠지겠군요."

"정의맹의 총군사가 제갈의현입니다. 바로 제갈성의 아버지지요. 알릴 수도 없군요. 결국 하오문과 상련이 움직일 수밖에요."

조자아가 허승의 말에 고개를 끄덕였다.

"일단은 지금까지의 정보를 황벽에게 보내야겠습니다. 무림대전이 누군가에 의해 의도적으로 벌어진 일이라면… 사천에서의 혈전은 그들이 의도한 바일 것입니다."

"알겠어요. 저희가 태상호법께 연락을 취하도록 하지요."

"그리고 이제부터는 산서의 백우산과 제갈세가의 연결 고리를 찾는 것에 주력해야 할 듯합니다. 또한 백우산을 떠난 세 대의 마차 중 패천

맹과 정의맹으로 들어간 마차에 타고 있던 사람들의 신상을 파악하는
것하고요."

"알겠습니다. 모든 문도들을 그 두 가지 일에 투입하도록 하겠습니
다."

"상련에서도 하오문의 움직임에 문제가 없도록 지원토록 하겠습니
다."

두 사람의 대화는 그 뒤로도 한참을 더 이어졌다.

그리고 그 다음날 조자이는 상련을 떠났고, 사천으로 하오문의 전서
가 날아갔다.

*   *   *

북두회의 밀실에 다시 일성과 칠성이 대면하고 있었다.

"그래, 사천에 몰아넣을 사람들은 모두 몰아넣었느냐?"

"네, 할아버님. 신오제와 패천사룡의 문파 중 중원에 남아 있는 곳은
화산과 개방, 그리고 녹림뿐입니다."

"그들을 제외한 나머지 문파에 대한 통제권은 이성과 삼성이 확실히
잡을 수 있겠지?"

"네, 그리 알고 있습니다."

"그래, 이제 일이 거의 완성되어 가는구나. 일단 최종적으로 네가 네
아비와 숙부를 한번 만나고 오너라."

"아버님과 숙부님을요?"

"그래. 사천에서 양 세력이 양패구상을 한다면 무림에 남아 있는 전
력의 삼 분의 일이 꺾인 것이 된다. 그러면 정의맹의 석산총단과 패천

맹의 감숙총단 간의 일전을 유도해 그 자리에서 우리의 통제권을 벗어
난 무림인들을 정리하면 되겠지."

"그럼 그 자리에 북두회가 나설 것입니까?"

"그래, 그래야지."

"저희 가문의 진면목은?"

"역시 그 자리에서 우리 제갈세가가 무림의 북두임을 천하에 알릴
것이다."

"알겠습니다, 할아버님."

은거한 지 사십 년이 넘은 전대 제갈세가의 장문인 만뇌성자 제갈천
과 그의 손자 제갈성의 대화는 그렇게 막이 내렸다.

다음날 백우산의 북두회 비밀 총단에서는 제갈성이 한 대의 마차를
타고 정의맹으로 향했다.

하지만 그는 이미 그의 행적이 하오문과 상련의 표적이 되고 있는
줄은 꿈에도 생각하지 못하고 있었다.

*　　　　*　　　　*

독곡을 완전히 점령한 철마 이제현과 패천맹의 사천원정군이 무위
산의 정면에 밀어닥친 것은 독곡의 일전이 있은 뒤 삼 일 후였다.

패천맹은 단숨에 무위산으로 오르지 않고, 무위산 십 리 밖에 진을
쳤다.

무위산은 정의맹 사천총단으로 드는 마지막 관문이었다. 무위산을
지나면 평지에 송림이 있고 그 뒤가 바로 정의맹 사천총단이었다.

정의맹에서도 이곳에 전력을 투입하고 있었다. 이미 지난 하지와 독

곡의 전투를 치르면서 정의맹도 백여 명이 소실되었고 패천맹도는 이백오십여 명이 목숨을 잃었다.

숫자로만 보자면 정의맹의 승리였으나, 밀리기는 정의맹이 끊임없이 밀리고 있었다.

사천 정의맹은 총단에 이백여 명의 인원만 남겨놓고 이곳 무위산에 육백 명의 인원을 투입하고 있었다. 총단을 지키던 임오빈까지도 이곳 무위산에 나와 있었던 것이다.

패천맹 사천원정군은 칠백오십 명 전원을 무위산 앞에 모아두고 있었다. 바야흐로 사천의 운명을 건 최후의 일전이 막 시작되려는 것이었다.

무위산 중턱에 자리잡은 정의맹 사천총단의 막사 앞에 멸절사태와 당정, 그리고 임혜련이 서 있었다. 그들은 벌판에 넓게 자리잡은 패천맹의 군막을 바라보고 있었다.

"이곳에서 물러나면 사천이 무너지는 건가요?"

임혜련이었다. 그녀의 억양이 작은 흥분에 약간 높아져 있었다.

"그렇다고 보아야지요. 물론 송림이 최종적인 저항선이 되겠지만, 송림은 평지라 적의 대군세를 막기에는 어려운 장소이지요. 결국 이곳 무위산이 중요합니다."

당정이 임혜련의 말에 낮은 음성으로 대답했다. 임혜련은 그런 당정을 따뜻한 눈길로 바라보았다.

이번 패천맹의 사천 공격에서 지금까지 정의맹이 나름대로의 성과를 내며 버티고 있는 것은 당정의 힘이 컸다. 당정의 치밀한 계획과 뛰어난 판단력은 정의맹에게 이미 열흘 이상의 시간을 벌어주는 결과를 가져온 것이었다. 거기다가 인명 피해도 백여 명 정도로 적의 반도 되지 않았다.

임혜련의 당정을 보는 눈은 이번 사천대전을 거치면서 많이 변해 있었다. 과거 편협하고 음습했던 당정의 분위기는 무공이 발전하고 전장을 치르면서 서서히 변해가고 있었다.

이제 당정의 모습에서 과거의 그를 찾기는 어려웠다.

당정은 과거 그의 선조들이 그랬듯이 당문의 성격적 결함을 극복하고 있는 것이었다.

"저들의 전력이 비록 많이 상했다고는 하나 그래도 우리보다는 훨씬 우위에 있네. 특히 고수의 숫자에서."

멸절사태의 말에는 힘이 없었다.

"하지만 시간을 끄는 전술이라면 한번 해볼 만하지 않겠습니까?"

당정의 힘있는 말에 멸절사태가 입가에 미소를 띠며 당정을 바라보았다.

"부단주, 역시 무림은 젊은 사람이 맡아야 해. 이번에 이 정도로 버틴 것은 다 부단주의 공일세."

"과하십니다, 총사령. 다 사태님의 지휘력 덕분이지요. 저야 그저 조언을 해드릴 뿐이고."

"아니야, 아니야. 내 이번에 당문에 인재가 난 것을 확실히 보았어. 당문은 이번 일을 넘기면 향후 수십 년은 자네로 인해 더욱 발전할 걸세."

멸절사태의 음성에는 진심이 깃들어 있었다. 당정이 고개를 숙여 감사의 표시를 했다.

"그나저나 저들이 언제나 오려나? 밤을 이용할 것인가?"

“밤에 오르지는 않을 것입니다. 밤이면 숲 속에서 적을 맞는 우리가 유리할 것이라는 것을 저들도 알고 있습니다. 그리고 철마 이제현은 마도이지만 정면 대결을 좋아하는 사람이지요.”

“휴, 그래. 난 참 이해할 수가 없네.”

“무엇을 말입니까?”

“철마 같은 사람이 어찌 마도에 들었는지 말이야.”

멸절사태의 말에 당정과 임혜련도 고개를 끄덕였다. 철마 이제현은 그 성품으로 보자면 오히려 정파의 거두가 되었어야 할 인물이었다.

“저희 정파에서 그를 포용할 만한 그릇이 없었던 거겠지요.”

당정의 말에 멸절사태가 고개를 끄덕였다. 당정의 말은 사실일지도 몰랐다.

철마 이제현이 처음 무림에 출도했을 때 그는 결코 마도라 불리는 인물이 아니었다. 위선을 불같이 싫어하던 그가 명문정파의 제자 몇 명이 불의한 일을 저지른 것을 훈계하자, 정파에서 이제현을 마도로 몰아붙였던 것이다.

하지만 사람들은 그것이 나중에 얼마나 큰 잘못이었는가를 깨달았다. 무림대전이 발발하자 이제현은 패천맹에 가입했고, 이제현을 받아들인 패천맹의 전력은 정의맹과 대등해졌던 것이다.

아마도 이제현이 패천맹에 가입하지 않았다면 무림대전은 정의맹의 승리로 끝이 났을 것이었다.

“이제는 그의 제자까지 죽었으니… 그가 정파로 돌아올 길은 영영 없어져 버린 것이지.”

멸절사태는 진패천을 이야기하고 있었다.

“말이 나왔으니 말인데 이번 무림대전은 참으로 이상한 면이 많습니다."

"그게 무슨 말인가?"

"먼저 발단이 된 진패천과 남궁인의 사인이 각각 무형지독과 독정으로 나타났는데… 정작 그 독을 누가 썼는지는 밝혀지지 않은 것이 그 하나지요."

멸절사태가 고개를 끄덕였다. 확실히 독은 밝혀졌으나 독수는 밝혀지지 않은 것이었다.

"거기다 전투의 양상도 아직 중원에서는 본대의 충돌이 일어나지 않고 있습니다. 오직 이곳 사천에서만 격전이 벌어지고 있지요. 아마 이번 격전이 끝나면 누가 이기든지 이번 사천대전에 참여한 문파들은 회복하기 어려운 타격을 입을 것입니다."

"맞는 말이네. 저들의 주력인 철마를 따르는 무력이나 천독림, 그리고 장강수로채는 아마 이 전투에서 이긴다손 치더라도 다시는 패천맹에서 권력의 핵심으로 복귀하지 못할 것이네."

"맞습니다. 그리고 그것은 아미나 우리 당문, 그리고 청성과 점창도 마찬가지이고요."

당정의 말에 멸절사태와 임혜련이 동시에 고개를 끄덕였다.

"그리고 그 문파들은 모두 신오제와 패천사룡의 출신 문파로 이차무림대전 이전에 양 맹에서 새롭게 부상하는 문파들이었다는 것도 마찬가지지요."

"과연 공교롭긴 하군 그래. 이번 전쟁이 신오제와 패천사룡의 몰락을 가져올 수도 있겠어. 사람은 살아 있어도 문파가 어려울 것이니 고립무원이 되겠지."

멸절사태와 당정은 이러한 문제들을 보고 있으면서도 그것이 누군가의 의도로 일어난 일이라는 것은 꿈에도 생각지 못하고 있었다.
　그들이 다시 눈을 들어 패천맹 숙영지를 바라보았을 때는 이미 적의 숙영지에 불빛이 하나둘씩 켜지고 있는 저녁이었다.

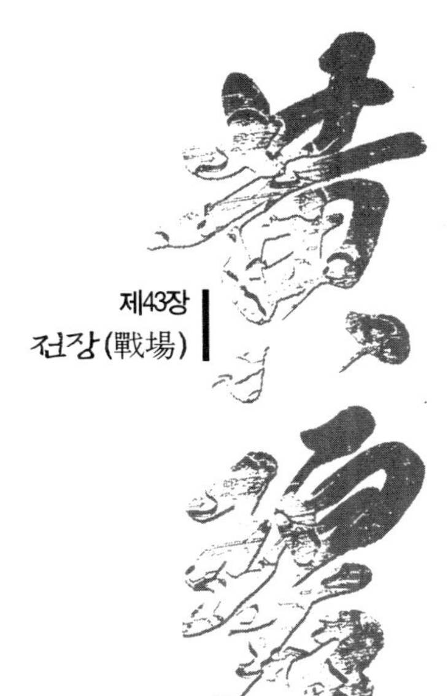

제43장
전장(戰場)

언제나처럼 다시 아침이 밝아왔다. 사천의 한구석 무위산이 올려다 보이는 평원에도 역시 아침이 찾아들었다.

양의는 지난밤 거의 잠을 자지 않았다. 그리고 자신의 천막에서 빠져나와 막사 앞 초지에서 아침을 맞고 있었다.

어둠을 뒤로하고 무위산도 서서히 긴 잠에서 깨어나고 있었다. 날은 밝았지만 태양은 아직 모습을 드러내지 않고 있었다.

양의는 손을 뻗어 이슬이 맺힌 풀잎을 건드렸다. 툭하고 간밤 허공에 있던 수증기가 겨우 자리를 잡았던 풀잎 끝에서 터져 버리며 양의의 손가락을 적셨다.

양의는 흠칫하며 손가락의 물을 털어냈다. 손끝에 닿는 차가운 기운 때문은 아니었다.

전장에서 이슬보다도 더 가벼운 것이 사람의 목숨일까. 죽은 이들의 몸에서 흘러나오는 피의 환영이 그의 머리에 그려졌다.

'빨리 끝나야 할 텐데……'

양의는 갑자기 과거 패천사룡이 함께 수련하던 시절이 생각났다.

'그때가 좋았지, 무인으로서는.'

양의는 그때 패천사룡이 무인으로서는 가장 큰 행운을 잡았었다는 것을 요즘 깨닫고 있었다. 당시에는 알지 못했지만 순수한 무도에의 열정이 가득했던 그 시절, 그들은 순수했다.

혈랑대를 몰살시킬 때까지만 해도 괜찮았다. 그들은 그때 그것이 자신들의 무공을 완성시켜 가는 하나의 과정이라고 생각하고 있었다.

하지만 이곳 사천에서 그는 그들의 생각이 틀렸다는 것을 알았다. 그들이 벤 것은 사람의 목이었으며, 얻은 것은 무도가 아니라 혈명이었다.

이곳 사천에서 그는 자신들의 동료가 죽어가는 것을 보며 사람을 향해 칼이 뽑혀지는 한 무(武)에 도(道)는 있을 수 없다는 것을 깨닫고 있었다. 검과 도가 사람을 향해 뽑혀지면 그곳에는 오직 흉험한 살인의 도구만이 있을 뿐이었다.

그리고 오늘 그는 가장 앞에서 그 살인의 무기를 휘두를 것이다.

"부맹주께서 찾으십니다."

패천맹도 하나가 들판을 달려 양의를 불렀다. 양의의 몸이 천천히 막사를 향해 돌아섰다.

멀리 막사가 보이고, 막사의 지붕 위에 서서히 아침 안개를 뚫은 햇살이 비추기 시작했다. 다시 고개를 돌리자 무위산 위로 얼굴을 내미는 해가 눈에 들어왔다.

천지를 피로 물들일 날이 밝은 것이다.

"선봉은 양의와 등애, 중군은 나와 소도성, 후군에 지마와 혈마 장로가 선다. 독마께서는 별도로 움직여 불리한 아군을 지원하는 것으로."

독마 서린이 고개를 끄덕였다. 하지만 이에 불복하는 사람도 있었다.

"부맹주, 어찌 저희에게 선봉을 안 맡기시는 것이오?"

지마와 혈마가 불만 어린 표정으로 이제현을 바라보았다.

"지난 독곡의 전투로 두 분께서 상하셨으니, 이번에는 젊은 사람에게 맡겨봅시다."

독곡의 이야기가 나오자 지마와 혈마는 얼굴에 불만이 가득 찼지만 입 밖으로 말을 꺼내지는 못했다. 독곡에서 자신들의 성급함이 선봉을 전멸로 이끌었다는 것을 잘 알고 있는 것이었다.

"어차피 전투에 들어가면 선발이나 후군이나 구분이 없을 것입니다. 너무 서운하게 생각지 마시오, 두 분."

이제현의 말에 지마와 혈마가 고개를 끄덕였다. 이제현의 말이 맞았다. 군대도 아니고 무림인 간의 전투에서 오늘 같은 전면전에 선봉을 따진다는 것은 우스웠다.

어차피 선봉과 후군이, 적과 아군이 섞이게 될 것이다.

"자, 그럼 가지. 가급적 오늘 해를 넘기지 말도록."

철마가 자리에서 일어났다. 양의가 자신의 검 손잡이를 부서져라 움켜쥐었다.

오늘 그는 참으로 많은 사람을 이슬처럼 베어 넘길 것이다.

"오는군요."

임혜련이 천천히 무위산으로 다가드는 패천맹도를 보면서 입을 열었다.

"오늘이 마지막 전투가 아니길 바랄 뿐입니다."

당정이 임혜련을 바라보며 작은 웃음을 보였다.

"당 대협, 이번 전투에서 당 대협은 누가 뭐라 해도 최고의 무인이었어요. 다시 뵙기를."

"저도 다시 뵐 수 있기를 바랍니다."

당정과 임혜련이 서로 고개를 숙여 보이고는 자신들이 맡은 자리로 돌아갔다.

정의맹도들의 얼굴에 긴장과 가벼운 두려움이 서렸다. 정의맹은 당정과 임혜련이 나서서 적의 선봉을 맞기로 하였다. 그리고 멸절사태와 당우린, 왕통, 그리고 임오빈 장로가 중군으로 적의 중심에 맞서기로 하였다.

선발로 나선 당정과 임혜련이 오십여 장을 사이에 두고 각각 백여 명의 맹도들을 거느리고 적을 맞으러 나갔다. 나머지 사백여 명의 인원은 중앙 후미에서 멸절사태의 명을 기다리고 있었다.

패천맹의 선봉과 정의맹의 선봉은 소리없이 부딪쳐 갔다. 무림인 간의 싸움에서 흔히 있는 서로 간의 인사조차도 없이 칼과 칼이 부딪쳐 갔다.

서걱!

어디선가 누군가가 베이는 소리가 산속에 울려 퍼졌다. 그리고 양편의 인영이 섞여들기 시작하였다.

"아악!"

챙—

"억……!"

병장기 부딪치는 소리와 죽어가는 자의 마지막 단말마가 숲 속을 가득 채우기 시작하였다.

당정이 손을 한 번 움직일 때 패천맹도 하나가 땅에 쓰러졌다. 당정은 암기를 사용치 않고 진기만을 이용해 적을 공격하고 있었다. 암기는 필요할 때 고수를 상대하기 위해 남겨두어야 했다. 이런 난전에서 암기는 필요치 않았다.

임혜련도 한 번 검을 휘두를 때마다 한 명의 패천맹도가 베어 넘어졌다. 평소 그녀의 화려한 검은 지금 가장 단순한 살검으로 바뀌어져 있었다.

진정한 그녀의 검은 당정의 암기와 마찬가지로 고수를 만났을 때 나타날 것이었다. 지금은 그저 가장 빠르고 체력을 아끼며 적을 벨 수 있는 검이 필요한 것이었다.

서걱!

다시 한 명의 인영이 그녀의 검에 쓰러졌다. 쓰러지는 자의 목에서 뿜어져 나온 피가 그녀의 옷에 붉은 물을 들이며 땅 위로 떨어졌다.

첫 격돌에서는 정의맹이 유리해 보였다. 아무래도 산 위에서 올라오는 적을 맞이하는 것이 유리한 법이었다. 거기다가 선봉에 선 임혜련과 당정의 무공은 적의 선봉인 양의와 등애의 무공을 능가하고 있었다.

등애는 한 정의맹도의 명치를 가격해 쓰러뜨리면서 전장을 살폈다.

그리고 호랑이처럼 날뛰는 당정을 발견했다.

등애가 허공을 격하고 날아올라 당정의 앞으로 떨어져 내렸다.

"당정?"

등애의 물음에 당정이 고개를 끄덕였다. 그의 옷은 피로 물들어 있었다.

"등애라 하오. 역시 격이 맞는 상대라야 하겠지요."

등애의 말에 당정이 다시 고개를 끄덕였다.

"오시오."

짧고 빠른 당정의 말이 입에서 떨어졌다. 그리고 등애가 사양치 않고 당정의 품으로 파고들었다. 당정이 신형을 날려 등애의 독수를 피하며 소매에서 손을 빼어냈다.

그의 양 손가락 사이에는 여섯 개의 암기가 끼워져 있었다. 당정이 드디어 암기를 꺼내 든 것이다.

그의 팔이 허공을 휘젓자 오른손에 있던 세 개의 암기가 등애를 향해 날아들었다. 등애는 자신의 미간과 가슴, 그리고 다리를 향해 날아드는 암기를 무시하지 못하고 급히 몸을 뒤로 빼냈다.

등애의 시선이 어두워졌다. 지마와 마찬가지로 손을 쓰는 그도 당정 곁으로 접근하기가 어려웠던 것이다. 거기다 독수라는 자신의 명성에 맞는 독도 사용하기가 어려웠다.

적은 독의 대가, 당문의 사람이었던 것이다. 둘의 격투가 장기전으로 들어갔다.

그들과 오십여 장 떨어진 곳에서 또 다른 두 명의 신진십왕이 겨루고 있었다. 임혜련과 양의였다. 두 사람은 검을 빼어 들고 부딪쳐 가고 있었다. 양의가 강하게 검을 내리 뻗으면 어느새 임혜련의 검이 부드럽게 양의의 검을 받아넘기고, 바로 날카로운 반격으로 양의의 전신을 노리고 달려들었다.

둘은 서로 호적수를 만났다는 것을 느끼고 있었다. 둘의 싸움도 장기전으로 들어서고 있었다.

"좋군요."

소도성이 두 쌍의 대결을 바라보며 입을 열었다.

"과연 신진십왕이라 부를 만하구나. 이곳에서 누군가가 쓰러져야 한다는 것이 안타까울 뿐이다."

"그 덕에 전세는 약간 밀리는군요."

양쪽 수장들의 격투와 함께 산의 중턱에서는 일반 무사 간의 전투가 벌어지고 있었다. 그리고 역시 위에서 적을 맞는 정의맹이 유리한 상황이었다.

"여기서 밀려서는 안 되지. 네가 중군을 이끌고 저들 사이를 갈라 바로 적의 중군을 올려쳐라. 내가 따르마."

"알겠습니다, 사부."

말을 마친 소도성이 삼백여 명의 패천맹도들을 이끌고 양편에서 싸우고 있는 선발대을 지나쳐 정의맹의 중군을 치고 들어갔다.

정의맹도들도 역시 마주쳐 나왔다. 그리고 곧 무위산 곳곳이 전장터가 되어버렸다.

소도성의 뒤를 이어 이제현이 다시 일군을 이끌고 적을 덮쳐 갔다. 순식간에 정의맹이 수세에 몰리기 시작하였다. 그러나 중군은 밀리고 있었으나, 양옆의 선봉은 균형을 이루고 있었다. 중군에서는 멸절사태와 임오빈, 당우린, 왕통 네 장로의 활약으로 겨우겨우 패천맹의 공세를 버티어내고 있었다.

하지만 혈마와 지마가 다시 일군을 이끌고 정의맹을 엄습하자 전세는 급격히 패천맹 쪽으로 기울어지기 시작하였다. 정의맹도들은 서서히 무위산 후면으로 밀려나기 시작하였다.

　중군과의 사이가 벌어지자 임혜련과 당정이 양의와 등애에게 각기 한 수를 펼쳐 물러나게 한 후 남아 있는 선봉을 데리고 중군에 합세하기 위해 후퇴했다. 이제 정의맹이 한 덩어리가 되어 패천맹을 막으며 뒤로 물러나고 있었다.

　정의맹은 계속 무위산 후면으로 밀려났다. 이제 조금만 더 밀린다면 무위산을 버리고 송림으로 퇴각해야 할 것이다. 하지만 송림은 개활지라 적을 맞을 만한 곳이 되지 못했다.

　결국 정의맹 수뇌부들이 앞으로 나섰다.

　멸절사태가 소도성을 맞아가고 임혜련과 당정이 다시 양의와 등애와 맞붙었다. 그리고 임오빈이 지마를 상대하는 사이 당우린과 왕통이 혈마를 협공하기 시작했다.

　유리한 전세에 철마 이제현은 뒤로 물러나서 양쪽 수뇌부의 격투를 팔짱을 끼고 보고 있었다. 수뇌부가 격투에 돌입하자 양 진영의 일반 무사들의 싸움은 소강상태에 들어갔다. 이제 싸움은 수뇌부들의 결투 결과에 달려 있는 것이었다.

　육백여 명의 정의맹도 중 남아 있는 사람은 삼백여 명에 지나지 않았다. 패천맹도 백오십여 명이 상해 있었다. 정면으로 부딪친 양 맹의 전력은 패천맹의 우위로 드러난 것이다.

　수뇌부의 싸움은 팽팽한 접전을 이루고 있었다. 단지 지마를 홀로 상대하는 임오빈만이 열세에 놓여 있었다.

　지마는 얼른 임오빈을 쓰러뜨리고 홀로 당우린과 왕통을 상대하는 혈마를 돕기 위해 임오빈을 강하게 밀어붙이고 있었다.

　임오빈은 지마의 강한 권에 맞서 검을 휘두르고는 있었으나 지마를 따라잡는 데 어려움을 겪고 있었다. 승기를 잡아가던 지마가 어느 순간 갑자기 몸을 낮추어 임오빈의 시야에서 사라졌다.

순간적으로 지마의 신형을 놓친 임오빈이 당황하는 사이 지마가 어느새 임오빈의 몸 앞으로 불쑥 솟아났다. 그리고 지마의 권이 임오빈의 턱에 작렬했다. 임오빈이 일 장을 날아가 숲 속에 떨어졌다. 그리고는 다시는 일어나지 못했다.

임오빈을 무너뜨린 지마가 혈마에 가세하자 분위기는 순식간에 패천맹에게로 넘어갔다. 고수의 수에서 패천맹이 절대적으로 유리한 것이었다.

패천맹은 아직 이제현과 독마 서린이 손을 쓰지도 않은 상태, 당정의 표정이 어두워졌다. 비록 자신은 등애와 팽팽히 맞서고 있지만 지마와 혈마를 상대하는 당우린과 왕통은 연신 뒤로 밀리고 있었다.

만약 이대로 간다면 결국 지마와 혈마의 협공을 받게 될 것이다. 당정의 시선이 멸절사태를 향했다. 멸절사태도 장내의 상황이 극도로 좋지 않다는 것을 알고 있었다. 멸절사태가 당정의 시선을 받자 고개를 끄덕였다.

그리고는 검을 한 번 크게 휘둘러 소도성을 물러나게 한 다음 큰 소리로 소리쳤다.

"후퇴하라! 목적지는 송림이다!"

그녀의 소리에 맞추어 당정과 임혜련도 몸을 빼기 시작하였다. 수뇌부가 후퇴하자 정의맹도들도 수뇌부를 따라 평원을 달리기 시작했다.

"급히 쫓지 마라!"

철마 이제현이 적을 추격하려는 패천맹도들을 정지시켰다.

"어차피 독 안에 든 쥐다. 천천히 가도 늦을 것이 없다."

그 순간에도 혈마와 지마는 당우린과 왕통을 놓아주지 않고 있었다.

당우린과 왕통은 송림을 향해 후퇴하는 아군을 보며 얼굴에 절망의 빛이 떠올랐다. 따르고 싶었지만 혈마와 지마가 기회를 주지 않았다.

"자, 이제 끝내자구."

혈마가 왕통을 보며 싱긋 웃었다. 그리고 다음 순간 왕통의 가슴으로 혈마의 혈수가 파고들었다.

"컥!"

왕통은 자신의 가슴을 뚫고 들어온 혈마의 손을 보며 숨을 거두었다. 혈마가 왕통의 몸에서 손을 빼내자 그제야 왕통의 몸이 땅에 쓰러졌다. 혈마의 손에는 예의 살인의 증거가 들려 있었다.

왕통이 잔인하게 당하는 것을 본 당우린의 시선이 흔들렸다. 이런 기회를 놓칠 지마가 아니었다. 지마는 어느새 왕통에게로 시선이 돌아간 당우린의 후두부를 강타하고 있었다.

당우린이 입으로 피를 토하며 앞으로 쓰러졌다. 두 명의 정의맹 장로가 순식간에 목숨을 잃은 것이었다.

이제현은 얼굴을 찌푸렸다. 두 명의 손속이 너무 잔인했던 것이다. 같은 패천맹도들도 두 명의 손속에 고개를 돌렸다.

"부맹주, 어서 적을 추격합시다. 씨를 말려야지요."

혈마가 피 묻은 손을 옷에다 닦으며 이제현을 바라보았다.

"천천히 가도 늦지 않소. 전세를 정비한 후 갑시다."

"쩝, 정비할 거나 뭐 있습니까. 이제 저들은 얼마 남지도 않았는데."

그러나 이제현은 혈마의 소리를 못 들은 체 고개를 돌려 패천맹도들에게 명령을 내렸다.

"전력을 정비한다. 그리고 서 림주께서 적의 후방을 막아주시기 바

라오. 저들은 송림으로 들 터이니 송림과 정의맹 총단 사이를 자르면
될 것입니다. 내일 아침 적을 포위할 때, 그때 송림으로 진격해 오시지
요.”

“알겠소이다, 부맹주. 그럼 내일 뵙지요.”

천독림주 서린이 빠른 속도로 맹도들을 이끌고 송림 방향으로 달려
나갔다. 그 뒤를 등애와 양의가 따라붙었다.

남아 있던 패천맹도들은 소도성의 지휘 아래 부상자를 한곳으로 옮
겨 치료하는 등 전력을 재정비하기 시작하였다.

송림은 무위산과 정의맹 사천총단의 가운데에 위치한 소나무 숲이
었다. 반경이 채 오십 장이 되지 않는 곳으로 주위는 완전히 너른 초지
로 이루어져 있어 멀리서 본다면 마치 바다 위의 작은 섬처럼 보이는
곳이었다.

또한 소나무 숲이 원래 그러하듯이 송림에도 다른 수목이나 풀이 자
라지 않아 밖에서 들여다보면 소나무 기둥 사이로 반대편이 보일 지경
이었다.

멸절사태와 당정, 그리고 임혜련은 살아남은 정의맹도 이백여 명을
데리고 송림으로 들어갔다. 이번 전투의 결과는 참담했다.

정의맹도 사백여 명이 목숨을 잃었으며, 당우린, 왕통, 임오빈 세 명
의 장로가 목숨을 잃은 것이었다. 사천의 정의맹 총단은 붕괴된 것이
나 마찬가지였다.

“참담하구려. 이렇게 속절없이 물러나야 하다니.”

멸절사태가 소나무 등걸에 몸을 기댄 채 허탈하게 입을 열었다.

“총사령, 그래도 이만큼 적을 막아낸 것이 다행입니다. 이제 비록 저

들이 총단에 든다 하더라도 그때쯤이면 원군이 적어도 성도에는 도착해 있을 것입니다. 하면 각 문파는 안전할 것으로 생각됩니다만.”

“그렇지요, 부단주. 우리는 할 만큼 한 것이지요. 이제는 어떻게 해야 할지…….”

“척후에 의하면 적이 이미 이곳과 총단 사이를 차단했다고 합니다. 아마도 내일 이곳을 포위해 들어올 것입니다.”

“하면 어찌해야 할까요, 부단주?”

멸절사태는 이제 모든 의견을 당정에게 묻고 있었다.

“일단 적을 저지시켜 원군이 사천에 들 때까지 시간을 끄는 것은 성공했다고 보아야지요. 하니 이제 이곳에서 몸을 빼어내 원군이 오는 길로 후퇴하는 것이 최상입니다.”

“하지만 이미 적이 중도를 차단했다지 않았습니까.”

“내일 동이 트자마자 차단된 곳을 뚫어야 할 것입니다. 해가 뜨고 시간이 지나 적의 본군이 이곳을 포위한다면 그야말로 독 안에 든 쥐가 될 테니까요.”

“적을 뚫어내기가 쉽지 않겠지요?”

“하지만 시도는 해보아야 하지 않겠습니까? 어차피 오늘 밤은 적이 오지 않을 터이니 이곳에서 휴식을 취하는 것이 좋겠습니다.”

“그럽시다, 부단주. 내일 새벽 일찍 어디 한번 길을 뚫어봅시다.”

멸절사태가 웃으며 당정을 바라보았다. 당정도 웃는 낯으로 고개를 숙여 보이고는 휴식에 들어갔다.

두 사람이 휴식에 들자 전 맹도들도 무기를 내려놓고 격전을 치른 몸을 소나무에 기대었다.

비록 천막 하나 없는 야숙이었지만 그들에게는 꿀맛 같은 휴식이었다.

그들의 휴식은 다음날 새벽 소리없이 몸을 흔드는 당정과 임혜련, 그리고 멸절사태의 손길에 조용히 깨어났다.

그리고 이백여 명의 맹도들이 사열 종대로 늘어섰다.

이제 막 어둠이 마지막 위세를 떨칠 때 그들은 드디어 사천대전 최후의 발걸음을 한 걸음 내디디며 송림을 출발했다.

그리고 이백여 명의 인원이 소리없이 평원을 가로지르기 시작하였다.

피유웅―

정의맹도들이 채 일 리를 벗어나기 전에 하늘로 하나의 화살이 소리내며 날아갔다. 적의 순찰에 발견된 것이었다.

"전속 행진!"

멸절사태의 명에 따라 전 인원이 경공을 발휘해 평원을 달리기 시작하였다. 멀리 정면에서 부산하게 움직여 길을 막는 패천맹도들이 눈에 들어왔다. 그리고 그들의 앞에 천독림주 서린과 등애, 그리고 양의가 나타났다.

"멈추시오!"

양의가 앞으로 나서며 임혜련을 바라보았다. 이미 여러 번의 접전으로 서로 잘 알고 있는 얼굴이었다.

"이것으로 충분하오. 이 자리에서 무기를 버린다면 내 부맹주께 청해 목숨을 부탁해 보도록 하리다. 부맹주의 인품이라면 목을 베지는 않을 것이오."

등애가 당정을 바라보며 입을 열었다. 하지만 당정이 고개를 좌우로

저었다.

"말씀 감사하오. 하지만 가야 할 것 같소, 목숨을 걸고라도."

"휴, 어쩔 수 없구려. 그럼."

등애가 몸을 돌려 패천맹도들 앞에 가 섰다.

"뚫어라!"

당정의 목소리와 함께 이백여 명의 정의맹도가 패천맹의 방어벽에 부딪쳐 갔다. 순간 패천맹의 방어벽이 흔들거리는가 싶더니 순식간에 정의맹도를 포위해 버렸다. 정의맹도들은 총단 방향으로 기를 쓰고 진을 뚫으려 하고 패천맹도들은 이를 저지하려 하였다.

하지만 삶에 대한 의지는 항상 그 무엇보다도 강한 힘을 내기 마련이었다. 서서히 패천맹의 한쪽 진이 허물어지기 시작하였다.

이제 곧 길이 열릴 듯하자 정의맹도들이 물밀듯이 약해진 진을 향해 돌진하였다. 순식간에 패천맹도의 진이 허물어졌다.

정의맹도들이 막힌 물이 터져 나오듯 진 밖으로 달려나왔다. 하지만 진 밖으로 나온 그들은 걸음을 멈출 수밖에 없었다. 진 밖에는 어느새 적의 중군인 철마 이제현이 주력을 이끌고 기다리고 있었던 것이다.

이제는 백여 명밖에 안 남은 정의맹도들을 패천맹도 삼백여 명이 에워싸기 시작했다.

"아깝구나. 좋은 재목인데."

이제현이 정의맹의 선두에 선 당정과 임혜련을 바라보며 혀를 찼다. 이때 양의와 등애가 이제현에게 다가왔다.

"부맹주."

"수고들 했네. 허를 찔릴 뻔했어."

"아닙니다. 부맹주, 부탁이 있습니다."

"무엇인가?"

"저들에게 무인다운 죽음을 선사할 수 있게 해주십시오."

"무슨 말인가?"

"이미 적의 총단은 손에 넣은 것이나 마찬가지입니다. 시간을 주신다면 저들과 일 대 일로 승부를 내고 싶습니다만."

이제현은 등애와 양의에게서 순수한 무사의 투지와 적을 존중하는 마음을 읽고 내심 기뻐하였다. 이들이라면 패천맹의 미래도 별로 나쁘지 않으리라는 생각이 들었다.

"좋아, 그리하도록 하게. 단, 너무 시간을 오래 끌지 말게나."

"알겠습니다, 부맹주."

등애와 양의는 몸을 돌려 당정과 임혜련에게로 다가갔다. 당정과 임혜련은 이미 등애가 이제현과 나누는 말을 듣고 있었다. 둘은 몸을 일으켜 등애와 양의를 맞아갔다.

"이렇게 끝을 보게 되어 유감이오."

등애가 정중하게 당정을 보며 입을 열었다.

"무인으로서 좋은 기회을 주신 점 감사하오."

당정이 등애에게 답례로 고개를 숙여 보였다.

"자, 그럼 시간이 별로 없으니 시작합시다."

양의가 검을 뽑아 들고 임혜련 앞으로 다가섰다. 당정과 등애도 서로 마주 보고 진기를 끌어올리기 시작하였다.

넓은 평원 위에 아침이 밝아오고 백여 명의 사람을 삼백여 명의 인원이 포위하고 있었다. 그리고 그 안에서 네 명의 젊은 무사가 서로를 응시하며 서 있었다.

정의맹도든 패천맹도든 전쟁 중이라는 사실을 잊고, 네 사람의 결투에 신경을 곤두세우고 있었다.

먼저 움직인 것은 양의였다. 양의가 검을 들어 임혜련의 이마를 겨누었다. 그리고는 그대로 우측으로 회전하며 빈틈을 노렸다. 임혜련은 살짝 발을 비틀어 허점을 없애 나갔다.

어느 순간 양의가 하늘로 튀어 올랐다. 그리고 아침 햇살을 등지고 임혜련에게로 떨어져 내렸다.

햇살을 받은 검이 순간 번쩍이며 임혜련의 이마에 떨어져 내렸다. 임혜련은 비록 반사되는 햇살에 순간적으로 양의의 검을 시야에서 놓쳤지만 검기의 파동까지 놓친 것은 아니었다.

쨍—

두 개의 검이 허공에서 부딪치며 불꽃이 튀었다. 두 사람의 신형이 서로 대여섯 걸음 뒤로 물러났다.

"좋구나."

이제현의 입에서 감탄의 목소리가 터져 나왔다. 천상 없는 무인인 이제현의 눈에 이것처럼 멋진 대결이 없었다.

이들은 신오제와 패천사룡이었던 것이다. 무공으로는 사성에 버금간다는 무공의 기재들, 정사양도의 미래를 짊어질 젊은 고수들이 맞붙고 있는 것이었다.

"자, 우리도 시작합시다."

등애가 당정을 바라보며 입을 열었다. 당정이 등애에게 미소를 지어 보였다.

"전쟁에서는 졌지만 비무에서도 질 거란 생각은 마시오."

당정의 말에 등애의 얼굴에 웃음이 지어졌다.

“최선을 다한다면 그것으로 만족하오. 비록 내가 못미치더라도.”

“이런 만남이 아니었으면 좋았을 것을.”

“동감이오. 자, 갑니다.”

순간 등애의 신형이 먼저 움직였다. 당정의 암기를 알고 있는 등애는 좌우 대각으로 보법을 펼쳐 당정의 암기를 사전에 방지했다. 그리고 어느 순간 대각으로 움직이던 등애의 신형이 일직선으로 당정을 찔러왔다. 그의 손에 가죽 장갑은 이미 벗어져 있었다.

“얍!”

당정이 기합 소리를 내며 등애의 오른팔을 감싸듯 돌아나갔다. 등애의 오른손이 허공을 갈랐다. 하지만 등애는 그 자리에서 앞으로 나가는 몸을 빙그르 돌려 왼손 손등으로 당정의 안면을 가격해 갔다. 당정이 몸을 낮추며 멀찌감치 등애의 손이 못미치는 곳으로 물러났다.

하지만 당정의 움직임은 물러나는 것만으로 끝난 것이 아니었다. 어느새 그의 손이 소매 속으로 들어갔다 나오는 순간 여섯 개의 암기가 허공을 격하고 등애에게 날아갔다.

“헉!”

등애는 여섯 방향에서 날아오는 암기에 기겁을 하고 철판교의 신법으로 땅 위에 신형을 눕혔다. 하나 다시 당정이 한 손을 들어 올리자 그의 암기 하나가 땅에 등이 닿을 정도로 누워 있는 등애의 얼굴을 향해 떨어져 내렸다.

“이익!”

등애의 입에서 격한 신음성이 나오며 그는 몸을 땅에 대고 왼쪽으로 세 바퀴 구른 후 몸을 일으켰다. 그의 얼굴에 가는 혈선이 나 있었다.

마지막에 발출한 당정의 암기가 땅을 구르며 피한 등애의 얼굴을 스치고 지나간 것이었다.

등애는 몸을 일으킨 후 손을 들어 얼굴에서 흐르는 피를 닦아냈다.

"독은 없으니 안심해도 좋소이다."

몸을 일으킨 등애를 보며 당정이 한 말이었다. 암기에 독이 있었다면 등애는 치명적인 부상을 입었을 것이었다.

"감사하오."

등애가 당정에게 몸을 숙여 보였다.

"허허, 정말 대단한 아이들이구나. 갑자기 나도 저 속에 뛰어들고 싶어지는걸."

철마 이제현이 독백처럼 중얼거렸다.

"연세를 생각하셔야죠, 사부."

"허허! 이놈, 내 나이가 어때서."

"체통이 있지, 어찌 젊은 사람들 노는 곳에 끼려고 하십니까. 차라리 제가."

이제현의 대제자 소도성이었다. 그도 두 쌍의 싸움을 보니 호승심이 이는 모양이었다.

"허어, 이놈, 무를 논하는데 나이가 무슨 상관이냐."

두 사람이 대화를 나누는 와중에도 장내에서는 네 사람의 격돌이 계속되고 있었다.

네 사람의 격돌은 이미 백 초를 넘기고 있었다.

"정말 막상막하구나."

백 초가 넘은 그들의 싸움이었지만 사람들은 전혀 지루하지 않은 듯 두 쌍의 싸움을 바라보고 있었다.

"부맹주, 너무 오래 걸리는군요."

서린이 다가와 이제현을 바라보며 입을 열었다.

"허허허! 림주, 시간이 좀 걸리면 어떻습니까. 이런 구경을 언제 다시 할 수 있겠습니까?"

"그건 그렇습니다만… 혹, 적이……."

"아직 그들의 원군이 이곳에 도착하려면 사흘은 더 걸릴 겁니다. 석산에서 가장 빠른 길을 택해도 그 정도이지요. 오늘 저녁 우리는 적의 총단에 들어서 휴식을 취하고 적의 원군을 맞을 것입니다."

이제현의 말에 서린도 고개를 끄덕였다. 그도 석산총단에서 이곳까지의 거리를 알고 있었으니 이제현의 말이 옳다는 것을 알고 있었다.

하지만 그들이 모르는 것도 있었다. 바로 황벽 일행 중에는 귀신같은 길잡이 진봉이 있다는 것을.

그래서 한창 싸움에 빠져 있던 그들은 저 멀리서 오십여 기의 말이 평원을 가르며 나타났을 때, 그들이 정의맹의 원군이라는 생각을 전혀 할 수가 없었다.

더군다나 적의 원군이 겨우 오십일 리는 없을 테니까.

바람처럼 나타난 오십 기의 말이 정의맹도를 포위하고 있는 패천맹도들을 향해 달려왔다.

그리고 맨 앞에는 나무 막대를 든 단단한 체구의 사내와 작살처럼 생긴 긴 창을 든 키가 큰 사내가 무서운 기세로 말을 달려나오고 있었다.

제44장
검과 원한

　　　　　*격전*을 치르던 네 사람도 멀리서 들려오는 말발굽 소리에 싸움을 멈추었다. 그리고 멀리서 달려오는 오십 기의 말과 사람들을 바라보았다.

　서서히 그들의 윤곽이 드러났을 때 네 사람의 입에서 동시에 탄성이 터져 나왔다.

　"저들은… 광검! 뇌전창!"

　등애와 양의였다.

　"설매? 원군이다!"

　임혜련이었다.

　네 사람의 말을 들은 중인들의 반응은 여러 가지였다. 대체적인 반응은 이렇게 빨리 원군이 온 것에 대한 놀라움 뒤에 그 원군의 숫자가 겨우 오십 인이라는 것에 대한 어이없음이었다.

하지만 오직 두 사람만이 이 원군이 결코 만만한 상대가 아니라는 것을 알고 있었다. 바로 천사평에서 황벽과 엽강을 상대한 양의와 등애였다.

"진을 짜라! 어서!"

등애와 양의가 당정과 임혜련을 놓아두고는 원군이 달려오는 앞으로 뛰어나가면서 패천맹도들을 향해 소리쳤다.

"돌파 준비를 하라!"

당정도 포위되어 있는 백여 명의 정의맹도들을 불러 일으켜 대형을 짜기 시작했다.

비록 오십 인이지만 적에게 충격이 일어나면 길이 열릴 수도 있다고 생각한 것이었다.

"우측으로 들어가 좌측으로 빠진다."

황벽은 이미 삼백여 명의 진 속에 갇힌 백여 명의 인원이 정의맹 사천총단의 사람들임을 알아보고 있었다.

호정단은 무서운 속도로 달려들고 있었다. 호정단을 정면에서 맞으려는 양의와 등애가 이끄는 패천맹도가 호정단이 달려오는 방향으로 몇 겹의 방어벽을 짰다.

하지만 거의 패천맹의 방어벽에 부딪칠 듯 달려들던 호정단이 갑자기 방향을 틀어 우측으로 돌기 시작하였다.

급격한 방향의 이동에 패천맹의 방어벽이 미처 대처하지 못하는 사이 포위망의 우측에 다다른 황벽과 엽강이 정의맹도들을 포위하고 있던 패천맹도들 사이로 뛰어들었다.

황벽이 어느새 나무 막대를 허리춤에 찔러 넣고 검을 빼어 들고 있었다. 그리고 말 위에서 검을 휘두르기 시작하였다.

서걱.

황벽의 일 검에 두 명의 패천맹도가 쓰러졌다. 진이 흔들렸다. 그 안에 황벽이 떨어져 내렸다. 황벽의 검이 자욱한 기파를 사방에 뿌리며 그의 몸을 가렸다.

그리고는 중앙에 포위된 정의맹도들을 향해 달리기 시작했다. 패천맹도들은 황벽이 형성하는 검의 막에 차마 달려들지 못하고 멍하니 황벽의 전진만을 바라보고 있었다.

그 뒤로 엽강을 비롯한 호정단이 말을 탄 채 재빠르게 뒤따랐다. 엽강의 작살이 번쩍일 때마다 패천맹도가 쓰러져 나갔다.

창은 일반적으로 기마병기로서는 검을 능가하는 법이다. 거기다 엽강의 작살은 빠르고 강했다.

엽강과 호정단이 지나간 자리에 넓게 공간이 생기면서 포위망이 갈리기 시작했다.

"저들은 뭐냐?"

이제현을 비롯한 패천맹의 수뇌들은 황벽 등의 빠른 움직임에 미처 손을 쓰지 못한 채 진이 뚫리는 것을 바라보고 있었다.

어느새 황벽은 진의 좌측을 뚫고 나오고 있었다. 그 뒤를 호정단이 넓게 길을 만들면서 뒤따라 나오고 포위되었던 백여 명의 정의맹도가 포위망을 벗어나고 있었다.

"총단으로."

설연이 당정과 임혜련을 보며 입을 열었다. 당정과 임혜련이 고개를 끄덕였다.

원군이 온다면 총단을 포기할 이유가 없었다. 호정단을 선두로 한 정의맹의 사람들이 사천총단을 향해 달리기 시작했다.

"그냥 가게 놓아둘 수 없지 않소, 부 맹주!"

혈마와 지마가 눈에 살기를 띠며 이제현에게 다가왔다. 이제현도 이미 침착함을 되찾고 있었다.

"쫓기에는 너무 늦은 게 아닌지……."

"우리에게 맡겨주시오. 최소한 저들이 총단에 드는 것은 막으리다……."

이제현이 혈마와 지마를 바라보았다. 그들의 눈에는 이미 살기가 더 이상 오르지 못할 만큼 올라 있었다. 독곡의 실패 이후 누르고 있던 흉성이 폭발한 듯했다. 막을 수 없으리라…….

"좋소, 두 분이 가주시오. 단, 너무 무리하지 마시오. 저들이 총단에 든다면 후퇴하시기 바라오."

"알겠소이다, 부 맹주. 저들이 총단에 드는 일은 결코 없을 것이오."

지마와 혈마가 자신들이 이끄는 패천맹도 이백여 명을 데리고 나는 듯이 정의맹도들을 추격하기 시작하였다.

호정단은 기마를 하였지만 정의맹 사천총단의 인원들은 기마를 한 인원이 적었다. 혈마와 지마가 추격을 시작하자 삽시간에 정의맹도를 따라잡기 시작하였다.

"저들이 추격을 합니다, 단주!"

사방의 경계를 맡고 있는 진봉이었다.

"추격 인원은?"

"이백여 명 정도……."

설연의 짧은 물음에 진봉이 대답했다. 설연이 막여를 바라보며 눈으로 대응책을 물었다. 그 와중에도 호정단과 정의맹도들은 평원을 가로질러 총단을 향해 달리고 있었다.

멀리 총단의 모습이 눈에 들어오기 시작하였다.

"여기서 일단 적을 맞아야겠소. 이대로는 따라잡힙니다."

막여의 말에 설연이 고개를 끄덕였다.

"정지! 여기서 적을 맞는다!"

설연의 말에 일행이 발걸음을 멈추었다.

"설 단주, 이렇게 빨리 와주시다니 고맙네."

멸절사태가 설연에게 다가와 때늦은 인사를 건넸다. 후퇴의 와중에는 서로 눈만 마주칠 뿐 소리를 내어 인사를 할 새가 없었던 것이다.

"어서 오시오, 설연 단주. 정말 제때에 와주었소."

"어서 와, 설매. 정말 반가운데."

당정과 임혜련이 설연을 보며 밝게 웃었다. 설연은 두 사람의 모습에서 두 사람이 많이 변해 있다는 것을 느낄 수 있었다.

그들은 비록 힘든 격전을 치른 사람들이었지만, 얼굴에는 여유가 묻어나고 있었다.

"호, 저들이 어려움 속에서 자신들의 약점을 극복해 가는구나!"

막여도 당정과 임혜련을 보면서 그들의 변화를 알아차렸다.

"사부, 뭔 말이오! 그 오제도에서 말씀하신 성격적인 결함 말이오?"

"그래. 저들이 아마 이번 전쟁을 치르며 정신적으로도 많이 성장한 듯하구나. 이번 전쟁이 끝나면 사천에서 정말 무서운 용이 둘이나 나오겠구나."

이때에도 설연과 당정, 그리고 임혜련의 인사는 계속되었다.

"당 공자, 그리고 혜련 언니, 수고 많으셨지요. 빨리 오느라 왔는데 겨우 이제야 왔네요."

"아니야, 설매. 이 정도로 빨리 올 수 있으리라고는 생각지도 못했어. 성도 정도로 생각했는데. 한데 다른 분들은?"

함께 출발한 사천 사대문파의 원군을 말하는 것이었다.

"서로 다른 길을 잡았어요, 언니. 한쪽에 문제가 생겨도 한쪽이 올 수 있도록."

설연의 말에 멸절사태의 얼굴에는 이해와 아쉬움의 표정이 동시에 떠올랐다. 옳은 결정이었지만 사천 사대문파가 아직 오지 않았다는 것은 아직 위험에서 벗어나지 못했다는 것을 의미하는 것이었다.

이때 이미 혈마와 지마가 이끄는 패천맹도가 오십여 장 앞으로 육박해 들고 있었고, 멀리 패천맹의 중군도 눈에 들어오기 시작하였다.

"단주! 저들이 거의 다 왔습니다!"

진봉이 다시 설연에게 달려와 말했다.

설연이 막여를 바라보았다.

"기존 정의맹도들은 많이 지쳤으니 일단 지금 총단으로 계속 후퇴하고 호정단은 기마를 했으니 이곳에서 시간을 번 후 후퇴하는 것이 좋겠소."

막여의 말에 설연이 멸절사태와 당정들을 쳐다보았다.

"좋습니다. 호정단이 뒤를 막고 사태님이 맹도들을 이끌고 총단으로 드시지요."

"그럴 수는 없습니다. 저들을 오십여 명의 호정단이 막을 수는 없지요."

당정이 고개를 흔들며 입을 열었다. 도저히 불가능해 보이는 일이었기 때문이다.

"아니, 괜찮아요. 호정단은 이런 일을 대비한 훈련이 잘되어 있어요.

그리고 기마를 하고 있으니 천천히 후퇴하면서 적을 막아낼 수 있을 거예요."

"그렇다고 위험을 모두 호정단에게 맡길 수는 없지요. 저도 남겠습니다."

"저도 남겠어요."

당정과 임혜련의 말에 설연이 고개를 끄덕였다.

"그럼 두 분은 남아주세요. 역시 고수의 숫자가 중요하니까요."

설연이 말을 하면서 멸절사태를 바라보았다.

"그럼 그렇게 하도록 하지. 두 사람 모두 조심해야 하네."

"총사령, 저희 걱정 마시고 어서 맹도들을 총단까지 물리시지요."

"알았네. 그럼 모두들 조심하게. 자, 총단으로 가자."

멸절사태가 백여 명의 정의맹도들을 이끌고 사천총단을 향해 퇴각하기 시작하였다.

그것을 보고 있던 막여가 설연에게 달려왔다.

"자, 우리도 준비를 해야지요, 단주!"

"네, 어르신. 팽 대협!"

설연이 팽정을 불렀다.

"부르셨소, 단주!"

"방어진을 구성해서 천천히 총단 쪽으로 후퇴하세요. 적을 공격하지는 말고 방어만 하시는 걸로. 그리고 황 가가, 엽 대협."

황벽과 엽강이 설연을 바라보았다.

"두 분과 저, 그리고 여기 당 공자와 임 언니가 후미에서 적을 맞지요."

황벽과 엽강이 고개를 끄덕였다.

그제야 당정과 임혜련이 황벽과 엽강을 바라보았다. 모두 안면이 있는 사람들, 황벽이야 오제지행에서 함께 항해를 하였던 사람이고, 엽강은 그 황벽의 복수를 한다고 신오제의 길을 막고 남궁인과 겨루었던 인물이었다.

"저들이 광검과 뇌전창?"

임혜련의 질문에 설연이 고개를 끄덕였다.

그들이 헤어진 지 채 일 년이 지나지 않았지만, 그동안 황벽과 엽강은 광검과 뇌전창이라는 이름으로 강호에 이름을 떨치고 있었다.

작금에 와서는 광검과 뇌전창의 이름이 신오제와 패천사룡을 넘어서고 있는 실정이었다.

당정이 천천히 황벽에게 다가갔다. 순간 중인들 사이에 긴장이 서렸다. 과거 오제지행에서의 둘 사이를 다들 알고 있었기 때문이다.

당정이 다가오자 황벽도 당정을 바라보았다.

"황 대협, 도움에 감사드리오. 지난날 소제가 어렸었소. 너그러이 이해해 주시오."

사람들의 예상과 달리 당정이 정중히 황벽에게 고개를 숙였다.

"정말 컸구나, 정말 컸어! 당문에 용이 나왔구나! 신오제 중 가장 뒤진다 봤었는데……."

막여가 황벽에게 사과하는 당정을 보고 찬탄을 쏟아내며 고개를 끄덕였다.

"무슨 말씀을… 이렇게 섬이 아닌 곳에서 당 형의 얼굴을 보니 반갑기 그지없습니다. 내 미루어두었던 술 한잔은 오늘 일이 끝나면 올리리다. 하하하!"

황벽이 호탕하게 당정의 인사에 답례를 하자 그 말의 의미를 아는 사람들은 빙그레 미소를 지었다.

"뭐여! 둘이 술친구였어?"

둘의 사이를 모르는 엽강이 옆에서 끼어들었다.

"뇌전창 엽강 대협이시군요. 만나게 되어 반갑습니다. 사천의 당정이라고 합니다."

"반갑수. 나 노룡촌의 엽강이오. 근데 벽이한테 술 받을 것이 있다고요?"

"네, 과거 황 대협이 저에게 술 한잔을 빚졌지요."

"아, 이 친구 밖에 나가서도 술빚을 지고 다니나. 매일 나하고 허승한테 얻어먹기만 하더니 안에서 새는 바가지 밖에서도 새는구만."

엽강이 황벽의 어깨를 치면서 던진 말에 모두들 웃음을 터뜨렸다. 급박한 전장의 한가운데에서 사람들은 잠시 여유를 찾은 것이었다.

"자자, 이제 그만 저들을 맞아야 할 것 같으이……."

막여가 사람들의 주위를 환기시켰다. 그제야 사람들은 자신들이 적의 추격을 받고 있는 현실을 다시 떠올리며 얼굴에 긴장이 흐르기 시작하였다.

"자, 나가서 저들을 맞도록 해요."

설연의 말에 황벽과 엽강, 그리고 당정과 임혜련이 설연과 함께 앞으로 나섰다.

"또 저 노마들이군요."

임혜련의 입에서 싸늘한 음성이 새어 나왔다.

"저들이 누구인데요, 임 언니?"

"설 동생, 저들이 바로 그 흉명 높은 혈마와 지마야!"

순간 설연과 황벽, 그리고 엽강의 얼굴이 굳어졌다.

“혈마와 지마라. 제대로 만났구나!”

엽강이 중얼거렸다.

순간 싸늘해진 분위기에 놀란 임혜련과 당정이 의문을 담은 눈으로 설연을 바라보았다. 하지만 설연은 다가오는 혈마와 지마를 바라볼 뿐 입을 열지 않았다. 설연의 두 눈에서 평소에 보지 못한 살기가 터져 나오고 있었다.

두 사람의 시선이 엽강에게 향했다.

“저 두 놈이 과거 단주의 아버님을……”

엽강이 말꼬리를 흐렸다.

하지만 그것만으로도 당정과 임혜련은 충분히 상황을 이해할 수 있었다. 그들도 설연의 아버지 설장린을 죽음으로 몰아넣은 패천맹의 사대호법을 떠올릴 수 있었던 것이다.

이때 혈마와 지마가 일행의 앞에 이미 다가와 멈추어 서고 있었다. 그들 뒤로 이백여 명의 패천맹도가 대열을 정리하고 있었다.

“호, 제법 호기가 있구나. 꼬리를 말지 않고 이곳에서 기다리다니.”

혈마가 앞으로 나서며 앞에 선 다섯 사람을 바라보며 비아냥거렸다. 그러다 자신을 노려보는 설연의 눈빛을 발견하고는 흠칫했다.

‘무슨 계집의 눈빛이 이리 싸늘하지.’

“넌 또 누구냐? 누군데 그런 눈빛이지?”

혈마가 설연의 눈빛에 인상을 찌푸리며 물었다.

“정의맹 호정단 단주 설연.”

설연이 짧게 대답했다.

“설연? 못 들어본 이름인데, 우리가 원로원에 박혀 있을 때 출도했나 보군. 한데 왜 그런 눈으로 나를 바라보는 것이지?”

“그녀 아버님의 성함이 설 자, 장 자, 린 자라 하시오. 두 분 목을 주셔야겠소.”

황벽이 설연의 앞을 가로막으며 앞으로 나섰다.

“황 가가!”

“설매, 너무 흥분했어. 나에게 맡겨야겠다.”

황벽은 지금 그녀가 극도로 흥분된 상태이고 이 상태에서 저 두 명의 거마를 상대할 수 없다는 것을 순간적으로 눈치챈 것이었다.

“하지만 황 가가…….”

“사람들이 그러더군, 사위도 자식이라고. 비록 얼굴은 뵙지 못했지만 자식 노릇을 하긴 해야겠지. 설매, 이번 일은 내가 맡는다.”

황벽이 고집을 부리기 시작했다. 설연이 뭐라 말하려는 순간 엽강이 설연을 제지했다.

“못 막아요, 저 고집.”

엽강이 설연을 보고 고개를 좌우로 흔들었다.

“황 가가!”

설연은 황벽의 사위도 자식이라는 말에 가슴이 저미어왔다. 그리고 뒤로 한 걸음 물러섰다.

“오, 그랬군. 바로 설장린의 딸이었군 그래. 하하하! 이것 참, 아비와 딸을 모두 죽여야 하다니. 쯧쯧, 그나저나 이놈! 넌 또 뭐냐?”

황벽의 거침없는 말투에 혈마가 얼굴을 찡그리며 황벽을 바라보았다.

“나 말이오? 황벽이라 하오만.”

“황벽? 광검 황벽?”

“호! 나를 안단 말이오? 이거 영광인데 나를 알아보는 늙은이라니.”

"이놈! 버릇이 없구나. 네 버릇을 고쳐 주마!"

혈마가 노성을 터뜨리며 앞으로 나섰다.

"아, 잠깐. 시간이 많지 않으니 두 명 모두 다 나서시오."

황벽의 말에 혈마와 지마가 어이없다는 표정을 지었다. 그리고 분노
했다.

"이놈!"

혈마가 황벽을 향해 혈수를 앞세우고 달려들었다. 황벽은 어느새 칼
을 넣고 나무 막대기를 꺼내 들고 있었다.

딱!

"악!"

순간 두 개의 소리가 들렸다. 하나는 사물과 사물이 부딪치는 소리
였고, 하나는 사람의 입에서 나온 소리였다. 혈마가 왼손으로 오른손
을 감싸 쥐고 뒤로 물러나 있었다.

황벽의 막대기가 날아드는 혈마의 오른손을 가격한 것이었다. 소리
로 보건대 뼈가 상했으리라. 혈수의 손은 철보다도 단단하다고 알려져
있었다.

그런 혈마의 손을 나무 막대기로 상해를 입힌다는 것은 거의 불가능
했다. 하지만 황벽은 가볍게 나무 막대기를 휘둘러 혈마의 손을 상하
게 한 것이었다.

"허! 저 친구, 저 기술은 정말 부럽단 말이야."

엽강은 황벽이 휘두른 나무 막대기의 기술이 지난날 노숙지에서 자
신을 상대하던 그것이라는 것을 알고 있었다.

"이놈! 이게 무슨 사술이냐?"

"사술이라… 늙은이, 헛소리 말고 둘이 같이 오라니까? 시간없어.

아니면 내가 갈까?"

황벽의 눈에 멀리서 다가오는 이제현이 이끄는 패천맹의 본대가 눈
에 들어왔던 것이다.

"오냐, 간다!"

혈마가 지마를 바라보았다. 지마도 고개를 끄덕였다. 둘은 이미 황
벽의 무공이 보통이 아님을 눈치채고 있었던 것이다.

혈마와 지마가 좌우에서 황벽을 노리며 날아들었다. 황벽은 침착하
게 둘의 중간에서 나무 막대기를 휘둘렀다.

지마의 권이 황벽의 나무 막대기에 비껴 옆으로 흘러나갔다. 황벽이
몸을 한 바퀴 돌리면서 스쳐 지나가는 지마의 등을 노렸다. 순간 혈마
가 성한 왼손으로 황벽의 옆구리의 빈틈을 보고 달려들었다.

순간 지마의 등을 노리는 것 같던 황벽의 막대기가 갑자기 황벽의
머리 위로 이동하더니 날아오는 혈마의 왼손을 내려쳤다.

딱!

"악!"

다시 혈마의 입에서 신음성이 터지고 혈마의 신형이 뒤로 쭉 빠져나
갔다. 이번에는 왼손이 부서진 것이었다.

하지만 이번에는 황벽도 물러나는 혈마를 그냥 두지 않았다. 시간이
없었던 것이다. 이미 이제현의 모습이 눈에 들어오고 있었다.

황벽이 오 장여를 날아 물러서는 혈마를 따라붙었다. 날아가는 그의
손에 어느새 나무 막대기 대신 검이 들려 있었다. 검은 혈마의 목을 노
리고 파고들었다.

혈마는 급히 몸을 돌려 검을 피했다. 하지만 검을 피했다 싶은 순간
황벽의 검이 기형적으로 틀어지면서 그대로 혈마의 목을 지나갔다.

“컥!”

혈마가 그대로 그 자리에서 무너졌다. 패천맹의 대마두가 일 수에 목을 잃은 것이다. 이때 지마는 오 장 밖에서 혈마가 허무하게 무너지는 모습을 보고 있었다.

그는 순간적으로 자신이 황벽의 상대가 아님을 깨닫고 뒤로 몸을 날리면서 소리쳤다.

“이놈! 다음에 보자!”

하지만 대답은 황벽에게서 나오지 않았다.

“그렇게는 안 되지!”

순간 지마는 하나의 빛이 자신의 옆구리를 뚫고 지나는 것을 보았다고 느꼈다. 하지만 그 실체를 확인하려던 지마의 눈에서는 급격히 생기가 사라졌다. 지마는 자신의 옆구리를 찌르고 지나간 것이 하나의 작살이라는 것을 결국 보지 못했다.

엽강은 황벽과 두 마두의 대결을 주시하고 있었다. 비록 황벽의 무공이 강하지만 만약의 경우 뛰어들 생각이었던 것이다. 그러다 혈마의 죽음에 놀란 지마가 몸을 빼는 것을 보고 작살을 날린 것이었다.

아마도 지마가 평소와 같은 상태였다면 엽강의 작살을 피해낼 수도 있었을 것이었지만 혈마의 죽음에 정신이 나간 지마는 순간적으로 몸의 감각이 얼어 있었던 것이다.

이러한 상태에서 빛처럼 빠른, 그래서 뇌전이라는 명호를 얻은 엽강의 작살을 그로서는 도저히 피할 수 없었던 것이다.

순간 패천맹과 호정단 사이에 시간이 멈춘 듯 고요해졌다. 순식간에 패천맹도들은 수뇌 두 사람을 잃은 것이었다. 그것도 패천맹 최고의 고수 반열에 오른 혈마와 지마.

그 명성에 비해 그들은 너무도 허무하게 쓰러져 갔다.

"이놈들……!"

순간 거대한 음성이 울리며 한 명의 인영이 장내에 떨어져 내렸다. 큰 키에 가슴까지 내려오는 수염, 흑의에 노인이라 보이지 않는 단단한 체구, 철마 이제현이었다.

"네놈들은 도대체 누구냐?"

그는 멀리서 혈마와 지마가 일격에 목숨을 잃는 것을 보고 무려 이십여 장을 날아 내렸던 것이다. 가히 사성이라 불리울 만한 무위였다.

이제현의 뒤를 따라 양의와 등애가 내려섰다.

"또 뵙는구려!"

양의가 황벽과 설연을 보며 입을 열었다.

"아는 놈들이냐?"

철마 이제현이 양의를 돌아보며 물었다.

"과거 천사평에 들었던 호정단의 단주 설연과 그때 그들을 구원한 광검 황벽과 뇌전창 엽강입니다."

철마 이제현은 양의의 설명에 고개를 끄덕였다. 광검과 뇌전창의 명성은 이제현도 이미 듣고 있었던 것이다. 신진십왕을 넘어섰다더니 과연 그들의 무위는 뛰어난 것이었다.

"너희들이 광검과 뇌전창이더냐?"

철마 이제현이 황벽과 엽강을 바라보며 입을 열었다.

"허허! 이거이거, 오늘 여기서 빚잔치를 하는구나, 빚잔치를 해!"

황벽이 이제현의 물음에 답하지는 않고 툴툴거리며 양의와 등애를 바라보았다.

순간 양의와 등애는 등에 식은땀이 흘러내렸다. 그들은 지난날 황벽이 천사평에서 했던 말을 잊지 않고 있었던 것이다. 황벽은 그때 다음에 만나면 빚을 갚을 것이라 했다.

"무슨 말이냐?"

얼굴을 찌푸리며 이제현이 양의와 등애를 다시 돌아보았다.

"그때 천사평에서 그의 사제가 목숨을 잃었고, 저기 그의 사부가 한 팔을 잃었습니다."

등애가 대답을 하며 멀리 서 있는 막여를 바라보았다. 막여의 왼쪽 소매가 바람에 날리고 있었다.

"사부, 오늘은 이만 물러서는 것이 좋을 듯합니다."

소도성이 어느새 이제현의 뒤에 다가와 서 있었다. 이제현이 소도성을 돌아보았다. 무슨 말이냐는 표정이었다.

"두 분 장로의 죽음으로 맹도들이 흔들리고 있습니다. 그리고 저들이 왔다면 뒤에 나머지 원군도 곧 도착할 것입니다."

소도성의 말에 이제현이 고개를 끄덕였다. 그들은 이들이 사천 사파와 다른 길로 왔다는 것을 알지 못했던 것이다.

"빚을 갚겠다고? 이보게, 나는 철마 이제현이라 하네만 오늘은 이만 하기로 하지."

이제현이 황벽을 바라보며 입을 열었다.

"황벽이라 합니다. 그리 말씀하시니 저희도 이만 거두겠습니다."

"좋아! 그러세. 그나저나 자네와 언제 한 수를 나누었으면 하는데……."

이제현은 황벽의 기세에서 순수한 무인의 투기가 일어나는 것을 가까스로 참고 있었던 것이다. 이제현 같은 고수가 투기를 일으킨다는 것은 정말 맞이하기 힘든 일이었다.

그리고 그 상대는 그만큼 귀한 것이다.

황벽도 고개를 끄덕였다. 그도 이제현이 자신이 강호에 나온 후 만난 사람들과는 차원이 다른 고수라는 것을 느끼고 있었던 것이다. 비록 신진십왕이 사성에 비견된다고는 하지만 그가 보기에 신진십왕은 이제현을 넘어서지 못하고 있었던 것이다. 아니, 오히려 한참 아래에 있다는 것이 옳았다.

"언제든지."

황벽이 호쾌하게 동의했다.

"좋아, 좋아! 그럼 이제 돌아가서 푹 쉬게. 그런데 언제가 좋겠나?"

"제가 연락을 드리지요."

"그러겠나? 알겠네. 허허허! 자, 모두들 돌아가자."

이제현이 기분 좋은 웃음을 지으며 패천맹도들을 물렸다. 비록 혈마와 지마를 잃었지만 호적수를 만났다는 기쁨이 앞서는 이제현, 무골이었다. 물러서는 패천맹도들을 호정단과 황벽 등이 물끄러미 바라보고 있었다.

"자! 우리도 가지."

막여가 중인들을 보며 입을 열었다. 설연이 고개를 끄덕이자 팽정이 호정단을 정의맹 사천총단으로 물리기 시작했다. 오십여 기의 말이 천천히 평원을 가로질러 정의맹 사천총단으로 향했다.

설연은 아무런 표정도 없이 말이 밟고 지나는 땅을 내려다보고 있었다. 그녀의 지금 심정은 무엇이라 표현할 수 없을 만치 묘했다.

그녀는 어느새 일행으로부터 십여 장 이상 처져 있었다.

"가봐라!"

막여가 황벽을 보며 입을 열었다.

“뭘, 어찌해야 할지?”

“그냥 평소대로. 그녀는 지난 시절 복수를 위해 검을 들었다. 이제 그것이 너무 간단히 이루어지자 잠시 정신적인 공황 상태에 빠진 것이지. 목표를 잃은 사람은 자칫 극심한 심리적인 방황 상태에 놓일 수 있다. 지금은 전쟁 중이니 그것은 좋지 못해.”

“어떻게 해야?”

“그 자리에 다른 것을 채워야겠지. 그게 너일 수도 있지 않겠느냐?”

막여의 말에 황벽이 고개를 끄덕였다. 그리고 말의 걸음을 늦추어 잠시 후 설연과 어깨를 나란히 했다.

그렇게 둘은 말 위에서 어깨를 나란히 하고 걸었다. 이미 다른 사람들은 멀리 앞서 나아가고 있었다.

“괜찮아, 설매?”

황벽이 설연을 바라보았다.

“황 가가!”

설연이 고개를 들어 황벽을 바라보았다. 그녀의 눈에는 눈물이 고여 있었다. 황벽이 웃으며 고개를 끄덕여 주었다.

“모르겠어요. 복수를 했으니 기뻐해야 하는데, 왜 이리 마음이 허전한지…….”

황벽이 아무 말도 없이 설연의 말을 듣고 있었다.

“갑자기 이런 생각이 들어요. 이렇게 허무하게 끝날 일에 내가 지난날의 모든 것을 걸었었나 하는 허탈감이요. 한때 황 가가를 포기하면서까지.”

“그럼 이제 온전히 내가 들어갈 수 있는 거겠네.”

황벽의 말에 설연이 황벽을 바라보았다.

"설매의 마음에 말이야. 과거 설매의 가슴속에는 복수에 대한 자리가 워낙 컸지. 내 자리가 좁아 이 큰 몸이 얼마나 불편했는지 몰라. 이제 그 자리가 비워졌으니 내가 다 차지할 수 있을 것 아니야?"

황벽의 말에 설연의 입가에 웃음이 지어졌다.

'좋은 사람이에요, 황 가가는.'

설연이 마음속으로 속삭였다.

"설매, 과거 무인도에서 설매가 떠나고 내가 혼자 남았을 때 말이야."

황벽이 잠시 말을 끊었다. 설연이 황벽을 바라보았다.

"그때 나는 어떤 상실감에 처음엔 상당히 당황했었지. 설매의 자리가 그리 클 줄이야. 해서, 나는 미친 듯이 절대오검을 수련했어. 무공은 발전했지만, 빈 마음은 채워지지 않더군. 그러던 어느 순간, 아마 그때 내가 건곤신공의 후반부에서 어떤 깨우침을 얻은 후 이런 생각이 들더군. 세상일이라는 것은 결국 정해진 대로 흘러간다는 것을. 자연스럽게 내가 가고자 하는 곳으로 나를 보내자는 생각이. 내가 가고자 하는 곳은 바로 설매가 있는 곳이었고, 설매가 나를 선택하든 선택하지 않든 그것이 중요한 것은 아니었어. 단지 설매를 향한 내 마음 그것이 나를 가득 채워주는 것이었어. 그리고 난 무인도에서 나온 것이지."

설연이 조용히 황벽의 말을 듣고 있었다.

"설매! 그러니 이제 과거 설매를 얽어매었던 그 원한의 기억들은 자연스럽게 흘려보내고 새로운 것들, 새로운 인연들로 설매의 빈 마음을 채워. 너무 서두르지는 말고 서서히, 그 빈 곳을 채우다 보면 어느새 과거 무인도에서의 설매로 돌아가 있을 거야……."

"황 가가, 좋은 사람이에요. 황 가가는."

이번에는 설연이 소리를 내어 황벽에게 말했다.

"이거 너무 심각했지. 역시 나는 그런 게 안 어울려. 하하하."

황벽의 웃음에 설연도 따라서 가볍게 미소를 지었다.

"자! 설매, 우리 한번 경주나 해볼까?"

황벽이 이미 눈에서 사라질 듯 멀어진 일행을 가리키며 설연에게 말했다.

"좋아요, 황 가가. 아마도 제가 이길걸요. 황 가가는 말을 배운 지 얼마 안 됐잖아요. 저는 이래 뵈도 어려서부터 말을 탔다고요."

"좋아, 설매. 그러면 오늘 저녁 내기가 어떨까?"

"좋아요. 저도 오랜만에 황 가가가 만든 음식을 먹고 싶군요."

"좋아, 가자!"

두 필의 말이 넓게 펼쳐진 평원을 내달렸다.

어느새 사라진 두 사람의 뒤에 이는 두 줄기의 먼지가 그들이 지나 갔다는 것을 말해 주고 있었다.

제45장
변수(變數)

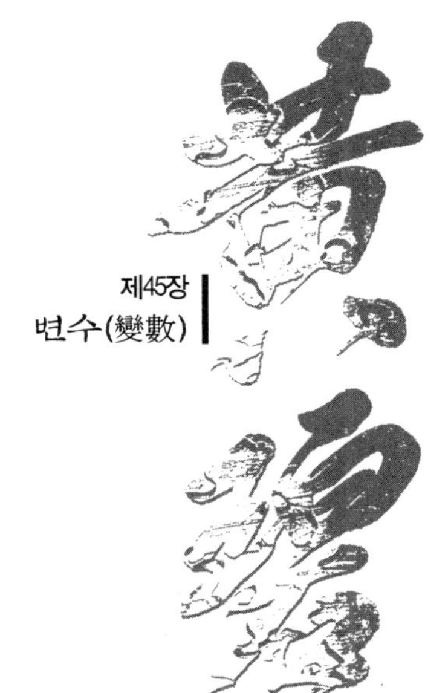

황벽과 호정단이 사천 정의맹 총단에 든 것은 이미 해가 송림의 저편으로 넘어갔을 때였다. 멸절사태는 총단을 정리하고 복귀하는 호정단을 맞을 준비를 마치고는 총단의 정문에 나와 있었다.

"수고 많았네, 설 단주."

어느새 호정단을 따라붙은 후 일행의 선두에서 다가오는 설연을 멸절사태가 반갑게 맞았다.

"피곤하실 텐데. 이곳까지 나와 계시다니요."

설연이 말에서 내려 멸절사태에게 허리를 숙였다.

"전장에 자네들만을 남겨두고 퇴각해 내 마음이 편치 않았네."

"생각보다는 쉽게 상황이 마무리되었습니다. 그리 걱정하지 않으셔도 되었을 터인데."

"내 이미 이야기를 들어 알고 있네."

멸절사태가 설연의 손을 한 번 잡았다가 놓고는 고개를 돌려 황벽을
바라보았다.

"황 대협이시죠? 아끼는 상황이 급박하여 인사도 못 드렸습니다."

멸절사태가 정중히 황벽에게 고개를 숙였다. 황벽은 얼른 말에서 내
려 마주 포권을 했다.

"황벽이라 합니다. 호정단원으로서 당연한 일을 한 것인데 이리 예
를 차리시니 감당키가 어렵습니다."

"아닙니다. 황 대협과 여기 뇌전창 엽 대협의 명성은 이미 듣고 있
었습니다. 중원의 모든 문파가 자신들의 이익을 내세워 모두 몸을 사
릴 때 이렇게 두 분 대협이 달려와 주시니 사천의 문파를 대신해 감사
드립니다."

황벽과 엽강은 아직 강호의 명문대파의 사람 중 멸절사태와 같이 고
위급의 인사가 자신들에게 이렇게 머리를 숙인 적이 없었으므로 일순
당황하였으나, 멸절사태의 눈에 가식이 없다는 것을 알아채고는 정중
히 마주 포권을 취해 예를 표했다.

멸절사태는 평소에는 냉철하고 차가운 면이 강했으나 이렇듯 끊고
맺음도 확실해 사천총단의 총사령 자리까지 올라왔던 것이다.

"자, 밖에서 이럴 것이 아니라 모두 안으로 들어갑시다."

당정이 앞으로 나서며 이야기하자 모든 사람들이 총단 안으로 들어
갔다.

정의맹의 사천총단은 비록 하남의 석산총단과 정의맹의 이대총단으
로 불리웠지만 규모 면에서는 석산의 반 정도에 그쳤다.

건물들도 모두 몇 채의 건물을 제외하고는 가건물 형태로 지어져 있
었으며, 벽돌을 이용해 외벽을 쌓은 석산과는 달리 목책을 세워 외부의

적을 경계하고 있었다.

총단 안은 아직 전쟁의 후유증으로 어수선한 분위기였다. 이번 사천 대전에서 정의맹 사천총단의 맹도 육백이 꺾였다.

실질적으로 정예 중 남아 있는 인원은 송림에서 철수한 일백여 명뿐이었고 나머지 이백여 명은 모두 각파에서 가장 항렬이 낮아 차마 전장에 넣을 수 없는 제자들이었다.

곳곳에서는 부상당한 맹도들의 신음성이 들리고 여기저기에 간단히 솥을 걸고 저녁거리를 준비하는 맹도들도 보였다.

자신의 집무실로 일행을 안내하던 멸절사태는 그들을 보며 한숨을 내쉬었다.

"이번 대전으로 사천의 각 문파의 정예가 많이 상했습니다. 비록 원군으로 오고 있는 사람들이 있다고 하더라도 이미 각 문파는 삼 분지 일의 전력 손실을 입었지요. 지난 무림대전 이후 겨우 세를 만회하고 있었는데, 하루아침에 무너져 버리는군요."

"총사령, 너무 걱정 마십시오. 무림에 언제 어려움이 없은 적이 있습니까? 다시 노력하여 회복하면 되지요."

당정이 멸절사태를 위로했다.

"그렇기는 하네만, 아직 적이 물러간 것도 아니고 앞으로 또 얼마나 더 희생을 치러야 할지 모르니…… 아마도 이번 전쟁이 끝나면 이기든 지든 그 결과를 눈으로 보기 힘들 것이네. 사천은 위기에 빠진 것이야."

멸절사태의 말에 모두들 고개를 끄덕였다. 비록 사천 사대문파의 구원대가 도착한다 하더라도 패천맹의 원정군을 압도할 수는 없을 것이었다. 다시 격전이 벌어진다면 결국 사대문파의 정영들이 또다시 상하게 될 것이다.

그리된다면 사천의 사대문파는 도저히 중원의 대문파와 어깨를 나란히 하기 어려울 것이었다.

"자자! 내가 쓸데없이 말이 많았구만! 들어가서 간단히 요기들을 하지. 준비가 되어 있을 것이야."

멸절사태가 중인들을 자신의 집무실로 데리고 들어갔다. 집무실 안에는 밥과 국이 간단히 준비되어 있었다.

"전시라 차린 게 없네. 그저 허기나 면하게나들."

멸절사태가 자리에 앉아 수저를 들자 모두 때늦은 저녁을 먹기 시작하였다. 간단한 저녁 식사가 끝나자 전쟁 와중에 어떻게 차를 준비했는지 차가 들어왔다.

"자, 그나저나 다른 원군은 어디까지나 온 것인가?"

멸절사태의 말에 당정이 대답했다.

"들어오다 연락을 받았습니다. 이제 이틀이면 이곳에 도착할 수 있다는 전갈입니다."

"이틀이라… 그동안 아무 일도 없어야 할 것인데."

모두들 고개를 끄덕였다. 이 인원으로는 적이 전면 공격으로 나오면 이곳을 방어하기가 어려울 것이었다.

"일단은 며칠간의 여유는 있을 것입니다."

황벽이 입을 열자 모두들 황벽을 바라보았다.

"철마 이제현이라는 인물 괜찮더군요. 강하고 호기롭더군요. 끊고 맺음도 분명한 듯하고."

모두들 철마 이제현의 이름이 나오자 두려움과 아쉬움의 표정이 드러났다. 그런 인물이 어찌 패천맹에 있단 말인가?

“제가 철마와 비무를 약속했습니다.”

“아니, 황 대협이!”

멸절사태가 황벽을 바라보았다. 황벽이 천천히 고개를 끄덕였다.

“네! 아마도 철마는 제가 혈마와 겨루는 것을 보고 호승심이 생긴 듯합니다. 하니 그때까지 전면전은 없을 것입니다.”

“비무는 언제 하기로 하셨습니까?”

“제가 날을 잡아 연락하기로 하였습니다. 그러니 당분간 부상자를 치료하면서 원군을 기다려도 될 것입니다. 다행히 저희 호정단에 뛰어난 의원이 한 명 있으니 부상자 치료에 적지 않은 도움이 될 듯합니다.”

“그리된다면야 다행이지만 황 대협께서 너무 위험한 약속을 하신 것이 아닌지…….”

멸절사태는 먼저 후퇴를 하였기 때문에 황벽의 무위를 아직 보지 못했다. 그녀의 걱정은 당연한 것이었다.

“최소한 지지는 않을 것이니 총사령께서는 너무 걱정하지 마십시오.”

빙그레 웃는 황벽을 대신해 당정이 입을 열었다.

멸절사태는 깜짝 놀랐다. 최소한 지지 않는다는 것은 이길 수도 있다는 이야기였다. 상대가 누구인가? 천하의 철마였다. 그런 그와 승부를 예측할 수 없을 정도로 광검 황벽이 강하다는 말인가?

멸절사태가 믿기 어렵다는 듯이 황벽을 바라보았다. 하지만 또한 당정의 말을 믿지 않을 수도 없었다. 당정은 신오제의 일인이었다. 무공에 관한 한 그의 말은 상당한 신뢰를 가지고 있었다.

“자자, 오늘은 피곤들 하실 테니 이만 돌아가 쉬시도록 합시다. 총사령께서도 좀 쉬셔야지요."

당정의 말에 모두들 자리에서 일어나 멸절사태에게 머리를 숙여 보이고는 총총히 밖으로 나섰다.

밖에는 이미 어둠이 내려 있었다.

그때 진봉이 일행이 나오는 것을 보고 달려왔다.

"단주, 저쪽에 숙소를 잡아놓았습니다. 그리 가시지요."

진봉이 설연을 보고 입을 열었다.

"그리하세요. 일조 조장님이 고생이 많으셨습니다."

설연이 웃으며 진봉을 바라보았다.

"하하하! 고생은요. 오랜만에 바람처럼 바쁘게 움직이니 살 것 같습니다."

진봉은 웃으며 일행을 숙소로 안내했다. 호정단이 자리를 잡은 곳은 패천맹도들이 숙소로 사용하던 곳이었다. 석산총단의 호정단 숙소에 비할 바는 아니지만 깨끗하게 치워진 것이 제법 아늑했다.

"자! 오늘은 편히들 쉬도록 하세요. 모두 피곤하니 앞으로의 일은 내일 상의하도록 하지요."

"네, 단주! 편히 쉬십시오."

모든 호정단원들이 설연에게 머리를 숙여 보이고는 각자 자리로 흩어졌다.

그날 밤 긴 사천행을 마친 호정단원들은 오랜만에 숲이 아닌 곳에서 편하게 휴식을 취할 수 있었다.

황벽이 하오문도 설산을 다시 만난 것은 다음날 오전이었다. 설산은 천사평에서 헤어진 이후 정의맹과 패천맹이 사천에서 부딪치자 조자아의 명에 의해 이곳 사천에 들어와 있었던 것이다.

"아니, 이거 설 형이 아니시오? 이곳에는 어쩐 일이오이까?"

오삼이 설산을 알아보고는 아는 척을 했다.

"안녕하셨습니까, 오 대협? 이곳에서 뵈니 반갑습니다."

"하하하, 저도 이곳에서 설 형을 보니 옛 친구를 만난 듯 반갑습니다. 그래, 이곳에는 어쩐 일로?"

"네, 급히 태상호법을 만나야 할 일이 있어서요."

"사형을요? 아직 자나? 아침잠이 없는 사형인데. 어디 들어가 봅시다."

오삼이 설산을 이끌고 황벽이 묵는 방 앞으로 갔을 때 황벽이 막 문을 열고 밖으로 나오고 있었다.

"어, 사형! 반가운 손님이 왔수."

오삼의 말에 황벽이 설산을 바라보았다.

"아니, 설 형께서 예는 어쩐 일이오?"

황벽도 설산을 반갑게 맞이하였다.

"자자, 이럴 게 아니라 방으로 들어갑시다."

황벽이 방금 나온 방으로 설산과 오삼을 데리고 다시 들어갔다.

황벽의 방에는 서너 명이 앉을 만한 작은 나무로 만든 탁자와 의자가 있었다. 세 사람은 그곳에 자리를 잡고 앉았다.

"그래, 어쩐 일이오? 사천에는 언제 오셨고?"

황벽이 설산을 보면서 물었다. 설산이 사람 좋은 웃음을 하며 대답했다.

"그때 천사평에서 헤어진 이후 문주님의 명으로 이곳 사천에 들어와 있었습니다."

“그럼 그간 이동 중에 이곳 전황을 알린 것은 설 형이었겠구려.”

“저와 이곳에 거주하는 하오문도 몇 명이 전황을 알렸습니다.”

설산이 빙그레 웃으며 대답했다.

“가만히 보면 설 형이 가장 바쁘게 움직이는 사람인 듯합니다. 그래, 오늘은 무슨 일로······.”

“네, 어제 문주님으로부터 전서를 받았습니다. 태상호법이 꼭 알아야 할 일인 듯합니다. 문주께서도 최우선으로 태상호법께 소식을 전하라 하셨습니다.”

“도대체 무슨 일이기에?”

설산이 잠시 뜸을 들인 후 입을 열었다.

“이 일은 워낙 복잡해서 아직 확실한 일의 전말은 허승 상련 총순찰과 하오문주께서 별도로 조사 중이라고 합니다만… 먼저 태상호법님?”

설산이 황벽을 바라보았다.

“말씀하시지요.”

“태상호법께서도 이번 이차무림대전이 어떻게 시작된 것인지 알고 계시지요?”

“물론 알고 있지요. 남궁인과 진패천의 죽음이 원인이 된 것이 아닙니까?”

“맞습니다. 남궁인과 진패천의 죽음이 당문의 무형지독과 천독림의 독정에 의한 것임이 밝혀진 것이 원인이 되었지요. 하면 누가 그 독을 두 사람에게 사용했는지는 아십니까?”

“그것은 아직 밝혀지지 않은 사실이 아닙니까?”

“그렇지요 그것은 아직 밝혀지지 않았지요. 하면 결국 흉수는 아무도 모른다는 것 아닙니까? 그런데도 전쟁은 벌어지고.”

설산의 말에 황벽과 오삼이 고개를 끄덕였다. 결국 흉수는 모르고 오직 독이 최초에 만들어진 곳에 책임을 묻는 꼴이었다.

"한데 이상한 것은 당문이나 천독림 자신들이 흉수가 아니라는 것은 말하면서 무형지독이나 독정의 유출에 대해서는 입을 닫고 있다는 것입니다. 한데 이번에 하오문에 이에 대한 하나의 단서가 될 만한 사실이 들어왔습니다."

순간 황벽과 오삼의 눈빛이 빛났다. 이것은 엄청난 의미를 지니고 있었다. 이차무림대전의 원인을 알아낼 수 있는 단서가 잡혔다는 뜻이 되는 것이다.

잠시 말을 멈추었던 설산이 다시 말을 이었다.

"다섯 달 전 당문과 천독림에 작은 소동이 벌어졌습니다."

설산의 입에서 당정화와 서의의 일이 흘러나왔다.

"햐, 어디나 그런 망나니들이 있다니까."

오삼이 당정화와 서의의 이야기를 다 듣고는 혀를 찼다.

"그런데 그들이 아마도 그때 무형지독과 독정을 들고 나왔던 것 같습니다."

"뭐요! 그게 정말이오, 설 형?"

오삼이 깜짝 놀란 듯 설산을 바라보았다. 황벽의 눈빛도 설산에게 다시 한 번 묻고 있었다.

"네, 사실입니다. 그래서 이번 정보가 중요한 것입니다. 그들이 개봉으로 이동하는 동안 그들과 접촉한 공통된 한 인물이 있습니다."

"그게 누구요?"

황벽의 어투가 무거워졌다. 그들이 접촉했다는 인물, 그가 이번 사건의 열쇠를 쥐고 있으리라. 설산이 대답을 않고 대신 품속에서 하나의 종이를 꺼내 두 사람 앞에 펼쳐 보였다.

"그가?"

"어! 이 사람이?"

둘 다 종이에 적힌 이름을 보고 의아한 듯 설산을 바라보았다. 설산이 고개를 끄덕이며 다시 입을 열었다.

"제갈가는 산서에 있습니다. 그리고 산서에는 백우산이 있지요."

"북두회!"

황벽의 입에서 낮지만 강한 탄성이 터졌다.

"맞습니다. 그들이 있습니다. 거기다 현 정의맹 군사는 제갈의현입니다. 남궁인과 함께 정사연에 참석했던 사람 중 하나이지요."

"하지만 너무 비약이 심한 것 아니오?"

황벽이 다시 설산을 바라보았다. 설산도 고개를 끄덕였다.

"이것은 어디까지나 추측입니다. 하지만 가능성도 배제할 수는 없지요. 해서 지금 허승 총순찰과 문주께서 제갈가의 대공자에게 미행을 붙였고, 지난날 백우산을 빠져나가 정의맹과 패천맹으로 든 두 대의 마차에 대한 조사에 박차를 가하고 있습니다. 이건 확실하더군요."

"무엇이 말이오?"

"그 마차가 정의맹에 들어가기 전 며칠 동안 정의맹주와 군사가 모두 자리를 비웠다는 것 말입니다."

"이런 이런, 이건 정말 냄새가 나……."

오삼이 코를 문지르며 나직이 중얼거렸다. 황벽도 이 문제가 결코 우연이라고 보기에는 문제가 많다는 것을 느끼고 있었다.

"하면 그 마차에 누가 타고 있었느냐가 열쇠가 되겠군."

"맞습니다. 만약 정의맹으로 들어간 마차에 제갈 군사가 타고 있었다면 십중팔구 제갈세가는 이 일에서 자유로울 수 없습니다."

설산의 말에 황벽도 고개를 끄덕였다.

"그렇다면 일이야 어찌 되었든 이번 무림대전은 누군가의 의도에 의해 일어났다는 이야기이군."

"무서운 일이죠. 만약 이대로 전쟁이 계속된다면 결국 양 맹은 양패구상을 면치 못할 겁니다. 그 자리에 제삼의 세력이 들어선다면……."

"무림 전체를 노린다는 이야기인가?"

"아마도… 그렇지 않겠습니까?"

세 사람은 잠시 말을 잊었다. 너무도 거대한 음모의 한가운데에 무림이 들어 있었던 것이다.

어쩌면 이것은 일차 무림대전에서부터 이어져 온 음모였는지도 몰랐다.

"휴, 아무래도 비무를 빨리 해야겠군."

황벽의 입에서 전혀 다른 이야기가 튀어나왔다.

"비무라니요?"

설산이 황벽을 바라보았다.

"아, 네. 철마와 비무를 갖기로 했거든요."

"철마와요? 태상호법, 지금 이 상황에서 철마와 부딪친다는 말입니까?"

황벽이 미소를 지으며 고개를 끄덕였다.

"사성과의 비무는 저도 기대가 좀 되지요. 그리고 비무 때만큼 조용히 대화를 나누기도 좋은 때는 없지요."

그날 저녁 황벽이 당정을 찾았다.

　당정은 자신의 집무실에서 앞으로의 계획을 세우고 있다가 황벽을
맞았다.

　"아니, 이거 황 대협께서 제 방까지 어쩐 일로?"

　당정이 반갑게 황벽을 맞이했다. 당정은 지난날 자신이 보였던 추태
에 대해 황벽에게 아직 미안한 마음이 남아 있었다.

　당정은 요즘 자신 가문의 암기와 독을 익히는 무공이 사람의 성격을
음습하게 만들고 이를 극복하는 문도가 많지 않다는 것에 대해 고민하
고 있었다.

　자신은 운이 좋아 그것을 극복하고 있지만, 앞으로도 많은 문도들이
자신과 같은 과정에 들 것이었다. 그리고 그중 대부분은 그렇게 비정
상적으로 형성된 성격에서 벗어나지 못할 것이다. 또한 그것은 사천의
당문을 영원히 어둠 속의 가문으로 무림에 남겨놓을 것이다.

　당정은 그래서 이번 대전이 끝나면 이러한 결함을 고칠 수 있는 방
법을 생각해 보려 하고 있었다.

　하지만 황벽은 이미 과거 당정이 자신에게 했던 행동들을 씻어버리
고 있었다.

　"당 형, 바쁘시지 않소?"

　"하하하! 바빠도 황 대협에게는 시간을 내어야지요. 술잔에 맞지 않
으려면."

　두 사람이 함께 소리 내어 웃었다.

　"당 형, 술은 그만두고 저하고 잠시 산책이나 하지 않으시렵니까?"

　당정은 황벽의 말에서 그가 무슨 할 말이 있다는 것을 알 수 있었다.

　"그러시지요. 그렇지 않아도 머리가 아파 잠시 쉬려던 참이었습니
다."

당정이 선선히 황벽을 따라나섰다.

총단 주위를 둘러싸고 있는 목책 위에는 목책을 따라 세 자 넓이의 공간이 빙 둘러져 있었다. 이 공간은 적이 올 경우 목책 위에서 적을 맞는 공간이 되고, 평상시에는 번을 서는 사람들이 이곳을 따라 목책을 돌며 사방을 감시하는 길이기도 하였다.

멀리 송림 쪽에서부터 불어오는 바람이 황벽과 당정의 머리를 날렸다. 시원한 바람을 이마에 받으며 두 사람은 목책 너머 끝없이 펼쳐진 어둠에 잠긴 평원을 바라보고 있었다.

"오직 당 형에게만 말할 수 있었습니다."

황벽이 당정에게 고개를 돌려 입을 열었다. 둘은 이미 많은 이야기를 나누고 있었다. 황벽은 하오문에서 들은 정보를 이미 당정에게 이야기했던 것이다.

"결국 당문이 무림에 죄를 짓는군요."

당정의 목소리는 처량했다.

"그게 어찌 당문의 죄요. 숨어 일을 꾸미는 자들의 죄지."

"아닙니다. 결국 제가 동생을 잘못 가르친 탓이지요."

당정은 지금도 반은 미쳐서 가문에 감금되어 있는 동생의 얼굴을 떠올렸다. 오제도에서 돌아오자마자 겪은 당정화의 일은 그저 가문 내에서 쉬쉬하면서 감추어지고 있었다.

하지만 당정화가 돌아왔을 때 그들은 그녀에게서 무형지독을 회수하지 못했다. 그것이 결국 이렇게 무림에 화를 미치는 것이었다.

"휴, 그나저나 앞으로의 일이 걱정입니다. 그러한 사실을 알고도 무턱대고 저들과 부딪쳐 갈 수도 없고."

당정의 말에 황벽도 고개를 끄덕였다.

"그래서 제가 일단 철마를 만나볼 생각입니다."

"철마를요?"

"네. 어차피 비무를 하기로 하였으니."

"하지만 저쪽에도 암중세력이 있다면."

"일단은 철마와 독마 서린은 믿을 수 있겠지요. 천독림이야 당문과 같은 입장이고 철마는 진패천의 사부이니."

황벽의 말에 당정이 고개를 끄덕였다.

"그렇기는 합니다만, 만나서는요?"

"일단 임시로 휴전을 맺어야 할 것 같습니다. 그리고 그 뒤는 하오문과 상련에서 추가적인 정보가 오면 그때 다시 생각을 해보아야지요."

"공식적으로는 휴전이 어렵지 않습니까?"

"뭐, 공식적인 것 말고 서로 공격을 안 하면 되는 것 아닙니까? 이곳만 당 형께서 맡아주시면, 저쪽은 철마 이제현을 설득하면 되는 것이고."

당정이 고개를 끄덕였다.

"알겠습니다. 이곳은 제가 나서서 막도록 하지요. 하면 비무는?"

"비무는 비무이지요. 한번 사성의 명성을 확인해 보렵니다."

"하하, 황 대협도 이제는 무인이 다 되었습니다."

"어느새 그렇게 되었군요."

두 사람은 다시 고개를 돌려 검은 벌판 먼 곳을 바라보았다.

이틀 뒤 사천총단에 석산에서 출발한 당문, 아미, 청성, 점창의 네 개 파의 주력이 들어왔다.

그들은 총 사백 명의 전력이었다. 이제 패천맹 원정군과 정의맹 사천총단에 든 세력은 백중지세를 이룰 수 있었다.

사 파의 원군이 들어서자 총단은 아연 활기를 띠기 시작하였다.

그동안 패천맹의 공격에 당한 이야기를 들은 네 개 파의 장문인들은 당장에라도 달려나가 적과 자웅을 결할 기세를 보였지만, 당정의 만류로 총단의 정비에 만전을 기하기 시작하였다.

설연을 비롯한 호정단원들도 자신들의 숙소를 정비하고 언제 일어날지 모를 전투에 대비하기 시작하였다. 그중 가장 바쁜 사람은 우세남이었다. 그는 자신의 원대로 충분한 환자를 보고 있었던 것이다. 오히려 진봉이 우세남의 잔심부름을 도맡아 하느라 입이 한 발은 나와 있었다.

그리고 총단에 하나의 소문이 퍼져 나갔다. 그 소식에 총단의 무사들이 들썩이기 시작하였다.

광검 황벽이 철마 이제현과 비무를 갖는다는 것이었다.

광검과 철마, 한 명은 무림의 절대강자로 군림하는 사성의 한 명이었고, 한 명은 새롭게 부상한 신진강호였다. 사람들은 이미 광검이 사성을 넘어섰다는 이야기를 하고 있었다.

사천 사 파가 총단에 든 지 이틀 뒤, 한 필의 말이 한 명의 무사를 태우고 총단의 정문을 빠져나갔다. 말은 북쪽으로 펼쳐진 광활한 평원을 달려나가기 시작하였다. 그리고 한 시진을 달려 무위산 앞에 널따랗게 펼쳐진 군막 앞에서 멈추어 섰다.

"정의맹 사천총단의 전령이오."

말 위에 탄 이십대 장한이 큰 소리로 외쳤다. 팽정이었다.

"무슨 일이오?"

막사에서도 한 명의 인영이 나와 팽정 앞에 섰다.

"광검 황벽 대협의 전갈이오. 철마 이제현 대협께 전하라는 서찰이
오."

팽정이 품속에서 잘 접힌 서찰을 꺼내 들었다.

"이리 주시오."

막사 밖으로 나와 팽정을 막았던 무사가 서찰을 받아 들고는 숙영지
의 중앙에 있는 철마 이제현의 막사로 들어갔다.

그리고 잠시 후 막사에서 철마 이제현이 밖으로 나왔다. 그리고 천
천히 팽정의 앞으로 다가왔다.

"너는 누구지?"

이제현이 팽정을 보고 물었다.

"하북팽가의 팽정이라 합니다."

적진에 와서도 한풀도 꺾이지 않는 기개, 이제현의 고개가 무심결에
끄덕여졌다.

"하북팽가에도 인물이 있었구나. 단신으로 이곳까지 오다니. 기개
가 좋다."

"칭찬, 감사드립니다."

팽정이 말 위에서 고개를 숙여 이제현에게 감사를 표했다.

"그래, 광검은 잘 있느냐?"

"황 대협께서는 잘 지내고 계시오."

"역시! 약속을 어기지 않는 친구야. 내가 사람은 잘 본 것 같아. 가
서 전해라. 그럼 이틀 후 송림에서 보자고. 늦지 않게 나가마."

"알겠습니다. 그리 전하지요. 그럼 전 이만."

팽정이 말 머리를 돌리자 철마 이제현이 다시 입을 열었다.

"정의맹의 원군은 이미 총단에 들었겠지?"

팽정이 고개만 끄덕여 보이고는 말을 달려 다시 평원을 달려가기 시작하였다. 삽시간에 팽정의 모습이 멀리 지평선 너머로 사라졌다.

한참을 바라보던 이제현도 몸을 돌려 자신의 막사로 들어갔다. 그 뒤를 막사에서 함께 나왔던 소도성과 등애가 따랐다.

"꼭 하셔야만 하겠습니까? 차라리 제가."

소도성이 막사에 들어와 채 자리에 앉기도 전에 이제현을 보며 입을 열었다.

"아서라, 무사 간의 약속이다. 그리고 네가 상대할 인물이 아니야."

"제가 부족하다는 말씀이십니까? 비록 제가 패천사룡에 들지는 않았어도……."

"알아, 알아. 네가 결코 죽은 패천이에게 뒤지지 않는다는 것을. 하지만 패천이가 살아 있어도 그를 당할 수는 없다. 내 말이 맞지?"

이제현이 등애와 양의를 돌아보며 물었다. 양의가 잠시 대답을 멈칫거리더니 입을 열었다.

"부맹주님의 말씀이 맞습니다. 사실 그는 우리 패천사룡이나 신오제를 뛰어넘었지요."

양의의 말에 등애도 고개를 끄덕였다.

"너희들은 아마도 그 옆의 뇌전창도 견디기 어려우리라. 내가 전령에게 저들의 원군이 든 것을 물은 것도 그 때문이다. 그동안 우리가 유리했던 것은 정예 병력의 숫자도 숫자이거니와 우리 측에 고수가 월등히 많았기 때문이었다."

이제현의 말에 모두들 고개를 끄덕였다.

"하지만 이제는 상황이 바뀌는 것 같구나. 저들은 광검과 뇌전창이 있고, 아직 신오제 중 둘이 건재하다. 그 외에 각파 장문인과 장로들이 대거 원군으로 왔다. 이제는 우리가 밀린다."

이제현의 말에 막사 안에 있던 사람들이 조용해졌다.

"해서 내가 광검을 맞아야 하는 것이야. 이것은 우리에게 아주 중요한 기회이다. 만약 이번 비무에서 내가 광검을 벤다면 전세는 다시 우리에게 유리해질 것이다."

사람들은 그제야 이제현이 광검 황벽을 맞으려는 이유를 알 수 있었다. 결국 이번 비무의 결과가 사천대전 전체 정세를 좌우하는 것이었다.

비무의 무게가 갑자기 무거워진 것이다. 사람들은 이 비무에 걸린 무게를 침묵으로 느끼고 있었다.

말굽에 평원을 가득 메운 작은 풀들에게서 떨어져 나온 이슬이 튕겨져 나갔다. 높다랗게 솟은 정의맹 사천총단의 정문 위에서 막여가 하나 남은 팔로 손을 흔들어 보였다.

피식 웃음이 터져 나왔다. 갑자기 고향에서 배를 타고 떠날 때마다 집 앞 싸리문에 나와 손을 흔드시던 어머니의 모습이 떠오른 것이었다.

"노인네가 늙었나?"

황벽의 말에 엽강이 뒤를 돌아보았다. 그의 눈에도 막여가 들어왔다.

"이번 일이 끝나면 노룡촌에 모시도록 하세. 두 노인네 붙여놓으면 이제야 칼부림은 안 하겠지. 한 노인네는 내공이 없고, 한 노인네는 팔이 없으니.”

진회와 막여를 말하고 있는 것이었다.

“그래, 역시 그곳이 제일 좋은 것 같아. 살기에는.”

황벽도 엽강의 말에 고개를 끄덕였다. 이제는 정말 무림의 일에서 벗어나고 싶었다. 사부와 설연을 찾아 떠나온 길이었다. 한데 이제 두 사람을 다 찾았건만 자신은 오히려 무림의 일에 더욱 깊이 빠져들고 있는 것이었다.

‘수렁 같아.’

황벽이 고개를 들어 하늘을 바라보았다. 구름 한 점 없는 맑은 날씨였다.

“오늘 어느 정도까지 할 것인가?”

엽강이 물었다. 엽강도 지난밤 막여, 설연과 함께 하오문에서 온 소식을 들었던 것이다.

“일단은 전력으로 한번.”

비무는 비무였다. 다른 목적이 있기는 했지만 최선을 다하지 않는다는 것은 상대에 대한 예의가 아니었다.

“다치는 사람이 없어야 할 텐데?”

엽강의 말에 황벽도 고개를 끄덕였다. 다치는 사람은 없는 게 좋았다. 하지만 칼을 들고 하는 비무라는 것이 어찌 흉험하지 않을 수 있겠는가?

“그럼 언제 이야기할 것인가?”

“그 정도 고수라면 비무 중에 이야기를 끝낼 수 있을 것이네.”

“알았어. 그나저나 저 인간들은 왜 따라오는 거야?”

엽강이 뒤를 돌아보자 십여 명의 인영이 자신들의 뒤를 따라오는 것이 보였다. 설연, 당정, 임혜련, 그리고 호정단의 조장들이었다.

"그 말은 자네에게도 해당되네만."

황벽의 말에 엽강의 인상이 찌그러졌다.

"아, 왜 이래. 죽으면 시체라도 가져올 사람이 필요하잖아."

"그래서 따라오는 건가?"

"그럼, 내가 양지바른 곳에 묻어주지."

둘은 서로 농을 나누면서 멀리 떨어져 있는 송림을 향해 나아가고 있었다.

햇살이 송림의 그림자를 가장 짧게 만들었을 때 황벽 일행은 송림에 도착하였다. 송림에 도착한 일행은 순간 당황했다.

송림 앞에는 이미 패천맹의 사람들과 이제현이 자리를 잡고 있었는데 그들의 앞에 푸짐한 술상이 차려져 있었던 것이다.

그들의 앞에서 머뭇거리는 황벽 일행을 보고 이제현이 입을 열었다.

"어서들 오게. 자, 이리 와서 잠시 앉게나. 총단에서 이곳까지 오려면 시장했을 거야. 아침에 출발했겠지?"

이제현의 말은 마치 먼 곳에서 오는 친구를 맞이하는 투였다.

잠시 망설이던 황벽도 얼굴에 웃음을 띠며 자신들의 자리로 비워놓은 듯한 곳에 가 앉았다.

"이거 진수성찬이군요. 사제가 좋아하겠군. 어이, 사제! 이리 와서 좀 드슈."

황벽이 뒤를 돌아보며 오삼을 불렀다.

잠시 주춤거렸지만 음식을 사양할 오삼이 아니었다.

"여어, 이거 진수성찬인걸. 이 산골에서 이런 음식을 어떻게 구했을까?"

오삼이 어느새 황벽 옆으로 앉으며 닭다리 하나를 집어 들었다. 그러자 잠시 망설이던 다른 사람들도 모두 황벽 옆의 빈 의자에 앉았다. 그러나 오삼 이외의 사람들은 간단한 채소에만 손을 댈 뿐 술이나 고기에는 손을 대지 않았다.

"허허허, 이렇게 젊은 사람들과 함께 있으니 십 년은 젊어진 것 같은걸. 그나저나 약속을 지켜주어 고맙네."

이제현이 황벽을 바라보며 입을 열었다.

"오히려 저에게 기회를 주시니 고맙습니다. 거기다 이런 식사까지 준비해 주시니. 사제, 좀 천천히 들어요."

황벽이 옆에서 이것저것 입으로 음식을 구겨 넣는 오삼을 보며 타박을 했다.

"하하하! 그 사람 참 복스럽게도 먹는군. 그냥 놔두게. 먹는 모습이 보기 좋구만 그래."

"보기 좋긴요. 좀 그렇죠. 사제, 제발 사문의 체면도 좀 생각하시구려."

황벽이 다시 오삼을 말렸다. 황벽의 말에 반응한 것은 오히려 이제현이었다.

"말이 나왔으니 말이네만 자네의 사문은 어디인가? 아직 자네에 대해 자세한 것을 듣지 못해서."

"사문이라고까지 말하기는 좀 그렇고, 제 사부님의 성함은 막씨 성에 여 자를 쓰십니다."

"막여라…… 들어본 적이 없는걸."

“아마 처음 들어보실지도 모르겠습니다. 남궁세가의 집사이셨으니까요. 지금은 아니지만.”

“남궁세가의 집사? 하면 자네는 남궁세가의 검을 이은 것인가?”

“그건 아닙니다. 사부께서도 잠시 남궁세가에 머무셨을 뿐 사문의 무공은 남궁세가와는 상관이 없습니다.”

황벽의 말에 이제현이 고개를 끄덕였다. 남궁세가에서 황벽과 같은 인물을 길러내는 것은 무리라는 것을 이제현도 잘 알고 있는 것이다.

“역시 무림이라는 곳은 숨어 있는 기인이사가 모래알같이 많아. 사람들은 사성이니 신진십왕이니 하지만 자네와 같은 고수가 있다는 것을 어찌 알았겠나.”

황벽은 이제현의 말을 들으면서 자신의 앞에 놓인 술병을 들었다.

“한잔 올려도 될는지.”

“헛헛허! 그래, 준다면이야.”

이제현이 잔을 들어 황벽 앞으로 내밀었다. 황벽이 술병을 들고 탁자 위로 고개를 숙여 이제현의 잔에 술을 따랐다. 잔에 술이 가득 차자 이제현이 선 채로 한입에 술을 털어 넣었다. 그리고는 잔을 황벽에게 건넸다.

“자네도 한잔하게나.”

“사양치 않겠습니다.”

이제현이 황벽의 잔에 술을 가득 따르자 황벽도 거침없이 술을 한입에 털어 넣었다.

“술을 잘하는구만.”

이제현이 황벽의 술 마시는 모습을 보고 웃으며 말했다.

“어려서 친구를 잘못 사귀어 술을 일찍 배웠습니다.”

황벽이 말을 하며 엽강을 돌아보았다. 그러자 이제현의 시선도 엽강을 향했다.

"이 젊은이는?"

"엽강이라 합니다. 남들은 뇌전창이라 부르더군요. 제 죽마고우이지요."

황벽의 말에 엽강이 인상을 쓰며 일어나 이제현에게 포권을 취했다.

"엽강입니다. 친구를 잘못 만난 것은 이 친구가 아니라 바로 저입니다. 친구 따라 사지까지 왔으니 말입니다."

"오! 자네가 바로 그 뇌전창이구만. 기회가 되면 자네와도 일수를 나누고 싶었네만. 자자, 자네도 한잔 받게."

이제현은 이렇게 무림의 젊은 고수들을 만나니 피아를 떠나서 즐거운 마음이 들었던 것이다.

이제현이 술병을 들어 엽강의 잔에 술을 가득 따랐다.

"자, 어서 들게."

"그럼 염치 불구하고 한잔하겠습니다."

엽강이 시원하게 술을 들이컸다. 그리고는 이제현에게 다시 술을 한잔 따랐다.

"허허허, 이거 내가 젊은 사람들을 만난 흥에 술을 너무 많이 마시는 것이 아닌지 모르겠어. 이러다 비무나 제대로 할는지."

말은 그렇게 했지만 술은 어느새 이제현의 목을 넘어가고 있었다.

사람들은 제각기 자신의 앞에 놓인 음식을 먹으면서도 긴장을 풀지 않고 있었다.

얼마 전까지 서로의 목숨을 노리던 사람들이었다. 몇 잔의 술로 친구가 될 수 있는 사이는 아니었던 것이다.

“자, 술은 거나하니 마신 것 같고, 그나저나 이번 비무를 그냥 한다면 너무 시시한 것 아닌가 우리 내기를 한번 걸면 어떨까?”

이제현이 갑자기 황벽을 바라보며 입을 열었다.

“내기를 거시는 것을 보니 비무에서 저를 죽이시지는 않을 모양이십니다.”

황벽이 웃으며 이제현의 말을 받았다.

“하하하, 그래그래! 그럴 생각이네만. 검에는 눈이 없으니. 이제 이놈의 검도 버릇이 없어져서 자기 갈 데로 가버리니 말이야.”

무서운 말이었다.

검이 살아 있다는 것은 아무나 할 수 있는 말이 아니었다. 검이 스스로 자신의 길을 찾는 경지, 사람들은 심검합일이라 부르기도 했다.

이제현의 말을 듣고 있던 당정과 임혜련, 그리고 설연은 이제현의 말에 가슴이 철렁 내려앉는 기분이 들었다. 이제현은 이미 검도의 끝을 바라보고 있었던 것이다.

그들이 비록 신오제라 하여도 아직은 그 깨달음에서 이제현에 미치지 못함을 이제현의 말만으로도 알 수 있었다.

하지만 황벽은 아랑곳하지 않고 이제현의 말을 받았다.

“하하하, 그러십니까? 그놈은 그런 버릇이 들었군요. 이놈은 자주 숨는 버릇이 생겨났는데 어떨 때면 저도 찾기가 힘이 듭니다. 철마 어르신께서 버릇을 좀 고쳐 주시지요.”

순간 이제현의 눈빛이 잠시 흔들렸다. 그 옆의 양의와 등애, 소도성도 술잔을 들다 말고 황벽을 바라보았다.

‘이놈, 무형검을 말하는 것인가?’

이제현이 잠시 스친 생각을 접으려는 듯이 다시 술잔을 입에 가져갔다. 그리고 가볍게 목을 축이고는 다시 입을 열었다.

"하하, 우리 둘 다 좋지 못한 검을 가지고 있군 그래."

갑자기 이제현이 웃음을 멈추고는 황벽을 향해 정색을 하고 입을 열었다.

"자네가 패한다면, 사천 사 파는 사천에서 물러나야겠어."

내기라고 말했지만 내기치고는 살벌한 것이었다. 사 파가 사천에서 물러난다면 갈 곳이 어디 있겠는가? 사천은 그들의 뿌리였다.

황벽이 고개를 좌우로 흔들었다.

"죄송합니다. 그 말씀은 따를 수 없겠군요. 저는 현재 정의맹에서 호정단의 일개 단원입니다. 정의맹이나 사천 사 파를 대변할 수는 없습니다. 단, 이것은 약속드리지요. 제가 패한다면 저와 여기 뇌전창, 그리고 제 사부와 사제는 더 이상 이 전쟁에 관여치 않겠습니다."

황벽의 말에 이제현이 고개를 끄덕였다.

"좋네. 충분히 자네의 말을 알아들었네. 그것으로 족하이. 자네와 뇌전창이 빠진다면 사천은 우리를 막지 못할 것이야."

이제현의 말에 당정과 임혜련의 안색이 굳어졌다. 이제현의 말은 맞는 말이었다. 작금에 황벽과 엽강이 없으면 누가 철마를 막을 수 있을 것인가?

"좋습니다. 하지만 정의맹 사천총단에 저와 뇌전창만 있는 것은 아니지요."

황벽이 고개를 돌려 당정과 임혜련을 바라보았다.

"하하하! 맞네, 맞아. 신오제가 있었구만. 각파의 장문인들도 있고. 내 잠시 그들을 잊었었나 보네. 자네가 워낙 출중해서 말이야."

말은 그랬지만 사람들은 이제현의 말속에서 황벽과 뇌전창이 없는 사천은 신경도 쓰지 않는다는 그의 생각을 읽을 수 있었다.

"자, 내 조건을 말했으니 자네의 조건도 한 번 말해 보게."

"제 조건은 비무가 끝이 난 후 말씀드리겠습니다."

이제현이 인상을 찌푸렸다.

"이보게! 내가 비록 패천맹의 부맹주이지만 자네의 조건을 다 들어줄 수 있는 것은 아니야. 하니 지금 시작하기 전에 말해 보도록 하게."

"절대로 어르신께 무리한 부탁을 드리지 않도록 하겠습니다. 그러니 비무가 끝나면 말씀드리지요. 말씀드릴 기회나 있을는지 모르겠지만."

"만약 내가 들어줄 수 없는 것이라면?"

"그때는 한잔의 술로 조건을 대신하겠습니다."

"좋아, 그리하도록 하지. 자, 그럼 이제 슬슬 시작해 볼까?"

이제현이 몸을 일으켜 세우자 황벽이 따라 일어났다.

사람들이 모두 두 사람을 따라 일어나 식탁이 차려진 곳을 떠나 두 사람이 걸어나가는 곳을 멀리서 빙 둘러섰다.

해가 송림의 서쪽으로 약간 기울어지기 시작하였다. 두 사람은 편안하게 서로를 마주 보고 서 있었다. 오히려 주위에서 보는 사람들의 손에서 땀이 배어 나오기 시작하였다.

드디어 기존 무림을 대표하는 최고고수 사성의 일인과 후기지수를 대표하는 최고고수 광검이 사천의 한 평원에서 검을 마주하게 된 것이었다.

제46장
비무(比武)

마른풀들이 평원을 가로지르는 작은 바람에 발등을 덮었다. 바람이 평원 끝에서 휘몰아오다 잠시 송림에 머문 뒤 다시 평원의 저쪽 끝으로 몰려갔다. 그리고…….

하나의 검이 바람을 타고 황벽에게 날아왔다. 빠르지도 느리지도 않게 그저 바람의 속도 그대로였다. 하지만 그 검은 황벽이 움직일 수 있는 모든 방위를 차단하고 있었다.

이제현은 처음부터 최선을 다하고 있었다.

황벽은 처음부터 망(網)을 펼칠 수밖에 없었다. 한 번 휘둘러진 황벽의 검이 그의 주위로 검기의 막을 형성했다. 그리고 벼락 치는 소리가 들려왔다.

쿠르르릉!

수많은 검기의 파편들이 사방으로 비산했다. 사람들은 대낮에 유성

우를 보고 있었다. 두 사람이 만들어내는 유성우는 이쪽 편에서 저쪽 편이 아닌 사방으로 비산했다.

이제현이 달려들던 몸을 원래의 자리도 되돌렸다.

"좋구나! 무엇이지?"

황벽이 웃으며 이제현의 물음에 대답했다.

"망(網)이라 합니다."

"과연 이름에 걸맞구나. 내가 본 최고의 수비 초식이다."

이제현이 고개를 끄덕였다.

"어르신의 공격도 제가 지금까지 받아본 최고의 공격이었습니다."

"어디 이번에는 자네가 올 텐가?"

이제현이 황벽을 바라보며 물었다. 황벽이 고개를 끄덕여 답을 대신했다.

황벽이 어느새 검을 자신의 검집에 넣고 한 발짝 이제현을 향해 다가섰다. 이제현이 황벽의 움직임에 맞추어 한 걸음 뒤로 물러섰다. 둘 사이는 대략 오 장. 검이 미치기에는 약간 먼 거리였다.

황벽이 다리를 약간 구부리며 검의 손잡이를 잡아갔다. 그리고 구부려진 다리가 펴지며 하늘로 도약했다. 순식간에 황벽과 이제현의 거리가 좁혀졌다. 그리고 빛처럼 검이 검집에서 빠져나갔다.

"출(出)."

챙—

다시 황벽의 몸이 원래의 자리로 돌아왔다. 어느새 이제현의 검이 황벽을 파고들고 있었다. 무림에 나온 이후 황벽이 처음으로 절대오검의 일 초식인 출(出)을 펼치고도 반격을 받고 있는 것이었다.

이제현의 검이 이번에는 묵직한 힘을 가지고 황벽을 내리눌렀다.

“절(切).”

황벽의 입에서 한 소리가 터지며 황벽의 검이 비스듬히 이제현이 형성한 거대한 검의 진기를 잘라갔다. 삼 장이 넘게 뻗어 있던 이제현의 검기가 잘라져 나갔다. 순식간에 끊어져 버린 검기의 틈 사이로 작은 공간이 나타났다.

그 틈을 비집고 황벽의 검이 날아들었다.

챙—

다시 한 번 검이 부딪치는 소리와 번개 같은 빛이 허공에 뿜어지며 이제현의 몸이 뒤로 물러났다. 물러나는 이제현을 황벽이 따라붙었다.

“환(幻).”

갑자기 이제현의 시야에서 황벽의 검이 사라졌다. 이제현은 자신의 온몸을 감싸는 수십 갈래의 검기를 느꼈다.

순간 이제현의 몸이 제자리에서 무섭게 회전하기 시작했다. 그러자 그의 검이 몸 주위로 하나의 막을 형성했다.

채쟁챙—

수없이 많은 검과 검이 부딪치는 소리가 났다. 두 사람의 신형이 순식간에 다시 멀어졌다.

이제현의 이마에 작은 땀들이 맺혀 있었다. 황벽도 잠시 숨을 돌리고 있었다.

역시 사성이었다. 황벽은 절대오검 중 네 개의 초식을 펼치고도 이제현을 제압하지 못하고 있는 것이었다.

하지만 놀람은 이제현이 더욱 컸다. 비록 황벽이 강하리라고는 생각했지만 자신을 능가하리라고는 생각지 못하고 있었다.

“놀랍구나. 내가 손해를 보다니……”

“운이 좋았습니다.”

이제현의 말에 황벽이 대답했다.

“아……!”

그리고 사람들의 얕은 함성이 터졌다. 이제현의 앞섶 옷 끈의 끝이 베어져 바람에 날리고 있었던 것이다.

“설마, 이것이 끝이라고 생각하는 것은 아니겠지!”

이제현의 말에 황벽이 고개를 끄덕였다.

“좋아! 이제 정말 제대로 한번 가보지.”

이제현이 말을 마치고는 검을 자신의 가슴 앞에 바로 세웠다. 순간 황벽의 눈에 검이 마치 하나의 생물처럼 요동치는 것이 느껴졌다.

이제현의 손이 마치 검을 놓치지 않으려는 듯 꽉 잡고 있었고 검은 자유를 찾아 이제현의 손을 벗어나려고 요동치고 있었다.

순간 황벽이 다급하게 검을 머리 위로 들어 올렸다. 그리고 진기를 검에 싣기 시작하였다.

황벽의 검끝에 작은 진기의 덩어리가 모여지기 시작했다.

“가라!”

순간 이제현이 검을 놓듯이 던져 버렸다. 검은 마치 살아 있는 생물인 양 황벽을 향해 날아들었다. 자유를 찾은 검은 어떤 장애물도 베어 버릴 듯한 기세를 가지고 있었다.

순간 황벽도 검을 내리그어 검끝에 맺힌 진기의 덩어리를 털듯이 날려 보냈다.

쾅!

순간 천지를 진동시키는 폭음이 터져 나왔고 진기의 파장이 사방으로 퍼졌다.

제법 가까이에 있던 사람들은 두 사람이 터뜨린 진기의 파장에 대여섯 걸음을 뒤로 물러나야 했다.

"음."

순간 이제현의 입에서 작은 신음이 흘러나왔다. 황벽의 얼굴도 백지장처럼 하얗게 변해 있었다.

"내가 진 듯하군……."

이제현의 입에서 침통한 소리가 흘러나왔다. 그리고 살짝 입 안에 머금은 피가 보이는 듯했다. 이제현의 목 울대가 한 번 올랐다가 내려갔다.

아마도 피를 삼키는 것이리라.

"마지막 초식의 이름은 무엇인가?"

이제현이 황벽을 보며 물었다.

"멸(滅)이라 합니다."

"멸이라… 좋은 이름이야. 잘 어울려. 그 앞에 남아 있을 것이 없겠군."

이제현이 몇 걸음 앞으로 나와 땅에 꽂혀 있는 자신의 검을 빼어 들었다.

"내가 보여줄 것은 다 보여주었네. 결국 내가 패한 셈이군. 이제 자네의 요구를 들어볼까?"

이제현의 말에 사람들은 입을 다물지 못했다.

무림이 진동할 일이었다. 근 이십 년간 무림의 제왕으로 군림하던 사성 중 한 명이 꺾인 것이다. 그것도 무림에 출두한 지 갓 일 년이 채 안 되는 신예에게…….

하지만 그들은 또한 인정해야 했다.

이제현의 입가에 맺힌 피가 그것을 증명하고 있었다.

"자! 이제 자네의 요구 조건을 말해 보게."

이제현이 황벽을 바라보았다. 그에게서 패배에 대한 분노는 느껴지지 않았다. 이제현은 최소한 자신의 패배를 인정할 줄 아는 무인이었던 것이다.

"제 부탁은……."

황벽이 입을 열자 모든 사람이 황벽의 입을 주목했다.

"제 부탁은 어르신께서 제 백 초를 받아달라는 것입니다."

순간 사람들 사이에 작은 웅성거림이 일어났다. 이제현의 얼굴에도 약간 못마땅한 기색이 깃들었다.

"지금 나를 놀리겠다는 것인가? 이미 패배를 인정한 사람에게 백 초를 받으라니… 그냥 목을 달라고 하지 그러나……."

현 상태에서 이제현에게 백 초의 공격을 받으라는 것은 곧 목을 달라는 말이나 마찬가지였다. 이제현은 내상을 입어 황벽의 공격을 받기에는 무리였던 것이다.

"뭔가 오해를 하신 것 같군요."

황벽이 조용히 입을 열었다. 그리고는 뽑아 들고 있던 검을 자신의 검집에 넣으며 나무 막대를 꺼내 들었다.

"요즘 제가 하나의 검을 생각하고 있습니다. 풀리지 않는 부분이 많아 어르신께 보여 드리고 가르침을 받으려 합니다. 진기를 걷고 검로만 따르겠습니다. 부탁드립니다, 어르신."

황벽의 부탁에 이제현은 그제야 고개를 끄덕였다.

황벽 정도의 인물이 새로운 검을 만든다는 것은 보통의 것이 아닐 것이다. 그리고 황벽은 아마 자신과 비슷한 수준의 무인에게 검로를 보이고 조언을 얻으려 하는 것일 것이다.

그렇다면 이것은 이제현에게도 좋은 일이었다. 황벽의 검로에서 자신도 새로운 무엇인가를 얻을 수 있는 기회를 볼 수 있을 테니까…….

"자네가 너무 손해를 보는 것이 아닌가?"

승자로서의 요구가 같이 검로를 논하자는 것이면 확실히 승자의 손해였다.

"백 초가 지난 다음에는 결코 제가 손해나는 일이 아니라는 것을 어르신께서도 아실 겁니다."

황벽의 말에 이제현이 고개를 끄덕였다.

"좋아, 그러면 받도록 하지. 자, 시작해 보게. 나는 검집으로 받겠네."

"감사합니다. 그럼."

황벽이 이제현에게 포권을 취하고 이제현의 일 장 앞으로 다가갔다. 진기를 사용하지 않을 것이므로 가까이서 검로를 보이려는 것이다.

황벽이 신중하게 막대기를 들어 올렸다. 그리고 이제현을 찔러갔다. 힘없이 다가서는 황벽의 막대기를 쳐다보는 순간 이제현은 큰 충격을 받았다.

도저히 피할 길이 없이 막대기가 다가드는 것이었다. 이제현이 급히 몸을 돌리며 황벽의 막대기를 검집으로 쳐냈다. 그러나 검집에 팅겨져 나갈 것 같던 막대기가 기이한 각도로 꺾이며 이제현의 빈틈을 파고들었다.

순식간에 오 초가 지났다. 이제현의 이마에 땀이 송골송골 맺히기 시작했다. 비록 진기가 깃들지 않은 것이었지만, 검로를 보는 것만으로도 이제현은 땀이 나고 있었다.

황벽의 막대기는 완벽하게 자신의 움직임을 읽고 있었던 것이다.

잠시 멈춘 듯하던 황벽의 막대기가 다시 이제현을 향해 날아들었다. 순간 이제현은 고개를 갸웃거렸다. 이번의 공격도 현기가 느껴졌지만 첫 번째의 공격보다는 수월히 대처할 수가 있었던 것이다.

어느새 황벽의 몸과 이제현의 몸이 가깝게 다가와 붙었다.

"어르신!"

순간 황벽의 입이 약간 움직이며 이제현의 귀에 황벽의 목소리가 들렸다. 황벽은 비록 전음을 배우지는 못했지만 이미 진기를 이용해 작은 소리를 보낼 수 있을 정도로 진기를 통제할 수는 있었다.

이제현은 비무를 하다 말고 느닷없이 들려오는 황벽의 부름에 그의 눈을 바라보았다.

"무형지독에 대해 드릴 말씀이 있습니다."

순간 이제현의 몸이 잘게 떨렸다. '무형지독'. 어찌 이 소리에 이제현이 담담할 수 있겠는가? 자신의 제자를 죽음으로 몰아넣고, 지금의 이 피 냄새 나는 전쟁의 발단이 된 이름이었다.

다시 한 번 황벽의 막대기가 날아들어 오는 듯하더니 두 사람의 신형이 빠르게 엉켜들고 있었다. 둘은 십 초 이후로는 서로 물러섬이 없이 마지막 백 초에 이를 때까지 붙어서 서로의 검로를 나누었다.

모르는 사람들이 본다면 마치 그들이 손발로 박투를 하는 것으로 생각하였을 것이었다.

"하면, 자네 의견은?"

구십 초가 지났을 때 이제현이 황벽을 보며 물었다. 이미 황벽은 무형지독과 독정에 대한 이야기를 구십 초가 지날 때까지 모두 이제현에게 한 것이었다.

“아직 조사 중이니 조사가 끝날 때까지 전투를 중지해 달라는 것입니다.”

“그러면 혹 암중의 세력들이 의심하지 않겠나?”

“아직은 피아를 구분할 수 없으니, 일단 다시 다음 비무를 잡도록 하지요.”

“또다시 비무를? 자네와 내가?”

“아닙니다. 이번에는 사천을 건다는 명목 하에 양측에서 다섯씩의 사람을 내어 하는 것으로 하지요. 그때까지 조사가 완료되면 그 자리에서 이후의 대책을 논의하는 것으로…….”

“알았네. 일단, 자네의 말대로 하도록 하지.”

“합!”

마지막 기합 소리와 함께 황벽이 뒤로 물러났다. 어느새 백 초가 지난 것이었다.

“가르침에 감사합니다, 어르신.”

황벽이 포권을 취하며 깊이 허리를 숙였다.

“아닐세. 오히려 내가 배운 점이 많았어. 자네에게 빚을 진 기분이야.”

“어르신, 그러면 제가 한 가지 부탁을 더 드려도 되겠습니까?”

“말해 보게. 내가 들어줄 수 있는 것이라면 들어주겠네.”

“감사합니다, 어르신. 저는 다시 한 번의 비무를 요청드리겠습니다.”

황벽의 말에 이제현과 중인들이 당황한 얼굴로 황벽을 바라보았다.

“그게 무슨 말인가? 내 이미 패배를 인정하지 않았나?”

황벽이 이제현의 말에 고개를 좌우로 흔들면서 다시 입을 열었다.

"저와 어르신의 비무가 아닌 패천맹 사천원정군과 정의맹 사천총단의 비무를 말씀드리는 것입니다."

"뭣! 패천맹과 정의맹의 비무를……?"

"네, 그렇습니다. 사실 이미 지난 전투에서 양측은 모두 큰 피해를 입었습니다. 만약 향후 다시 총력전이 벌어진다면 양측은 아마도 동패구상을 면치 못할 것입니다. 그럴 바에는 차라리 사천무림을 걸고 사천 사대문파의 대표와 패천맹의 대표가 비무로 사천 전투의 매듭을 짓는 것이 피를 흘리지 않고 일을 마무리지을 수 있는 좋은 방법이 아닌가 합니다."

황벽의 말에 이제현이 가만히 생각을 하는 듯하더니 다시 황벽에게 물었다.

"하지만 자네는 정의맹을 대표할 수 없지 않나? 이 비무에 과연 정의맹 수뇌부가 찬성을 할까?"

"당 형! 당 형은 어찌 생각하시오?"

황벽이 이제현의 물음에 대답을 하는 대신 당정을 바라보며 물었다.

당정은 이미 황벽의 의도를 알아차리고 있었으므로 망설이지 않고 대답했다.

"정의맹 쪽의 일은 제가 책임지도록 하겠습니다."

당정의 말에 이제현이 고개를 끄덕였다.

"자네들이 그리 말한다면 좋네. 서로 피를 흘리지 않고 전쟁을 끝낼 수 있는 것도 좋은 일이지. 그럼 이 비무에는 사천 사대문파의 사람이 나오는 것인가?"

"사천은 사대문파의 본거지입니다. 당연히 그들 문파에서 나설 것입니다."

"알았네, 그리하도록 하지. 그나저나 오늘 정말 좋은 비무였네. 다 늙어서 안계를 넓혔어. 고맙네."

"아닙니다, 어르신. 오히려 제가 많은 것을 배웠습니다."

"하하하, 젊은 사람이 겸양까지. 자, 그럼 연락을 기다리겠네. 그럼 잘 가게."

말을 마친 이제현이 소도성 등이 있는 곳으로 오더니 훌쩍 말에 올라탔다.

"자, 가자."

그리고 자신이 앞서 말을 달려나가기 시작했다. 그러자 나머지 패천맹의 사람들이 급히 이제현을 따랐다. 앞선 이제현의 표정은 심각하게 굳어 있었다.

"자자, 우리도 그만 가야지. 이거 오늘 좋은 구경을 했어."

엽강이 황벽 옆으로 오면서 입을 열었다.

"좋은 비무였어. 가세. 갑시다, 당 형, 설매."

황벽도 약간 떨어져 있는 곳에 매어둔 말에 올라탔다. 그러자 나머지 사람들도 각자의 말에 올라 길을 나서기 시작했다. 일행이 출발하자 당정이 황벽의 옆을 스치며 입을 열었다.

"이야기는 잘된 것입니까?"

"네, 일단은."

황벽이 낮은 목소리로 답을 했다. 당정이 가볍게 고개를 끄덕이고는 일행의 앞으로 나갔다. 그리고 선두에서 속력을 내자 뒤따르던 일행도 거친 먼지를 일으키며 평원을 달리기 시작했다.

　　　　　*　　　　　*　　　　　*

　그리고 사천은 조용했다. 양측은 이제현과 황벽의 비무 이후 소강상
태를 유지하고 있었다. 마치 전쟁이 애초에 일어나지 않은 듯한 느낌
마저 들 정도였다. 하지만 조용한 가운데 사천으로부터 전 무림으로
두 가지 소식이 전해졌다.

　소리없이 전해진 소식은 말보다 빨라 열흘이 채 지나지 않아 전 무
림에 퍼졌다.

　정의맹 호정단이 사천을 구하고, 광검 황벽이 혈마를 베고, 이제현
을 비무에서 물리쳤다는 것이 첫 번째였다.

　사람들은 호정단의 그 빠른 이동에 놀랐고, 광검 황벽의 무위에 경
악했다.

　철마 이제현이 누구인가. 지난 이십 년간 모든 칼 쥔 자들 위에 군림
한 사성의 한 명이었다. 그런 그가 패한 것이다.

　사람들은 서서히 광검 황벽의 이야기를 하면서 조심스럽게 천하제
일이라는 단어를 꺼내어 들기 시작했다. 광검이 사성을 넘어서기 시작
한 것이었다.

　두 번째 소식은 사천을 놓고 사천 사대문파의 대표와 패천맹 사천원
정군이 비무를 하기로 하였다는 소식이었다.

　의식있는 무림인은 이번 비무 결정이 무림의 정영을 보호할 수 있는
좋은 결정이라고 소리 내어 말했지만, 일반 사람들의 관심은 온통 비무
의 승패에 기울어져 있었다. 또 일부의 사람들은 이 사실에 얼굴을 찌

푸리고 있었다.

한 대의 마차가 정의맹 총단을 나선 것은 막 호정단이 사천에서 포위된 정의맹도들을 구할 때였다. 마차는 이틀 전, 정의맹 총단에 들었고, 이틀을 머문 후, 정의맹을 소리없이 빠져나와 감숙으로 향했다.

작고 허름한 이 마차를 주목하는 사람은 아무도 없었다.

하지만 두 개의 조직은 이 마차에 온 정보력을 기울이고 있었다. 그것은 바로 마차에 타고 있는 사람 때문이었다.

마차에는 제갈세가의 대공자 제갈성이 타고 있었고, 마차를 주목하는 조직은 하오문과 상련이었다.

감숙으로 닷새를 달린 마차가 패천맹의 총단이 있는 감숙성 길현에 이틀 거리를 남겨둔 작은 마을에서 멈추었다. 그리고 마차에서 내린 제갈성이 마을의 작은 객점에 들어 묵을 방을 정하고는 그곳에서 기거하기 시작하였다.

마치 유람을 나온 사람처럼 제갈성은 마을의 이곳저곳을 돌아보기도 하고 마을 앞을 흐르는 제법 폭이 넓은 강을 산책하기도 하였다.

하지만 그가 모르는 것이 있었다. 그가 객점에 든 그날 객점에 새로운 직원 두 사람이 불어났다는 것이었다.

검은 흑의에 수염을 길게 가슴까지 기른 육십대 초반의 노인이 그 객점에 든 것은 제갈성이 객점에 든 지 하루 뒤였다.

"숙부! 그간 안녕하셨습니까?"

새로 객점에 취직한 아삼은 제갈성의 입에서 흘러나오는 소리를 듣다가 소스라치게 놀랐다.

"그래, 너도 잘 지냈느냐?"

검은 옷을 입은 흑의인이 부드러운 목소리로 제갈성에게 물었다.

"항상 숙부님이 걱정해 주시는 덕에 잘 지내고 있습니다."

"오냐, 네가 잘 지내고 있다니 다행이구나. 앞으로 가문을 맡을 몸이니 더욱 조심하거라. 곧 우리 가문이 무림의 북두에 올라서면 넌 결국 천하 무림인의 머리 위에 오를 것이야."

"이게 다 숙부님께서 지난 세월을 숨어 지내신 덕분이 아니겠습니까? 숙부님의 노고가 참으로 크셨습니다."

"이것이 어찌 나만의 고생으로 이루어진 일이겠느냐? 형님과 아버님의 각고의 노력으로 이루어진 일이지. 그래, 이곳으로 오기 전에 형님은 만나뵈었느냐?"

"네. 잠시 들러 뵙고 왔습니다."

"잘했다. 앞으로의 계획은?"

"할아버님께서 드디어 북두회를 무림에 드러내시려 하십니다."

"호오. 그래, 언제?"

"사천에서 패천맹 사천원정군과 정의맹 사천 사 파가 양패구상을 하면 석산총단과 감숙총단의 전면전을 유도하고 그 자리에서 걸림돌을 제거한 후 북두회의 천하를 선포하실 생각이십니다."

흑의인이 제갈성의 말을 듣고는 약간 얼굴을 찌푸렸다.

"하지만 한 가지 문제가 있구나."

"무슨 말씀이신지?"

"사천에서의 일이 계획대로 되어가지가 않는구나. 원래 계획대로라면 벌써 양측이 대대적인 전투에 들어가야 했는데, 비무라니……."

"이곳으로 오면서 소문을 들었습니다. 이제현이 꺾였다는 소식도……."

"그래, 그것도 의외였다. 철마라면 사천을 피로 씻을 거라고 생각했는데. 역시 그 늙은이는 사 파에는 어울리지 않는 면이 있어."

"그러면 사천에 아무래도 북두회를 보내야 할까요?"

"아니, 아니야. 그렇게까지는……. 원래 혈마와 지마가 확전을 도모하기로 하였고, 초반에는 계획대로 잘되어갔는데 그 호정단 아이들이 오면서 일이 틀어지기 시작했지……."

"하면 어찌하실 생각이신지……?"

"맹에서 특사를 파견할 예정이다. 비무의 승패에 관계없이 사천을 접수하라는……."

"철마 이제현이 과연 승낙을 할까요?"

"원로원의 결정으로 할 것이고, 특사로 대공자 위온을 보낼 것이다."

"위온을요……?"

"그래, 그놈이 이용하기에는 적당하지. 엽강에게 패퇴한 후 의기소침해 있는데, 이 기회에 자신의 실수를 만회할 기회는 주는 것이라면, 아마 이제현이 앞을 막아도 정의맹을 칠 것이다."

"그렇군요. 정의맹도 일단 공격을 받으면 대응하지 않을 수 없겠지요."

"그래, 아마 그럴 것이야……. 사천의 일이야 그렇다 치고 북두회의 전력은 정비가 끝이 났느냐?"

"네, 숙부님. 이미 지난 이십 년간 길러온 오백여 명의 절정고수를 백우산에 집결시켜 놓았고, 서장과 북해에서 각각 마불과 음조인이 수백여 명씩의 고수들을 데리고 길을 떠났습니다. 그리고 이성과 삼성이 각각 정의맹과 패천맹에서 포섭한 인원도 오백에서 천은 될 것이니 거의 삼사천에 가까운 전력이 확보될 것입니다."

"음… 하지만 정의맹 석산총단과 패천맹 감숙총단에는 미치지 못하는걸……."

"상관없습니다. 어차피 전면전을 일으켜 대부분 양패구상을 하게 유도한 뒤 북두회가 나설 것이니. 그리고 일단 양맹의 수뇌부만 장악하면 무림을 굴복시키는 것은 어렵지 않을 것입니다. 더구나 이성과 삼성이 있지 않습니까, 숙부님?"

제갈성의 말에 흑의인이 고개를 끄덕였다.

"소림은?"

"할아버님께서는 봉문을 생각하고 계시더군요. 피를 흘리기에는 소림은 아무래도, 그 여파가 전 무림을 떠나 관에까지 미칠 수 있으니……."

"그래, 봉문으로 마무리하는 것도 좋지. 일단 봉문을 시킨 후 서서히 누르면 되는 것이야."

흑의인도 고개를 끄덕였다.

"그런데 그 황벽이라는 아이는 어쩔 생각이냐?"

"일단 무림을 손에 넣는다면 그 혼자서 할 수 있는 일은 없습니다. 거기다가 그는 무림의 권력에는 별로 관심이 없는 듯하더군요. 북두회가 전장으로 피폐해진 무림을 구하려는 순수한 의도에서 일어난 것이라면… 아니, 그가 반발한다 하더라도 그때는 호랑이 사냥을 즐기면 되는 것이지요."

"하하하, 호랑이 사냥이라… 넌, 그에게 빚이 있지?"

"네, 숙부. 아직 잊지 않고 있습니다."

말을 하면서 제갈성이 자신의 왼손을 내려다보았다. 그의 왼손가락 하나가 잘려 있었다.

흑의인은 그날 밤 밤길을 되짚어 돌아갔다. 그리고 어둠 속에서 그를 바라보던 사람에게서 신음성이 흘러나왔다.

"혈뇌자!"

흑의인은 바로 패천맹의 총군사 혈뇌자였다.

*　　　*　　　*

정의맹 사천총단에 다시 아침이 밝아오고 있었다. 평온이 계속된 며칠간이었지만, 사람들의 마음속에는 묘한 흥분이 이어지고 있었다.

일생에 한 번 볼까 말까 한 대결이 그들을 기다리고 있는 것이었다. 정의맹 사천총단에서는 격론 끝에 네 명의 비무 참여자가 결정되었다.

당정, 임혜련, 그리고 청성의 장구령과 점창의 이임보가 나서기로 하였다.

비록 황벽이나 엽강이 있기는 했지만 비무의 성격이 사천의 사대문파가 패천맹을 맞는 것이었으므로 사대문파에서 한 명씩의 대표를 내기로 한 것이었다.

만약 패천맹 쪽에서 철마 이제현이 다시 나온다면 그때는 황벽이 나서기로 하였다.

하지만 사람들은 철마 이제현이 다시 비무에 나서는 일은 없을 것이라 짐작하고 있었다.

철마는 황벽과의 비무 결과를 순순히 받아들일 만한 인물이었던 것이다. 사천이 묘한 흥분에 휩싸여 있을 때 황벽의 처소로 다시 설산이 찾아들었다.

"형제요?"

"네."

"이런 일이! 그렇다면 결국 그동안 무림은 그들의 가문에게 농락당하고 있었다는 이야기인가요?"

"그렇다고 보아야겠지요, 태상호법."

황벽의 안색이 침중하게 가라앉았다.

"하면 이를 어쩐다… 지금 바로 무림에 공론화를 시키는 것은 어떨까요?"

"어렵습니다. 그들은 이미 패천맹과 정의맹 모두에서 세력을 확보하고 있습니다. 공론화된다면 숨어들든지 더 큰 혈겁을 일으키겠지요. 그리고 현재 그들의 세력을 가려낼 방법이 없습니다."

"하면……?"

"문주님과 허승 총순찰의 생각은 피바람을 피할 수는 없다는 쪽이었습니다."

"결국 총단과 총단 간의 전면전을 피할 수는 없다는 이야기입니까?"

황벽의 말에 설산이 고개를 끄덕였다.

"결국 한바탕 피바람 뒤에 그들이 전면에 나서야 정확히 알 수 있을 것이라는 의견이십니다."

설산의 말에 황벽이 고개를 끄덕였다.

"결국은 피를 보겠군요. 서장의 소뢰음사와 북해의 빙궁이라……."

"아마도 제갈가에서는 중원무림뿐만 아니라 새외의 무림에도 자신들의 영향력을 행사하려는 의도 같습니다."

"그렇군요. 하면 앞으로의 문제는 그들이 완전히 모습을 드러낼 때까지 얼마나 아군의 세력을 결집시키느냐이군요."

"그렇습니다. 이런 때에 이곳 사천에서 양패구상이라도 벌어진다면 무림은 그야말로 완전히 그들의 손에 들어가게 되겠지요."

"그렇군요. 결국 그들이 양패구상을 노리고 몰아넣은 사천의 양 맹 세력이 무림의 마지막 희망이 되어버렸군요……."

황벽의 말에 설산도 고개를 끄덕였다.

"그럼 설 형은 이만 가보시지요. 혹 전세에 변동을 줄 만한 정보가 있으면 바로 연락을 주십시오."

"알겠습니다, 태상호법."

설산이 황벽의 방을 물러나자 황벽은 어둠 속에 홀로 앉아서 깊은 생각에 빠져들었다.

그리고 잠시 후 자리에서 일어났다.

"휴! 역시 어려워. 역시 머리 쓰는 데는 사부와 묵룡 당정이 최고지."

그리고는 황벽은 자신의 방문을 나섰다.

당정과 막여는 황벽의 이야기를 듣고는 벌린 입을 다물지 못했다.

"형제?"

"네."

처음 황벽이 설산에게서 이야기를 듣던 때와 동일한 반응이 나왔다.

혈뇌자와 제갈의현이 형제라는 사실은 그들에게 무엇보다도 충격이었다.

"결국 제갈세가의 손 위에 있었던 것인가?"

"그렇다고 봐야겠지요."

"과연! 과연 만뇌성자 제갈천이야."

"네?"

막여의 말에 당정과 황벽이 모두 막여를 바라보았다.

"자네들은 잘 모르겠구만. 내 옛날이야기를 해주지."

그리고 막여의 입에서 사십여 년 전의 이야기가 흘러나왔다.

만뇌성자 제갈천은 어려서부터 머리가 좋기로 소문난 제갈세가에서 조차도 신동으로 불리울 정도로 천재적인 두뇌를 가지고 태어났다.

제갈천은 세가의 기대대로 뛰어난 동량으로 자라났다. 그가 성인이 되었을 때 사람들은 그를 만뇌성자라 부르기 시작했다. 아무리 어렵고 복잡하게 꼬인 무림의 사건도 일단 그가 개입하면 아주 간단하게 해결되었다.

당연히 제갈세가는 그가 문주에 오르면서 번성하기 시작하였다. 제갈세가는 그가 문주에 오르기 전보다 수배 이상의 성장을 보였고, 무림의 명문대파들은 서서히 제갈세가의 성장을 불편한 기색으로 바라보기 시작했다.

무림은 무의 세계였다. 하지만 제갈세가는 무(武)의 세계인 무림에서 문(文)으로 자신들의 세력을 형성하고 있었다. 그리고 어느 순간 무림에서는 무림이라는 말에 어울리지 않게 문이 무를 앞지르는 상황이 발생하기 시작한 것이었다.

그 중심에 제갈세가가 있었고, 다시 제갈세가의 중심에 만뇌성자 제갈천이 있었다. 결국 당시의 구파일방이 나서기 시작했다.

구파일방은 은연중에 제갈세가의 활동을 제약하기 시작하였다. 나

중에는 제갈세가 문인들이 산서를 벗어나면 길을 막고 행선지를 묻는
지경이 되었던 것이다. 이에 제갈세가가 강력히 반발하며 오대세가에
도움을 요청하였다.

하지만 오대세가는 침묵했다. 그들도 급격히 커가는 제갈세가가 부
담스러웠던 것이다. 그러던 어느 날 갑자기 만뇌성자 제갈천이 문주의
자리에서 물러났다. 그리고 그의 아들인 제갈의현, 지금의 정의맹 총
군사가 문주의 자리를 물려받았다.

그리고 제갈세가는 침묵에 빠져들었다.

"제갈세가는 그 후 무림대전이 터지고 정의맹에서 머리를 조아리며
제갈의현을 군사로 초빙할 때까지 전혀 무림의 일에 관여하지 않았네.
아니, 못한 것이지. 그들은 실질적인 봉문 상태에 있었던 것이지."

"하면 무림대전이 제갈세가의 봉문을 푼 셈이군요."

"그렇지. 무림대전 초기에 패천맹은 혈뇌자라는 뛰어난 군사를 두게
되었는데, 그의 계략에 정의맹은 계속 수세에 몰리고 있었거든. 결국
구파나 오대세가에서는 제갈가의 두뇌를 필요로 하게 된 것이지."

"지금이야 그들이 문제이지만. 참나, 그때 제갈가를 찾은 구파도 뻔
뻔스럽군요."

"허허허, 무림이라는 곳이 그런 곳이네."

"그럼 순순히 제갈의현이 밖으로 나왔다는 말입니까?"

당정이 막여에게 물었다.

"순순히야 나왔겠나. 역시 그때도 구파의 무력이 은근히 작용했겠
지. 제갈세가는 거절할 수 없었을 거야."

"자업자득이군요."

황벽의 말에 허탈감이 배어 있었다.

"그렇지, 자업자득이라 할 수 있지. 한데 사십 년 전에 만뇌성자가 문주의 직에서 물러나면서 한 말이 있네."

"……?"

"그가 문주 직을 제갈의현에게 넘기면서 문파의 사람들에게 이런 말을 했다네. '그들이 목숨을 원한다면 난 목숨을 내어주겠다. 그들이 학문을 원한다면 난 내 학문을 내어주겠다. 하지만 그들은 무(武)를 원하고 나는 지금 그들에게 무를 보여줄 수 없다. 그러니 이만 자리에서 물러나는 것이다' 라고 말이야."

막여의 말에 황벽이 고개를 끄덕였다.

"이제 그가 무를 보여주겠군요."

"맞았어. 그는 지난 사십 년간 무림에서 보여달라고 했던 무를 준비한 것이지. 무서운 사람이지."

"정말 무서운 사람이군요. 사십 년을 기다려 일을 꾸미다니."

사람들은 잠시 만뇌성자 제갈천의 집념에 몸을 떨었다.

"자, 그건 그렇고 이제는 어찌한다."

막여가 황벽을 바라보며 입을 열었다.

"그걸 저에게 물어보면 어쩌란 말입니까, 사부? 그걸 물어보려 사부와 당 대협을 부른 것인데."

"이제 너도 머리를 좀 써야 하지 않겠느냐? 천하의 광검이."

"나도 한동안 생각을 해보기는 했는데."

"그래? 어디 네 생각을 들어보자. 어서 말해 봐라. 내 뱃사람 황벽의 머리를 익히 알고 있지."

막여의 말에 황벽이 엷게 웃었다. 비록 천하를 울리는 광검이 되었지만 막여에게는 뱃사람 황벽이 좋았던 것이다. 그 마음을 황벽도 알고 작은 웃음을 지었던 것이다.

"먼저 사천의 전력 보존이 급선무, 그리고 적에게 사천의 전력이 양패구상을 한 것처럼 보여야 한다. 그러면 적은 계획대로 총단 간의 전쟁을 유발할 것이고 양편이 양패구상에 이르렀을 때 모습을 나타낼 것이다. 그리고 무림을 장악할 것이다. 모습을 드러낸 북두회를 사천의 숨겨진 전력이 상대한다. 여기까지가 제가 생각한 겁니다만."

황벽의 말에 막여와 당정이 어이없다는 듯이 황벽을 바라보았다.

"……?"

"그게 계획이냐? 네가 말한 것을 어떻게 실행할 것인가가 계획이어야 하지 않겠느냐?"

"하하하, 해서 두 분을 모신 것이 아닙니까? 내일 이 자리에서 두 분의 생각을 듣도록 하죠. 그럼 저녁 먹으러 갑시다."

말릴 사이도 없이 황벽이 먼저 일어나 문을 나섰다.

막여와 당정은 서로를 바라보며 피식 웃고는 황벽의 뒤를 따라 방을 나섰다.

『황벽 제4권 끝』

청 어 람 신 무 협 판 타 지 소 설

최고의 신무협 작가 『설봉』의 최신작!

다시 한번 당신을 잠 못 들게 만들
불후의 대작!

사자후

獅 子 吼

사자후(獅子吼) / 설봉 지음

깊게 깊게 빠져드는 몰입의 세계!
온몸을 전율케 하는 찌를 듯한 강렬함을 느낀다!

그에게서는 묘한 악취가 풍겼다. 그가 창을 겨눴을 때……

화염이 이글거리는 눈동자를 보았을 때……

비로소 악취의 정체를 짐작해 냈다.

피와 땀이 켜켜이 쌓여 자연스럽게 뿜어져 나오는 살인마의 냄새.

그는 허명(虛名)을 좇아 비무를 즐기는 낭인(浪人)이 아니라 야성(野性)이 살아서 꿈틀거리는 진짜 살인마였다.

투지가 끓어올라 활화산처럼 꿈틀거렸다.

그의 눈길을 정면으로 맞받으며 묘공보(妙空步)를 밟기 시작했다.

우리의 첫 만남은 그렇게 시작되었다.

- 환봉개(幻棒丐)의 회고록(回顧錄) 中에서 -

청 어 람 신 무 협 판 타 지 소 설

독특한 소재, 괴팍한 주인공의 활약에
절로 신이 나는 작품!

음공의 대가 / 일성 지음

음공의 대가

만월교의 남무림 통일 계획에 의해 납치된 천팔십이 명의 예능(藝能)에 재능을 가진 아이들!
그런 가운데 헌원세가의 어린 음악가 또한 사라졌다!
그리고 나타난 극악한 인물, 악마금(惡魔琴)!!
극악한 행동 패턴! 예측불허의 교활함! 고난이도의 정신 세계를 자랑하는 막가파 탄생!
신비로운 음공의 무한한 위력 앞에 강호가 무릎 꿇고, 누천년을 이어온 검과 도의 역사가 막을 내리니
이제 최고의 무공은 음공(音功)이라 말하리라!

훗날 '음공의 대가' 로 불리며 무림의 전설이 되어버린
그의 흥미진진한 강호 이야기가 펼쳐진다!

청 어 람 신 무 협 판 타 지 소 설

「Go! 무림판타지」를 점령한
최고의 인기와 화제를 뿌리는 대작!

화산질풍검(華山疾風劍) / 한백림 지음

화산에는 질풍검이 있고 무당에는 마검이 있으니, 소림에는 신권이 있어 구파의 영명을 드높인다.
육가에는 잠룡인 파천과 오호도가 있고, 낭인들은 그들만의 왕이 있어 천지에 제각기 힘을 뽐내도다.

겁난의 시대에 장강에서 교룡이 승천하니, 법술의 환신이 하늘을 날고,
광륜의 주인이 지상을 배회하며, 천룡의 의지와 살문의 유업이 강호를 누빈다.
천하 열 명의 제천이, 도래하는 팔황에 맞서 십익의 날개를 드높이고…
구주가 좁다 한들, 대지는 끝없이 펼쳤구나.

**"잔잔한 미풍으로 시작한 한 사람이, 천하를 질주하는 질풍이 될 때까지.
그의 삶은 그의 이름처럼 한줄기 바람과 같았다."**